文学辽军山乡巨变创作计划

冰 陷 湖

曲子清 著

春风文艺出版社
·沈阳·

图书在版编目（CIP）数据

冰陷湖/曲子清著. —沈阳：春风文艺出版社，2024.1
　　ISBN 978-7-5313-6583-9

　　Ⅰ.①冰… Ⅱ.①曲… Ⅲ.①长篇小说—中国—当代 Ⅳ.①I247.5

　　中国国家版本馆CIP数据核字（2023）第240289号

春风文艺出版社出版发行
沈阳市和平区十一纬路25号　邮编：110003
辽宁新华印务有限公司印刷

责任编辑：姚宏越	责任校对：张华伟
封面设计：黄　宇	幅面尺寸：155mm×230mm
字　　数：213千字	印　　张：17
版　　次：2024年1月第1版	印　　次：2024年1月第1次
书　　号：ISBN 978-7-5313-6583-9	
定　　价：68.00元	

版权专有　侵权必究　举报电话：024-23284391
如有质量问题，请拨打电话：024-23284384

一

坎村的前半个身子栽进湿地，身后拖着不规则排列的百十户人家。说百十户人家是在一百一十户以内，是个不定数。因为不时有人家跳出湿地，登上更高的台阶；也有人家为寻生计，跌进这片泥污。所以用百十户这个不定数暂代。这百十户人家掉进浓绿逼人的海里，如几粒石头子被扔进大海，连个浪花都翻不起来。坎村人却不这样看，互联网时代，地球只能算小小寰球，坎村又长在地球的腰子上，就是算不得宇宙中心，也算要害部位，故坎村人百十户人家的事就是全世界的事。坎村百十户人家，二百九十九口人。二百九十九口人，二百九十九颗心。每颗心都是一个海，就有二百九十九个海。二百九十九个海哟，得多大一汪水呢？叶瞎子翻着白眼，不屑地说："多大一汪水？大到能包下整个锦城，甚至全宇宙。"

这话大得没了边，连傲娇的坎村人都有些接不住了。就像桂花婶，她见过最大的水就是门前那片青绿色的湖。当地人叫它芦湖，因湖的周边长满芦苇，密密匝匝，郁郁葱葱，故得此名。人们用湖水灌溉耕耘，用湖水洗衣做饭，更离谱的是死后还要葬在湖里。活人，特别是健康的活人对于死后安葬在哪儿，都不甚在意，他们信奉祖上流传的一句话，生死有命，哪儿死哪儿埋。每年都有正常、非正常死于湖里的人，因为见怪不怪，所以坎村人即使与湖里死者面对面，也能淡定地在湖里打鱼摸虾，顺手割些芦苇回去喂牲口，再挑些高的编苇席，选些宽的裹粽叶，捞些低矮的做柴薪，最后挖点芦根清热火。

本来芦湖叫得好好的，可叶瞎子称它还有个原名，叫冰陷湖。这个说法不算空穴来风，在当地县志中确有记载。早年间，辽河口水患频频，民不聊生。村民生活无着之下，有人揭竿而起，做起了盗匪营生，有的村甚至整村为盗，成为远近闻名的"匪薮"。这些"匪薮"村勾结官府，烧杀抢掠，一时之间，搅和得辽河口乌烟瘴气，民不聊生。

忽一天，响晴的空中一道闪电撕裂天际，裹挟着惊雷直劈大地，一瞬间，房倒屋塌，哀号震天。大地战栗着陷落，似一头巨兽张开的血盆大口，瞬间吞噬了这几个"匪薮"村。然后，有大水从天而降，填满了这个深坑。作恶多端的村民和他们搜刮来的金银财宝永远沉入水底。

据传，冰陷湖下藏着无尽的金银财宝。叶瞎子又言之凿凿地表示："这不是传说，确有其事。"叶瞎子大名叫叶冠臣，他也不瞎，就是眼白多，眼仁小，见人就像翻白眼轻视谁似的，偏偏话还多，对这儿也明白，那儿也知道，整日唠叨个没完。村民们指责道："你瞪眼说瞎话，以后就叫叶瞎子吧。"叶瞎子叫久了，反把他的本名给淡忘了。叶瞎子不但没停止瞎说，还说出了境界，说出了超凡脱俗的架势。他说，民国时，有一群南方憨宝人，装作打鱼人来到坎村，在冰陷湖边上装模作样地下网捕鱼，他们捕鱼是假，憨宝是真，一会画画这儿，一会测测那儿。时间一长，村民们以为南方人就是用这样的方式打鱼，也见怪不怪了。过了一些日子，几个憨宝人雇来一辆大车，赶车的就是叶瞎子的爷爷。憨宝人让他把车隐藏在芦苇深处，在一个伸手不见五指的夜晚，湖的四周插上阵法旗，念起避水咒，只见湖水向两边一退，中间显出一条通道来，领头的憨宝人怀揣避水珠，沉入湖底，像捡豆一样，捡了整整三大麻袋金银财宝。连夜装上大车，指挥叶老爷子赶车一路向南。一连跑了三天三夜，憨宝人停了下来，瞧着四下无人，把麻袋装上船，才放叶老爷子回去。等叶老爷子回到村里，村民们才反应过来，而憨宝人早带着财宝逃远了。村民们懊悔不迭，也纷纷下水捞宝。结果，除了捞出一些鱼和杂物，什么也没捞出来。尽管没捞出什么，整麻袋的金银财宝如随风而长的芦苇，成片地长在坎村人的心里。

高占福是叶瞎子的发小，曾亲耳听过叶老爷子讲述冰陷湖金银财宝的故事，这个故事在他心里生了根。若干年后，高占福做了村书记，他走马上任的第一件事就是从农场借来唯一的抽水机，用大搞农田基本建设的由头，把抽水机架在冰陷湖上，日夜不停地抽了一个多月的水。水位只是略低了一些，根本不见底。高占福仔细地观察湖的四周，把湖岸的角角落落搜个遍，确实没有进水口，而地下似有不尽的源头活水冒出来。见过世面的高占福大叫道："这真是宝湖啊，如铁拐李的葫芦，连着五湖四海呢，取之不尽用之不竭啊！"

在坎村，高占福的见识他称第二，没人敢称第一。他在解放战争进行到最激烈的时候，扔下地里的庄稼和湖里的鱼，毅然决然地参加了革命。原定和发小叶瞎子、黄老歪一起去的，临了，这两人因为这样那样的犹疑，不得不滞留下来。几年后，高占福全须全尾地回了村，并做起了第一任村书记，他的两个发小已经被他远远地甩在后头。人还是那个人，地位却远远不同了。早先，高占福发话，这两人只是轻蔑一笑；现今，高占福发话，这两人就得颠颠地照办。高占福在坎村要想立威，得先把这两个发小的毛剃干净，一根都不能剩下。不想，这两人别的没练会，当高草的能耐却练成了十足十。高占福一使力，黄老歪就咬着尾巴根死犟，叶瞎子就瞪着白眼胡说，弄得高占福无从发力，一点办法也没有。高占福说东，两人就说西，高占福说打狗，两人就非要骂鸡，要是让这两人不痛快了，给你来浑的，谁的面子都不给。高占福一见进攻受挫，很快改变策略，由剃头改为拉拢，很快和这两人恢复了友谊。如果高占福的眼光仅仅停留在拉拢这个层次，他就不算坎村第一人了，他最能耐的是在任村书记期间，把两个儿子，一个趁当兵热的时候送去当兵，转业回来分在市直机关，很快混成实力派科长；一个赶在油田大会战时塞进了油田，成为二级单位的头头。这两人通过高占福的运作，一下子摆脱坎村的泥泞，顺当当吃上了公家饭。在全村人都奋力奔小康时，他们家已经昂首挺进现代化了。高占福的高来自根子扎得深，不是说树高千尺根深在沃土吗？高占福是老革命，有阅历有资历，在村书记岗位上干了近二十年，可以说眼睛毛都是空的。就是这个有见识的人，在他任职期间，在湖周围没批过一户房基地。他定下一个规矩，也有人说，是黄老歪督促他定的规矩，不管怎么回事吧，反正他定下这样一条规矩：以后除了饮水、灌溉等公共需求，坎村人不要轻易打扰这个湖。

人就是这个样子，越不叫打扰，越惦记着；越惦记，越觉得神奇。那片泛着幽幽绿光的水域对于坎村人来说，有着致命的诱惑。就像湖的四周，明显立着禁止野浴的标识，人们仍如飞蛾扑火般纷纷扑过去。扑的人多了，就常有意外发生，几乎每年都有意外发生，有的捕鱼失足，有的游泳溺水，还有的凿冰取鱼掉进冰窟窿淹死，等等。虽然都是人主动扑过去的，人还是与湖结了仇。这仇日积月累，盘根错节，累积成了恨。湖能灌溉也好，能蓄水也罢，还调节地下水位啥的，于人有恩义，可有恩义又如何，能比得了失去亲人的恨吗？于是，人们把恨发泄在湖上，填它、扔它、倒垃圾、折腾它等，各种方式无所不用其极。像齐世全家的文涛，都半大小子了，牛犊子一样高，和高占福家俩大孩子出去玩，就撞到电网上丢了小命。那孩子铁青着脸，大着肚子，谁看都可怜。齐世全的婆娘嗷的一声就昏过去了。齐世全看了看高占福家的俩小子，恨恨地把湖底的电网拆个干净。全村下电网的那几家脖子缩成鹌鹑。齐世全自此和这个湖结了仇，在他当村书记期间，批了一处又一处养殖基地，建了一排又一排平房。说来也怪，建了平房的这些人家不是有这事就是有那事的，反正不顺当。有村民说，这些人犯了忌讳，受到了惩罚。城里来的知青"小白鞋"和村民戴江山相爱结婚，响应党的号召，扎根农村干革命。齐世全为了显示支持，亲自批了湖地建房。比牛还壮硕的戴江山劳作了两个月，建起三间大瓦房，当下搂着媳妇就住进了新房，没想到，刚住了一宿就不会撒尿了。去了大医院一检查，说是尿毒症。不长时间，他扔下"小白鞋"和她肚子里的孩子撒手去了。"小白鞋"伤心回城，生了儿子戴春望，从此再也没回来。

再多奇异事件也阻挡不了湖越来越小、越来越脏的事实，虽然还没死透，但也活得苟延残喘的。即使它苟延残喘了，还有人痛打落水狗，不，得称痛打落水湖。比如桂花婶，她正琢磨着填一块湖地，给向东做婚房。

二

坎村女子的名字多有个花字，一般是落地时，什么花开得正艳，就叫什么花，像杏花、桃花、槐花、芦花、李花、梨花等。慢慢地，各种花多起来，重名或凭空想象出来的花便充溢其间，如牡丹、芙蓉、桂花等。这些花坎村没有，可坎村有的花都被叫完了，这些没有的花便被移过来，作为女孩的名字。这些花的"入驻"，让坎村的花颇有些百花齐放、推陈出新的意味。桂花当然不是因为桂花开得艳而叫桂花，村里虽没有桂花，家长还是给她起了这个名字，显示了家长内心不寻常的期盼。

桂花年轻时，长得和门前的湖一样，开阔、清净、水灵。桂花嫁给刀客长胜，变成了桂花嫂，也是能干、利落，连走路都带风。等桂花嫂完成生育、教子、养老，以及生产生活各种劳作等诸多环节之后，从丰满诱人的桂花嫂变成干瘪瘦削的桂花婶，容颜如同门前的湖，从鳞浪翻滚、碧波荡漾一路缩水成招蚊引蝇、蓝绿幽暗的寻常水泡子。桂花婶的命运也和湖一样，因为承载着各种发展的欲望，为富裕的生活、孩子的成长、老人的赡养等，被岁月刻上一道道深深的纹路；湖为满足人们灌溉、洗涤、倒垃圾、捕捞、开厂、养殖、拓宽住宅等欲望，缩水成标准的黑臭水体。浅水区早被分而化之，各个击破了；深水区也被持续的人进湖退，改造成被垃圾包围的绿色水体。

桂花婶虽日复一日地干瘪瘦削，发展的愿望却日复一日地明晰。向阳大学毕业后去了锦城，娶了城里的媳妇，也赚了一些钱，估计不会回村了。向阳是不回村了，村里也得有他的根，他那份房产得在。向东留在跟前，要娶妻生子，孩子大人的住处更是省不下。去年还像个豆芽菜的男娃，这一年眼看着往高里蹿，隐隐有压长胜一头的气势。胸肌鼓起来，肌肉流线一样收进窄腰，随随便便往那儿一站，呼啦啦直带风，引逗小姑娘直往身上扑。老楚家的二丫没事就爱来家里小坐，看向东的眼神都带钩子。向东眼下是一副不甚在意的样子，可二丫是个有心劲儿的，会些缠磨功夫，那小子不是伞，恐怕撑不了多久就得被收了。赶紧给那小子张罗新房子是头等大事。

房子是庄户人的根，深深地扎进泥土里。而杨家的根就扎在湖边，亮堂堂的四间大瓦房，穿过岁月的烟尘，大咧咧地立在那里，闪耀着岁月的光辉。前后院子整齐，篱笆墙内黑油油浓绿绿，枝繁叶茂，果蔬累累。地都养得熟熟的，种啥长啥，稍微用用功，就是一片青翠水绿、姹紫嫣红啊。农闲时，桂花婶挑着担子去集市，换回日常所需的柴米油盐；旅游旺季到来，她的时新果菜是休闲度假城里人的采摘首选。庭院是她的聚宝盆，庭院经济是她实现财富自由的强大助力，所以开辟新的宅基地，就得眼睛向外挖掘潜力。村里的空地早都被开发完了，只有门前的湖地还有开发的余地。虽然余地不大，可有刚需的家庭还是瞪大眼睛盯着呢。都盯着有啥用，谁能和她桂花婶比。这可不是桂花婶吹牛皮，她和现任的村第一书记黄巧云有半个娘亲之谊，换句话说，要不是她桂花婶，巧云说不定早轮回到哪个庙里等着投胎呢。初见巧云时，她还裹在襁褓中，身子轻得像一片云彩，一张小嘴弱弱地嚅动，发出饿猫一样的喵声。她爱心泛滥地接过来，抱在怀里，闻到奶香的巧云一入怀，就急切地乱拱，一时不得要领，把个小脸都憋得通红。等桂花婶扶正她的头，把乳头塞进她的小嘴里，巧云晃着头，狠狠地衔住了，忙不迭往下咽，呛得流眼泪也狠狠霸着不肯撒嘴，吃饱了，睡着了，也不撒嘴，惹得向阳哭闹了好几回。巧云吃饱了就睡，窝在她怀里，幸福地吹着泡泡。巧云睡觉可是睡觉，不论睡得多熟，一旦被抱离，必定醒来，手脚乱蹬，哭得上气不接下气。桂花婶的心哪，跟着揉碎了好几瓣，流淌成了河。

巧云步子没走稳呢，就知道帮着桂花婶干活，看到她烧柴火，就用小手一根根地给她递柴火；看到她喂猪，就蹒跚着提灯笼给她照亮；实在帮不上忙，就抡着小拳头给她敲背，把个桂花婶稀罕得没办法，点着她的小鼻尖说："你个小人精哟！"

等巧云长大一些，生得聪明伶俐，冰雪可爱，眼睛骨碌骨碌的，顾盼生辉，向阳那没眼界的傻小子一头就栽进去了，成了巧云身后的小尾巴。对于这桩就近就便的好事，桂花婶起初不咋心甜，不是巧云不好，就是巧云的出身有点那个。巧云是捡来的，是个连父亲是谁都不知道的私生子。女孩子家讲求个身世清白，根正苗红，巧云终是个来历不明的野孩子。可向阳铁了心，她也就随过来了，婚姻这个东西，俩孩子投情对意比啥都强。看着这对小儿女一路求学，相依相伴；再看着向阳小心翼翼呵护的样儿，她释然了，出身不好又如何，又不是巧云自己决定的，向阳都认定了，她有啥不能接纳的。没想到，这板上钉钉的好事儿，说不成就不成了。听说两个人在就业方向上发生严重分歧，吵来吵去，居然吵分了。桂花婶跟着着急啊，问向阳，向阳不说；问巧云，巧云也不讲。两个当事人都闷着，把个桂花婶急得满嘴大泡。后来,向阳去了锦城,很快结婚生子,而后依托锦城开发区建设,干起了企业给水设备铺设,居然干出了一番景象。巧云则一直单着,先在市里任公务员,后选派回村任第一书记。履职不长时间,正赶上村书记齐世全调回镇里任职,她申请担任村书记职务,转过年来,村"两委"班子换届选举,巧云顺利当选村书记。

桂花婶再见到巧云时,心绪复杂,有些讷讷的,怕走得太近惹向阳媳妇不高兴,走远了又辜负了这些年的感情付出,因而心里惴惴不安,总怕面上有些尴尬。巧云却没有半点生分,她抢步上前,亲热地叫一声"桂花娘!"这声软糯的"桂花娘",驱散她内心的小阴云,叫得她云开雾散。

湖地的事不是桂花婶愿意用这个半娘的情谊相要挟,实在是形势逼人。论理巧云走马上任时间不长,这个时段跟她说这个事有些不好,可村里的人都盯着最后这片湖地,她得提前报个名,要不然啥也捞不着。反过来讲,依着巧云和她家的关系,就算碰了壁,也还有几分旧情在的,不至于太难看。

桂花婶出门的时候,雨还没有停,黏黏腻腻地下个没完。这天气有些反常,一入夏就下得跟天漏了一样。碱河的喘息声有些粗重,似有些不堪重负。往常裸露的红滩绿苇早没了影子,连房前屋后都积了白亮亮的水,本来长势良好的水萝卜、芹菜、大葱、豆角、土豆都泡在水里。那可是流通的现银啊,桂花婶的心疼得都揪在一起了。

雨淅淅沥沥地滴了一夜,滴得桂花婶一夜无眠。这样的雨好多年没遇到了,按照风月同天的道理,碱河上中游指定也在涨水,如果涨势过大,就会河海相连,那样一来,人或许真能成为鱼鳖。桂花婶对这情势不陌生。小时候，一下这样的雨，大人就愁得连饭都吃不下，因为过不了几天，水连天，天连水，流离失所的日子就来了。她六岁那年，正在自家炕上啃玉米棒子，水一下子就上了炕，她坐在自家木格窗框上才得以生还。把窗框让给她的哥哥却再也没回来。

这些年，碱河与坎村相处模式挺好的，河海相拥，水润地，地抱水，相依相偎的，让人看着都喜兴。可万里总有个一，一旦上游水势暴涨，情势就不一样了，水漫地，地洪涝，庄稼歉收或绝收。碱河在入海口处向来放肆，可能是一直被拘着的缘故，等到看见了归处，就肆意地撒着欢。正长在河口的坎村受河海影响，洪涝就成为家常便饭，好在河海之间有一个湖，起到较好的吸纳作用，让村与河海都相安无事。

这些天，碱河的喘息声有些不寻常，这粗重的喘息声扰得很多人睡不安稳。天蒙蒙亮，长胜破例起了早，掀开门帘，腥气的雨星儿带着河海的潮气飘进屋来。长胜立在门前看了看，穿上雨衣，抄起门后的铁锹，把院内淤积的积水引出来，很快积成一条蜿蜒的小河，流进门前的湖里。彼时，湖像吸满血的水蛭，满胀满胀的，像随时都会溢出来。

桂花婶心烦意乱地跟着起身，看了看雨，没心没思地把自己打理干净，然后胡乱地吃几口饭。等收拾妥帖了，长胜并没回来，把饭菜留在锅里，索性也出了门。没等走到湖边，远远地看见那里早早围了几个人，都穿着雨衣雨靴，笨笨的，像泡在水中的倭瓜。等走近了，广生撩了撩眼皮，微微点一下头，算是打过招呼了。黄老歪和长胜说话，连眼皮都没往她这撩。"你看看，这水五十年都没涨过这个位置，这才刚入夏，水头都没还来，就这样了，如果水头来了，就危险了。"

长胜看了看黄老歪，叹气说："这水头还没来，就先声夺人，今年这水怪着哩。"

桂花婶悬了一宿的心又揪起来："要发水吗？老天啊！转眼一切化为乌有的滋味，今生今世都不想再尝了。"坎村哪儿哪儿都好，就是一个"涝"字咋也摆脱不了。难怪呢，村名"坎"，对应水位，因涝得名呢。

"要没有这个湖泄洪，得年年涝。"广生瓮声瓮气的，像头上罩着一口缸。

"年年涝唉，所有的努力都打了水漂儿！"想到这儿，桂花婶的心与湖一样，也如吸满血的水蛭，胀得慌。

黄老歪把头转向她："她婶子，这么早去哪儿？"

桂花婶沉吟一下："我去看看巧云。"

黄老歪翻了翻白眼："她去镇里开抗洪抢险的会啦，怕是没工夫哩。"

这个老成精的家伙，不想她去找巧云，怕是早读懂了她的心思哩。是的呢，巧云正忙着，她过去说房子的事似乎不太好，要是回去呢，又不甘心。桂花婶心里乱乱地往前走，猛一抬头，楚算盘的老婆胡兆花撑着小花伞，正对着她笑。小花伞的明媚让胡兆花满是皱纹的脸生动了不少。"她婶子，这是去村上吗？"这语气让桂花婶不喜，本来湖地的事，两家心照不宣，她胡兆花这笃定的语气让桂花婶觉得此事尽在她掌控之中，就好像向东非她家二丫不可。那二丫大学毕业了，也不好好找个工作，做什么网上直播，小小年纪，脸上画得跟熊猫似的，坐在电脑前搔首弄姿，像个什么样子。胡兆花不以为耻，逢人就夸口自家的女儿多么能干，真是有什么样的娘就有什么样的女儿。她胡兆花这辈子干啥啥不中，吃啥啥没够，全凭着一张巧嘴过活，在大家泥里水里讨生活的时候，她胡兆花尽可能地投机取巧，甚至为了少些体力劳动，委身高占福那个恶心男人。她利用城乡差别，把村里的好姑娘说给城里的男人，赚取高额媒介费。她居然把夏家模样周正的夏盼，说给一个城里赵锁匠家的半语子赵铁。夏家贪图赵锁匠两百块的聘礼，给夏金贵说媳妇。花轿到门那日，新娘子用剪刀剪碎男方送的衣料，惨白着一张脸，踏着满地碎屑上了轿。此后，夏盼再也没回过娘家。现在想来，都是穷闹的，也怪这个胡兆花，贪那点蝇头小利，做下这亏心事。二丫跟她娘一个样，啥个活也不会干，没事就爱找向东帮她看电脑，一看就是大半天。孤男寡女的，待在一起时间长了，她这个做娘的再不同意也无可奈何啊。

桂花婶叹口气："黄老歪说，巧云不在村上，去开抗洪的会了。"

胡兆花撇嘴："一个女子，看把她能的，管天管地的，都管上天上下雨、地上抗洪的大事啦。"

桂花婶不爱搭理她，甩了甩雨水，昂首挺胸奔着村委会而去。

三

在坎村，黄老歪就是个特殊的存在，除了湖，啥也入不了他的眼。像叶瞎子，不管他发布些什么，不管多少人跟着附和，黄老歪总是黑着脸一言不发。时间一长,叶瞎子挺尴尬的,就像大风吹过,遍地野草低头,总有一根草直挺挺地立在那里。这让叶瞎子很不爽,弄又弄不过,掐也没法掐,实在无法,就给他起外号,说他是《射雕英雄传》里黄老邪的弟弟黄老歪。这样黄品三这个大号也没人叫了,都叫他黄老歪。

黄老歪是坎村坐地户,据他自己说,都传了六代了。可地域文化专家说本村"向无坐地户"。叶瞎子据此攻击黄老歪胡说八道。黄老歪淡淡地瞄了他一眼,背着手转过身而去。这一回,叶瞎子可是吃了瘪,黄老歪家有一本旧家谱,上面一长串的名字,颜色深浅不一,每一个都泛着岁月的光辉。每一个名字都是近百年的风云变幻,爱恨情仇,多少喜怒哀乐,多少风流缱绻,都浓缩在一个个深浅不一的名字之中。黄老歪的不屑一顾,很容易让人想到傲慢,或者说是底气。是的,黄老歪没钱没势,可就是有底气。

黄老歪家临湖而居,依湖过活,好像湖是他家的一样,不让倒垃圾,不让下绝户网,不让填湖地建房,湖葬还得通过他操办,等等,管得比湖都宽。这费力不讨好的差事是自己讨来的,他不停撺掇高占福:"这湖不管起来不行了,再不管你就成千古罪人了。"高占福是有觉悟的,自然不想当这个千古罪人;他又不想得罪村民,他们都想变着法地磋磨这个湖。如此拉锯之后,高占福还是下定决心,指着黄老歪说:"你去把那个湖管起来吧。"从此,他攥紧这根鸡毛,攥得比令箭都紧。

改革开放最初那些年,村民要搞养殖,要开厂子,要占地建房,等等,发展的喧嚣,压抑的激情实在找不到一个合适出口,不约而同地把眼光都投向蓝莹莹的湖去了。沉寂的湖沸腾起来,人气旺到爆。在一片喧嚣与激情中，只有黄老歪一个人，想方设法地抗争。面对铺天盖地涌来的大潮，他单薄的身姿像堂吉诃德一样可笑。养鱼大王田百旺曾不屑地唾骂："呸，什么东西，一个握紧鸡毛的狗屁！"

十年前，这个人人不屑的狗屁当上坎湖管理员。此后，更是变本加厉，啥啥都不让弄。你一弄，他就举报。现在的人不怕你闹，不怕你缠，不怕你磨，就怕你举报，特别是实名举报。一举报，就有人受理；一受理，就得有结果；一要结果就得来人调查；一调查，所有暗箱操作都被拿到明面上；一拿到明面上，啥都掺不得假了。俗话说，水至清则无鱼，就像这个湖，即使在最初始干净的阶段，也从来没有清澈见底，顶多是蓝绿晶莹，蓝天一样的蓝，绿宝石一样的绿。

黄老歪这样一弄，俨然成为村里的另类。作为另类的黄老歪却没有另类的自觉，整日面目灰扑扑，衣着灰扑扑，如泥土一般亲切，永远一副没新没旧的样子。

人们习惯了这样的黄老歪与这样的湖。入秋了，湖面难得清寂，凉风若有若无地拂过，吹得黄老歪有些醺醺然。他有一下没一下地撑着船，眼睛不时瞟向这副老旧的船板。这船板每年都刷漆保养，还是经不住岁月侵袭，有些糟烂了。这船还是爷爷亲手打造的呢，这一晃五十多年过去了。他记得那年早春，冷风吹得天地动容，凛凛有声，他躺在炕上，睡得肆无忌惮。朦胧中，听见爷爷和父亲发生激烈的争吵，开始还小小声，后来，声越来越大。再后来，父亲吻了他和娘，毅然决然地开门走出去。强劲的冷风灌进来，激得他连打了几个寒战。转过年来，家里来了一群人，在门框上钉了一个牌子。娘长号一声，晕了过去。爷爷铁青着脸,不发一言。再后来,娘走了,走得不声不响的,好像只是出去买了一袋盐。

家里只剩爷爷和他,爷爷更消沉了,整日撑着船在湖面游弋,时间久了,就成了一幅剪影,仿佛他一早就在那里,从没离开过。后来,爷爷的身体垮掉了,撑一会儿船就会上喘,可爷爷不休息,几乎不眠不休地打造了这艘船。等船造好,爷爷也油尽灯枯了。爷爷强撑着爬起来,设了香案,请了街坊四邻,命令他跪在香案前发誓:"一生守护龙门渡,如有违背,来日必坠入阿鼻地狱。"还是少年的他跟着爷爷一连念了三遍。爷爷端起桌上那碗酒,祭拜了皇天后土,请天地神明和街坊四邻为证,然后,含着泪把黄品三的名字端端正正地写在家谱上。从此,这船就成了他的家。他日日行在湖上,捞垃圾、拆渔网。如今他的身子也如同这副糟烂船板一样,早晚得成为劈柴,填入灶坑。

有些日子,他常常回忆起那场争吵的始末,却怎么也回忆不起来。细节零星地散落各处,怎么也拼接不起一个完整情节。他们为什么吵,吵些什么,父亲到底去了哪里,他不知道。在爷爷去世的前一天,爷爷摸了好半天,才从最贴身的里衣口袋里摸出一枚军功章,已有些上锈,爷爷捧着军功章,眼含热泪,抖抖地交到他的手里,喘息着嘱咐:"一定要把这个,连同我的骨灰一起湖葬。"这枚军功章的由来,爷爷没有交代,他却直觉那一定和父亲有关。他摸着带体温的军功章,怎么也想不起父亲的模样。当天晚上,他梦见了父亲,梦见了在血与火中拼杀的父亲。其实,他对父亲壮怀激烈的那段岁月,无从想象,梦中这个父亲的形象是借鉴了电影《上甘岭》里面的镜头。他曾一遍一遍在电影里面寻找父亲的身影,却怎么也没寻到。梦醒后,心中生出一种渴望来，他也想和父亲一样，壮怀激烈一把。他心绪激昂，难以自抑，和高占福、叶瞎子约好，一起去报名参军。鸡叫三声，村东头相聚。高占福脚步咕咚咕咚响，急吼吼地叫："黄品三，品三！"他停住了脚步，没人拉住他，是他自己想起了爷爷和那铿锵的誓言。满天的神佛他一个也没看到，却还是选择没出声。高占福等了一会儿，见他没到，就独自向东去了。他不知道叶瞎子为何没来，可能是觉得解放军队伍不要瞎子吧。

他经常想，在自己什么也不明白的时候，爷爷就替他选择了人生，选择了孤寂又漫长的人生。高占福鄙夷他是"思想的巨人，行动的矮子"。他不反驳，就这样默默坚守了半个多世纪。长期机械地巡湖，他捞垃圾的动作都显得程式化，微微沉肩抬腕，入水一钩，然后双臂一展倒出垃圾。然后再一次沉肩抬腕，入水一钩，这一次，明显感觉不对，这垃圾有些过于沉了，他双臂一展，没动，再双臂一展，一尾白鱼样的女人躺在网兜里。

黄老歪有些蒙，愣愣地捞起女人，放在岸上。午后的太阳给白鱼女人涂上一层金光，使得她更像一尾金鲤了。没等他想明白是咋回事，全村男女老少都聚过来。坎村就这样，无遮无挡的，什么都藏不住，白鱼或者金鲤女人也一样。

女人躺在那里，头发像水草一样乱糟糟的。黄老歪倒提着女人，反扣在腿上，一下一下拍打女人后背。不长时间，女人哇的一声，吐出几口脏水。待女人吐净了，把女人放平，抚开乱糟的头发，露出女人惊艳的脸来。女人缓缓地睁开眼睛，懵懂地看着周边环境。等她明白自己获了救，长号一声，又晕了过去。

齐世全走上前，把手搭在女人白皙的腕上。齐世全的医术如何没人知道,搞关系的本事却一等一地高,他跟高占福打得火热。别看齐世全只是个村医,可管着村里的不少事呢。坎村人粗生粗养,平时也没啥大病,有个头疼脑热啥的,吃几片药就完事了。他这个村医基本就是个摆设。这一回,齐世全却在全村人面前展示了自己的能力,他转头对黄老歪说:"女人身体无大碍,就是怀了身孕。"村民们的眼睛一亮,八卦之火熊熊燃烧。

等女人再次醒来,天已擦黑儿,八卦之火没有熄灭的村民根本不散去,继续围着女人,七嘴八舌地询问女人的来处、遭遇、落水缘由,还有孩子父亲是谁等等。女人闭紧嘴巴,拒绝与任何人交流。

天完全黑下来,八卦没得到满足的村民悻悻而去。无家可归的女人被安置在黄家老房子里。黄家老房子建于哪年没人知道,与黄老歪一样,也没新没旧的。最奇的是建房子的材质不是土坯,也不是砖瓦,居然是石头。坎村有河有水有湖,就是没石头,用石头得去五十里外的南山上采,黄家老宅居然是石头垒就的。谁盖的房子,从哪儿采来的石头,谁都不知道,仿佛有村子那天,这房子就在那里了。此后,历经岁月风霜,依然结实耐用。

女人没死成,就住进了黄家,住进去还不见外,给吃就吃,给喝就喝,没事时还出来溜达。村民悄悄观察了,女人和黄老歪在一起有说有笑的,像一家人一样。"这女人哪,就是善变,几天前,还要死要活的,这会子想开了,主动留下来给黄老歪做媳妇了。"齐世全艳羡道,"这女人条正盘亮,那皮肤细腻得哟,连毛孔都看不见,真是便宜了这个黄老歪。"叶瞎子不乐意了,鄙夷道:"怀里揣着一个呢,什么便宜哟,给别人养崽的憨货罢了。"这话可谓一针见血。在坎村人心里万事都有个度，这个度是什么，不知道；这个度在哪里，也说不清。可在村民心里就是有个度，就是啥事不能一针见血，真正见了血，旁人倒讪讪的，不好接话啦。

女人和黄老歪夫妻一样生活在一个屋檐下。白天，黄老歪巡湖，女人在家料理家务，逢着月头月尾，黄老歪会陪着女人去卫生院做产检。路上遇到赶集的村民意味深长地笑问："去产检啊？"女人并不忸怩，大方地点头微笑，算是回复了。黄老歪一如既往地黑着脸，不发一言。

大家都以为女人会一直和黄老歪过下去，谁知道女人出了满月就不见了。不知道是投了湖，还是去了城里。也有人说，看见黄老歪亲自赶车送出去的。总之，现成的老婆飞了，留下一个没有血缘关系的女儿。据说这女儿落地时，天边彩云朵朵，在朝阳的映照下仿佛镶了金边。黄老歪看罢多时，脑海中浮现一句俗语，七月绣巧云。他福至心灵："这小妮子就叫巧云吧。"炕上的女人淡淡地瞥了他一眼，未置可否。此后，这个女孩就叫黄巧云了。

一个大男人独自带个奶娃，日子过得鸡飞狗跳的。巧云体弱，小嘴还刁，不喝奶粉，饿得跟小猫似的呜咽。黄老歪无奈，只好抱着娃，挨家挨户要奶喝。桂花婶刚好生了向阳，两个乳房沉甸甸的，如枝上成熟的果子，不时有乳汁溢出来，濡湿了衣裳。巧云闻到乳香，伸出小手冲着桂花婶，呜呜咽咽着要抱抱。桂花婶一时母性泛滥，伸手抱过来揽进怀里。巧云一入怀就急切地拱，一旦找准地方，就狠狠吸住乳头。等吃饱了，她咧开没牙的嘴冲着桂花婶一笑，这天使般的笑容，瞬间萌化桂花婶的心。

四

　　湖是坎村的公共澡堂，大人孩子都喜欢在湖里洗涤尘垢。春天，鸭子刚刚浮在湖上，就有孩子在湖里试水，接着全村的孩子都在水里变着花样地折腾。大人一般在午后或者夜里才出来，彼时孩子们歇了，大人们瞧准时机，来湖里匆匆洗涮自己。叶瞎子和他们不一样，每次来总要在湖里待很久，湖温柔地抚平他劳累的身躯，他也肆无忌惮地折腾湖。湖从不反驳，也不抱怨，一如既往地环抱着他，比他老婆都贴心。这个老婆是胡兆花说给他的，那女人抚弄着胸前黑油油的辫子："老叶，你应该有个老婆啦。"胡兆花人长得好看，话说得也动听，连称谓都显得亲密且正式，她不叫他叶瞎子，也不叫叶同志，更不叫叶大哥，只叫他老叶，这一声老叶，仿佛多年挚友，叫得他心里酥酥麻麻的。这个村的女人大多数都叫花，却活得像个泥猴子，每日泥里水里的，比汉子还汉子。只有这个女人，真正如花一样，夏天穿裙子，风姿飘逸，冬天穿紧身袄，腰身妖娆。坎村女人因为活干多了，脸形大多方正，是那种银盆大脸，而这个女人是尖尖的瓜子脸，全身上下干净清爽，不沾一点泥，连鞋底都是干净的。他相信这样的女人明了他心底最隐秘的需求，指定能给他搭上一座顺心桥。胡兆花的办事效率就是快，她拿着叶瞎子唯一不翻白眼的照片，换回一张女方的半身照。叶瞎子一看照片，心神都跟着荡漾了。照片上，女孩烫着卷发，弯弯的刘海下，一双黑白分明的大眼睛，盈盈如秋水。叶瞎子看得心里直痒痒，盛赞一句："大妹子，你办事果然靠谱！"胡兆花笑得更加妖娆："要想快些成事，老叶，你可得有点诚意哟。"叶瞎子频频点头，拍着胸脯表态道："有诚意，非常有诚意！"

等见了面，叶瞎子哈喇子都流出来了，女孩比照片还勾人，那身白皙的皮肉，有起有伏的，流淌着勾人的女人味儿。叶瞎子当即上头，不管不顾花光了半生积蓄，娶回这个如花似玉的老婆。空了半辈子的叶瞎子得此佳人，自然是变着法儿地折腾，越折腾越来劲。这女人就如同水做的，稍稍一碰，就哼哼唧唧地讨饶，搞得叶瞎子心里美得什么似的。叶家的日子在女人哼哼唧唧声中愉快地流淌过去。慢慢地，叶瞎子长了些经验，晓得自己耕的压根不是什么处女地，"哼哼唧唧"只是女人招牌式的回应，其实，女人早已是千锤百炼的熟地了。

熟地与生地都是个人体验罢了，如果没听到女人的桃色过往，叶瞎子还是开垦得不亦乐乎。等女人的桃色过往排山倒海压过来，叶瞎子直接被压蒙了，自己视若珍宝的东西，转眼变成一堆破烂。自己捧着这堆破烂，扔了不舍得，珍藏着被笑话，咋的都难弄。实在没法子的叶瞎子转而缩头当起了阿Q，他安慰自己道："熟地就熟地吧，总比自己开荒省力气。"人们哪容许他缩头，直接当面挑开这个脓包："哎，二手货用着好不好啊？"要不咋说叶瞎子是个人物呢，对着这样场景，他一拍大腿，白着眼睛诘问："咋个，你没听过这样一句话？英雄不问出身！"

对于这个问题的处理，叶瞎子有完全自主权，可叶瞎子装聋作哑的境界也是没谁了。过往可以不论，现实是女人躺在他身下，心里还是想着别的男人，着实可恼可恨。女人进家不到半年，全村半数男人都和她有了首尾，特别是她和高占福的事，就差挂在明面上了,以为他真瞎。"呸,什么玩意,一个破鞋浪货罢了!"可不知为什么,叶瞎子心里就惦记这个破鞋浪货。问题是这个破鞋浪货记在他的名下,他还没有完全的使用权,偷吃偷用的男人吃过用过之后,还情不搭谢不道的。要是真有人对他说句谢谢,他这装聋作哑还真装不下去,作不下去了。想到这个破鞋浪货,他牙根恨得痒痒的,身体却没出息,不自觉地有了反应。他缩了缩头,把身子完全埋进湖里,让湖水温柔地把他包围。事后,甩了甩手里的万子千孙,伸展四肢浮在水面。

每天这个时候,巡湖夜叉黄老歪都会小憩一下,叶瞎子选准这个时间段浮在湖上,好避开黄老歪那张哭丧脸。看不见那张哭丧脸,可看得见那石头垒就的房子,那一块一块石头看似不规则地挨在一起,却异常坚固耐用,据说历经近二百年,外加两次大地震和无数次泡水,依然稳稳地立着。石头上都长满了青苔,一茬又一茬的,诉说着岁月的痕迹。这房子也证实了黄老歪的"坐地户"身份,哪有什么"向无坐地户"的说法,叶瞎子懊恼地骂一句:"什么专家的嘴,都是骗人的鬼哟!"

忽然,石头房的门开了条小细缝,一个小巧的脑袋伸出来,接着一个细柳般的身影显现在阳光下,叶瞎子恍然:"啊,是巧云这小丫头啊。"这丫头聪明伶俐,比她老子可强多了,一双笑眼弯弯如月,一张小嘴见啥人说啥话。此刻,小丫头就立在那里,眼睛滴溜溜地搜寻着,叶瞎子想:"这小丫头在找寻什么?"顺着小丫头的目光,他发现在矮墙那里,一丁的脑袋支棱出来。"什么情况?一丁不是在家睡午觉吗?怎么和黄家小丫头搅在一起?"他偷偷地用眼睛瞄着,见两个孩子拉着手去了河闸那里。"河闸那里水大,这两个祖宗敢去那里,要是出点啥事可了不得,黄家丫头娇惯着呢，要是出了一差二错还了得，这兔崽子真敢给老子找事！"因为老婆的缘故，他不咋待见一丁。即使知道一丁是自己的种，也因着老婆滥情，心里憋屈压抑，又不敢对着老婆来劲，只能对着一丁意难平了。不是他怕老婆，他怕一旦闹起来，不但坐实了绿王八的硬盖子，老婆还对他实施禁欲处罚，那就得不偿失了。他经常对着一丁挑剔、责骂，甚至动手等等。一丁小小年纪，脾气倔倔的，平时能躲多远就躲多远，能不说话就不说话，能不来往就不来往，时间久了，两父子形同陌路。

叶瞎子悄悄地跟着两个孩子，见一丁牵着巧云来到河闸，让巧云等在岸上，自己站在高高的河闸上，一个翻身像水鸭子一样跃入翻滚的河水中。"天王老子啊！那么高，底下要是有石头，有玻璃碴子，那岂不是，岂不是……"

叶瞎子狠狠揪住自己的胸膛，还觉得喘不上气，他两手持续用力，恨不得掏出自己的心脏。

坎村水多，不仅有湖，还有河流沟汊。这河流沟汊有个总干流叫碱河（学名叫辽河），这个河闸是控制碱河分支水位的，分支下面还有细支，河闸有分闸有细闸，这个分闸是专管坎村的，要是碱河水位超过警戒线，只消抬高这个闸口，碱河水倾泻而下，顺着稻田苇海流入冰陷湖。当然，水大时，这闸就不管用了，大水漫过河闸，洪水肆虐。因为这里地处溢洪区，基本没有工业企业，连大型的养殖场也开不得，全村299口人几乎常年泡在泥泞里。

一丁的头从远处冒出来，他抹一把脸上的水，在水里招呼巧云下来。叶瞎子这口气才算喘上来，他狠狠盯着水里的一丁。"这个愣小子敢把不会游泳的巧云领到这儿来，真是不知道死字怎么写，这要是让黄老歪知道，还不得吃人啊！"

黄老歪不让巧云下水，说啥也不让，任巧云咋闹都不通融。连桂花婶都劝说："坎村连年都发水，不发水也经常泄洪，咱常年跟水打交道，孩子学会游泳算作一种技能啦。"黄老歪冷着脸回复道："不用学啥游泳，划船也能逃生。"是的，黄老歪早早教会了巧云划船。小时候，抱着巧云巡湖，等巧云长大一些，他有个头疼脑热的，就让巧云独自撑船巡湖。桂花婶对黄老歪实在没法子，就劝巧云："巧云乖，你爹也是为你好。"

向阳和一丁都是巧云的小跟班，还有点暗暗较劲的意思。一丁抢先教了巧云游泳，向阳再教游泳，就有点吃人家嚼过的馍的意思。于是，爱动脑筋的向阳另辟蹊径，给巧云讲故事。但向阳脑子里的故事本就不多，很快就讲完了，而巧云似还没听够，黔驴技穷的向阳不忍巧云失望，只好临时抱佛脚，东拼西凑了。眼下这个故事就是他从叶瞎子和村里人那里听来的，再这一句那一句地综合起来。"早年间，村里这个湖不叫芦湖，也不叫冰陷湖，叫龙门渡，是天下鲤鱼跃龙门的地方。"这个故事新奇，仅开头一句话，就牢牢地抓住了巧云。向阳见巧云眼睛发亮，就得意地继续讲："听说呀，五湖四海的鲤鱼都要游到这里，等待机缘际会的飞身一跃。没想到，等到飞升的时刻到来，地壳变迁，河口抬高，水退人进，形成了这个湖。"巧云微张着小嘴，黑葡萄眼珠一动不动地盯着向阳。"生生受了三道天雷的鲤鱼褪去龙鳞，沉入湖底。"巧云继续盯着向阳，期待他说出更精彩的故事。巧云越是这样盯着他，他越是不能让她失望，于是，只好继续往下编："到现在，这条鲤鱼还生活在湖底，夏天就和普通鲤鱼一样生活，冬天就去东海龙王的水晶宫猫冬。"巧云见他编得离谱，就摇头表示不信。向阳则继续描补道:"你还不信,我和一丁曾潜下去,潜得老深了,都深到水晶宫里去了。"

巧云笑了,这似春风拂过向阳的心田。"什么水晶宫?别胡说八道了。"

向阳急了:"就是到了水晶宫,不过没看见龙王和虾兵蟹将,只看见大大的宫殿,很大很大,上面还有字。"见巧云拧着小眉头看他,他继续,"那水好深啊,我俩好悬回不来了。"巧云睁大眼睛,定定地望着向阳。

向阳见她不信,连忙找来一丁证明。一丁没听明白咋回事,见向阳让他证明湖底的事,就点头说:"确实看见了宫殿。"

巧云看着他俩,眼睛熠熠生辉。"咱仨找个时间下去看看啊。"两个小伙伴眼睛冒光,频频点头。

这个时间还真不好找。黄老歪一年四季都漂在湖上,像不知疲累一样。但每个月,他总要抽出一天的时间去镇里,向上级分管防汛抗旱的领导汇报工作。论理说,应该是镇里的领导下来巡湖,可镇里的领导总忙,就发明了每月汇报工作的制度。每次汇报,黄老歪都准备充分,一点一滴地详细汇报。这样一来,他去镇里的时间估计短不了。巧云和一丁、向阳等黄老歪前脚一走,立马联手下水探险。湖水早被垃圾包围,能见度低,即使戴上护目镜,也啥都看不清楚。三人无奈,只好往深里潜,无奈巧云的水性太差,没等潜至水底,就呛了好几口水。向阳和一丁一看情况不妙,当下不敢怠慢,赶紧架着巧云往上游。巧云的意识已经开始飘散,感觉自己被什么东西包围着,她在四下够不着的无意识状态下,顺手摸到一样东西。等上了岸,巧云还紧紧握在手里,是一把锈迹斑斑的扳手。

见到锈扳手，黄老歪顿时变了脸色，咆哮着赶走向阳和一丁，粗暴地拖着巧云，阔步回了屋里，咣当一声关了门。

晚上，父女俩发生激烈的冲突，黄老歪甚至还动手把巧云捆起来，关了三天三夜，任她再哭再闹都没放出来，任谁劝都不好使。桂花婶心疼巧云，和长胜两人一起找了黄老歪理论，大有不放巧云就跟他玩命的态势。黄老歪长叹一声："别的不用说，就说湖底下拉着早年电鱼的网，拆不尽扯不绝的，你能保证她不撞上吗？"桂花婶收回劝说的话，痛骂一声："这帮黑心烂肺的！"

平日里，黄老歪对巧云宝贝着呢，这回是生了大气，坚决不惯着巧云。向阳和一丁数着日子，等在外面，等得心头要着火了。好不容易等到第四天，黄家大门终于打开了，巧云缓缓地走出来，眼睛更大，下巴也更尖了。向阳和一丁早早等在那里，默默地看着巧云。巧云左看看，右看看，啥话也没说，跟着二人上学去了。此后，巧云再没提及这事，也再没下过湖。村里人都说巧云有记性，或者说这孩子气性大。"这个丫头养的，真有记性！"

巧云不下水了，一丁这个游泳教练就没有了用武之地。相反，向阳说的故事就有了更多空间。两个人经常在一起说故事。说着说着，一丁就有些插不上话了，可他还是咬着牙，跟两人一起出出入入。渐渐地，向阳单独约巧云的时候多起来，三人行慢慢地变成了二人转。

向阳喜欢巧云，从很小的时候就开始了。他知道一丁也和自己一样，可他坚信自己比一丁有优势，因为他温暖阳光，代表天地间向阳的那一面，一丁则蔫坏痞气，代表阳光下的暗影。有光就有影，有影必有光，而巧云就是那光之源头。表白的那一天，他手捧玫瑰，众目睽睽之下，单膝跪地，发誓要给巧云一生幸福。巧云的笑容比天上的太阳还灿烂，她接过玫瑰，也接过这段青梅竹马的爱情。

本来，这对人人看好的爱情可沿着溜光大道走得更高更远。可黄老歪的那次长谈，让这段爱情发生转折。那次长谈是在巧云大学毕业之后，也是在巧云择业的关键点上，黄老歪忽然发声了："要和巧云谈一谈。"至于黄老歪说了什么，没人知道。反正巧云在跟他谈过之后，就改变了就业方向，为此还和向阳发生激烈的争吵。两人话不投机，一吵再吵，终于让一段生于梦寐时段，青梅竹马、坚不可摧的爱情猝死于2002年的春天。

2002年的春天比以往来得稍晚了一些，凛冽的风吹得两家冷如冰雪。黄老歪一直高冷，对此没有只言片语。桂花婶和长胜却心有不甘，一起跑过来，质问黄老歪："你为什么要拆散两个孩子？"黄老歪长叹一声："这片湖是巧云的宿命。"桂花婶急了："你一辈子就拴在湖上了，孩子总得看看外面的世界吧，不能把孩子也禁锢在弹丸之地。"黄老歪顿时火了："你说这是弹丸之地？这弹丸之地是天下鲤鱼跃龙门的龙门渡，是千百年来，从五湖四海而来飞升泗渡的地方。我家六代人，一代一代接续守护这里，这是家族使命。她姓黄，就得接续这使命。"说完顿了一下，再低低地说，"我让她自己选择了，她一旦做出抉择，我不会再置喙。"

巧云坐在满是斑驳苔藓的石头房内，想起父亲把自己从房梁上放下来那天，父亲的手有些发抖，他摸索了好一会儿，才把她放下来。父亲摸摸她的头，似有万语千言和自己说。她冷漠地瞪视他,生生地逼回他的欲言又止。小小的她就在心里暗暗发誓,一定要努力学习,长大后有能力了,离开这个家,离开这个法西斯父亲。她一直努力,一直努力成长,她的决心影响了向阳,两人相约一起离开这个满目泥泞、蚊虫遍地的村庄,一起去繁花遍地、人群熙攘的锦城。

那天,父亲的一席话击溃她多年累积的信誓旦旦。此后,她满脑子都是父亲说的那条大鱼,过去了近二百年,它是否还在?如果一直都在,为何不曾出来透过气?穿越岁月风尘,她仿佛又看见那筚路蓝缕,踏着泥泞而来的一家人,他们相互搀扶着来到湖边,见到那片清亮亮、蓝幽幽的湖,好想一头扎进湖里,洗涤这满身风尘。可没等他们立住脚,好好地喘上一口气,迎面遇上铺天盖地的大水,那水仿佛从天而降,转瞬间咆哮而至。这家人被裹进浊浪,如水中鱼虾挣扎起伏。那种叫天不应、叫地不灵的绝境,让人心生何等绝望。这家最小的男孩学着大人的样子,手脚并用,拼命挣扎。迎头遇到两尺高的浊浪,眼看就要被砸入水底,男孩两眼一闭,放弃挣扎。正浑浑噩噩之时,忽然感觉到有什么力量托举了他,他微微睁眼,似一条大鱼,他眨眨眼,是的,是一条绝大的鱼。他在朦胧中,甚至看到青青的鱼脊背,马蹄一样大的鱼鳞,身子比条凳还要长,多一半的身子隐在水中。男孩活了下来,他发誓要报答这条大鱼,他坚信大鱼是神龙的化身,他要世世代代守护这片湖,守护神龙的家园。

回坎村就职前,巧云曾仔细翻看过地方志,却没查到龙门渡和这条大鱼的传说。黄家祖上的故事就是滴水之恩、涌泉相报的现实版本。据地方志载,本地的土为"瘠土",可"瘠土之民莫不向义"。坎村之民的"义"是长在骨子里的。特别是"中华民族到了最危险的时候"，本地人多转身向义，甚至舍生取义，留下许多英雄侠义的故事激荡在浩浩辽水间。当然了，这是另一个版本的故事，在此就不多表了。坎村人长在骨子里的义气从踏上这片土地的初始就注定了。虽然隔了六代，它的栖息地越来越脏乱差，她不知道那条大鱼是否还活着，是否会窒息而亡，如今，这接力棒不可避免地传到自己手里，难道自己让大鱼的故事从此销声匿迹吗？

父亲说："我本打算，等干不动了，自己沉湖了事。没想到，你来了，还成长得这样好，爸爸真是高兴啊！你有缘分来到黄家，保护这片湖的责任就得和你说清楚。你阿爷没跟我商量就替我做了决定，让我心有不甘。我一直想跟你说，又怕你不能理解。现在你长大了，有了独立的分析能力，你自己做决定，我不会逼你做任何事。"

就在这个院子里，那个老人逼着年幼的孙子做出守护一生的承诺。那醇香的酒、袅袅的香烛和朴实的誓言似还萦绕脑际，这传承没有感天动地，只有默默守护的孤寂。

这么些年，父亲像个锯掉了嘴的闷葫芦，用一生践行誓言，也用一生来爱她。要没有父亲，她和娘早就沉入湖底了。父亲还叮嘱她："有时间去寻寻你娘，天下没有不爱孩子的父母，她一定有说不出的苦衷。"这样的父亲有湖一样浑厚的心胸。自己该如何抉择呢？对于这片湖，她真的能任其自生自灭吗？

太阳绕着湖转了一个圈，像煎在湖底的一枚蛋黄。等蛋黄煎熟了，渐渐隐于地平线。她定定地望着湖面那最后一抹嫣红，倾听晚风掠过湖面的沙沙声。远处传来叶瞎子拉着长音的唱腔："人上二百九十九哟呵，瘸子瘸子啥都有，哟呵——"

五

坎村的活力复苏从湿地的慢慢软化开始。春风吹过，严冬包裹的外壳层层散去，绿意一日胜过一日，渐至盎然，然后红的红，绿的绿，黄的黄，蓝的蓝，黑的黑，都肆意妖娆起来。湿地一旦妖娆起来，就没个度了，得严加管束，要不管束，就会乱了套，导致天罚，比如洪涝、地震、灾疫等等。管束的结果是红、黄、蓝、绿、黑在各自的领域妖娆，红的赤碱蓬、绿的芦苇荡、黄的水稻田、蓝的海、黑的石油，五色兼具，满目风情。杨向阳驾驶着新提的宝马X5驰骋在下辽河平原湿地上，无垠的红滩绿苇在脚下延伸，像早早铺下的地毯迎候着他的大驾。古人云，"春风得意马蹄疾"，这样马踏祥云的感觉，让他颇有些衣锦还乡的自得。很快，他由春风得意变为马失前蹄。坎坷的路面让他心疼得揪起来。刚提的宝马，每一下都是钱啊！这破路永远让人泄气。当初，要不是这方水土任性得像个孩子，永远长不开，他也不会狠心离开。一旦离开了，就越走越远，每每思乡，又近乡情怯，所以这些年都不曾回来一趟。这回要不是巧云打来电话，他也不会这么急吼吼地赶回来。

巧云打来电话时，公司正组织召开一年一度的董事会。所说的董事会就是几个投资人在一起聚聚会，一年到头了，总得向人家交代一声，有个大事小情的，也得叨咕叨咕。这次董事会，他正式提出南下的规划。企业发展进入瓶颈期，东北三省的市场份额已经满了，要有新发展，就得南下，拓展新的发展空间。副总裁戴春望代表他在会上提出南下的发展规划。戴春望端起茶杯，缓缓饮上一口，展开企划书，刚读第一行字，陈千金就跳了出来："开拓陌生市场，风险太过了，企业发展运行得挺好，何必撇家舍业地跑出去打拼。"陈千金哪儿哪儿都好，就是短视自私，她一跳出来，陈二两自然跟着唱和："是啊，人熟为宝，到了陌生的地方，一没资金，二没人脉，还开拓市场，你开拓个屁。"这对活宝姐弟，平时只知一味地高乐，却不理解杨向阳拼死拼活都是为了谁。或许这裙带关系早该治理了，这姐弟二人早不适合担任董事了。杨向阳总是心软，想到创业之初，要没有陈家的支持，也很难干起来，恐怕在锦城立足都不容易。最困难时，是陈千金变卖了所有嫁妆支持他。就冲这份恩情，把股权都转给她也不过分。可是，在企业发展问题上，她的眼光老旧，不懂变通，不肯接受新事物。特别是这几年，脾气还越发见长，整日患得患失的，令他头痛。在公司困难时，陈千金尚能和他一心一意，同气连枝。如今企业发展壮大了，她越发指手画脚，到处阻碍发展，她那个弟弟陈二两就是个二世祖，跟着"扶弟魔"姐姐混日子，干啥啥不行，只会添乱。这个东北最大的管业集团，是他杨向阳泥里水里打拼出来的，就像他的孩子一样，他陈家姐弟占有企业的份额，行；左右他的决定，坚决不行。一丁曾说过："杨向阳，你就是个矛盾体，外热内冷，外表热得像个太阳，内里冷得像冰陷湖。"对的，他就是这个样子，不熟悉他的人都认为他和煦温文，其实，内里冷心冷情。这一点他和一丁不一样，一丁外表冷若冰霜，内里热烈如火。

董事会冷了场，戴春望站在那里捧着企划书，尴尬得不知如何是好。这样的场景，他戴春望只能干站着，杨向阳才是那个强而有力的掌控者，他掌控的节奏还得有理、有据、有节。果然，杨向阳站了出来，这一次，他明显没有耐心控制节奏，锐利的目光扫了眼在场的股东们，掷地有声地宣布："有谁不同意，可以退股。"全场顿时鸦雀无声，股东们面面相觑。说白了，这些人就是跟着向阳讨生活，如果退了股，哪有坐地分钱的好事情。见向阳真的急了，陈千金、陈二两也选择闭了嘴。"可以退股"这四个字咬得很重，也表明了他的决心。陈千金看了看他冷厉的面孔，和在座几个股东交流一下眼神，最终还是没再出言反驳。杨向阳手抚着桌子，淡定地说："企业要发展，就得不停地走下去，这世上没有保持现状这一说法，记住了，停滞就是死亡。"是的，停滞就是死亡。这是冰雪陷落、降下天罚的那天，狼奔豕突的坎村人用生命见证的真理。奔跑，不停地奔跑，才有一线生机。杨向阳灌下一口茶，压一压脉管里的悸动，还得把话拉回来。不管怎么说，这些人都是跟着他打江山的，他这个当董事长的，也不能完全不讲人情，还要带着他们一起往前走。刚走上创业这条路的时候，杨向阳心底是憋着一口气的，血管里隐匿着一股无以名状的激情，浑身洋溢着使不完的劲。渐渐地，他感觉曾经的激情减退，整个人心力交瘁，焦灼痛苦。而周边的人纷纷聚拢上来，要求分享他的创业成果，像老婆、亲人、朋友，还有不知道从哪里冒出来的熟人。像早年从坎村出来的高宝财，有事没事都来找他论道，或者披着论道的外衣和他谈分享，于是，他一有时间就会分享，叮分享得越多，对方的胃口就越大，这也要报销，那也要解决，和陈家姐弟一个模式。他知道做人做事要刚柔相济，一味地刚，人缘不好，一味地柔，软弱可欺，这刚与柔的界限还真不好把握。反正自己刚到什么程度，柔到什么角度，都会有人不满意。忽地，贴近心脏的部位传来有节奏的振动，他摸出手机，小妮子的声音不管不顾地响起来："杨向阳，你抓工夫回来一趟，我有事和你商量。"

还有事商量，多少年了，巧云就没和他商量过。这小妮子主意正着呢，不管啥事，小手一挥就做决定了，他只有服从的份儿。服从了一个春天再一个春天，早早说好的相约锦城，她说变卦就变卦了，不声不响地申请回坎村，跟他商量都没商量，把他扔在锦城的料峭春寒中。那一年，他二十二岁，莫名地活成了一个傻子。好不容易才满血复活，小妮子又出来搞事情。他本想置之不理，行动上却是叫停了董事会，屁颠屁颠地赶回来。

脚下又是一个颠簸，伴随咯噔一声，这底盘刮的，让他的心都跟着一颤。要是经常回来的话，该换台车，"呸！说什么经常回来呢，坎村可是他的伤心地，没事绝不回来。"

一丁电话打进来："你小子走到哪里了？"

杨向阳诧异："怎么，连你都赶回来了？"

"我这两天忙着策展，要晚上才能赶回去。"一丁的声音已融入京味儿，听着有些陌生，还有些别扭。

看来，巧云不只叫了自己，也叫了一丁。他就说呢，巧云怎么会只想起他，他在她心目中历来啥也不是，亏他还叫停董事会，马不停蹄地赶回来。一丁还是一个人漂在北京玩艺术，据说还玩出些名堂。想当初，自己还和一丁竞争过，这都过去多少年了，现在想来，还是满嘴的苦涩。

他甩甩头，抬头看了看天，还没到七月，天边云彩也是一朵一朵的，还镶了金边。

六

桂花婶一进村委会，就像一下子走进菜市场，乱得像一团麻似的。打电话的打电话，高声说话的高声说话，归置东西的归置东西，一个个忙得哟，两手都到不了一块了。桂花婶这么大的人走进来，居然谁也没注意到。楚算盘弯着身子归置东西，头都要扎进账本堆了。桂花婶走过去，轻轻碰了碰他的胳膊，楚算盘抬头看到她："哎，这个时候你咋来了？"

桂花婶笑了笑："来看看巧云，这儿咋这么乱呢？"

楚算盘继续整理手边的东西："黄书记去镇里开会了，估计就快回来了。"他左右看看，在她耳边低低地说，"听说啊，上头又要泄洪了。"

桂花婶心里咯噔一下，水果然要来了。

雨终于停下来，说停就停，停得蹊跷，像是在酝酿什么大事情。桂花婶仍然撑着伞，完全没察觉到。脚下的泥巴溅满她的雨靴，使得红色雨靴完全没有了样子。巧云风风火火地撞进来，一头扎进桂花婶的伞里："桂花娘，我正好想找您呢，您去我爸那儿捉只鸭，给我做只稻香鸭，我晚上有招待。"才多久啊，当初那个言笑晏晏的小女孩变成了如今这个风风火火的样子。桂花婶握着她的手："巧云哪，我想和你说点事。"巧云安抚地拍拍桂花婶："桂花娘，我这会儿忙，等闲下来，我找您，嗯……"这个"嗯"字后面是尽在不言中，也代表讲话结束。才多久啊，巧云就有了坎村第一人的气度。

那时候，高占福也是这样的，各种可长可短的"嗯"；"桂花，你最懂我，嗯……""桂花，你一定不会反对的，嗯……"且不论他自己只是半农半工的尴尬身份，装得像个真正商品粮了。当初他复员回来，第一件事就是踹了她，娶了大队书记的女儿。他说："这叫门当户对。"还门当户对，可笑他家破落院子连门都没有，要不是她桂花打理着，恐怕穷得连饭都吃不上，还门当户对。娘说："还好婚前认清了他的薄情面目，分就分了吧。"可分了之后呢，自己年龄也不小了，村里同龄的后生连孩子都会打酱油了。为了不让爹娘着急，也为了给弟弟腾地方，她没得选择，只好在外乡刀客中择婿了。

刀客是这片苇海的特色产物，每到湿地封冻，大地坚硬如铁，芦苇由柔韧如棉变得坚韧如刀，来自四面八方的刀客不约而同地聚拢在这片湿地，他们的目标就是放倒眼前横无际涯的苇荡。苇海刀客名字叫得好听，实际上和武侠片里的刀客完全不同，武侠片里的刀客手握长刀，快意恩仇，说不出地酣畅淋漓；苇海刀客手握大号的镰刀，对着挺立坚韧的芦苇，左手抱芦苇，右手运刀，把屁股更高地拱向蓝天，把头深深贴近大地，一下，两下，无数下……

霜雪冰雹砸进脖领子，融化的冰水汗水泪水肆意横流，寒风抽干冰水汗水泪水，把婴儿唇般的口子留在刀客身上。夜深了，寒风舔舐刀客身上源源涌出的热量，冰霜挂在眉毛胡子上，像一只只卧倒的山羊。镰刀穿过大地的肌肤，一排排一片片的芦苇倒下去。没遮没挡的塘铺像个巨大蝉蜕，一阵阵冷风似要将它们连根拔起。刀客们来不及裹好伤口，就被抽干所有力气，倒头而睡，鼾声震天。

桂花要在这样一群糙汉子中，选出一个她要嫁的男人。没得选择，也别无选择。她绝望地想，实在不行，就闭着眼睛摸一个吧。毕竟是自己的终身大事，无论如何，都有些不甘心。很快，一名刀客落入桂花的眼中，他满身都是力气，胸背的疙瘩肉几乎撑破衣服，一把快刀如飞，似要割除世间一切障碍。这一人一刀，完全是行走的荷尔蒙。只一眼，她就确定，不选了，就他了。那时的长胜宽肩窄腰，一身腱子肉，流畅地收进腰里，挺翘的臀部，蕴含无穷的爆发力。男人弯下身子，头几乎叩着地面，刀贴着地皮，风卷残云般疯狂推进，把所有刀客都甩在后面。俗话说，人进苇塘，驴进磨坊。就是说做刀客的，如进磨坊的驴，除了流血流汗出卖一身力气，别无出路。可桂花什么都不在乎，她一分彩礼也没要，仅收拾了几套衣服，就跟着长胜走了。两人一直走，沿着湿地一直走到最边缘的坎村。

俗话说，冤家路窄。没想到兜兜转转，高占福也回了坎村，并当了村书记，成为村里一言九鼎的人物。成了人物的高占福从面貌到气质，从能力到韬略都有了长足的进步，连追逐女人的本事都提升不少，还懂得了把握节奏，还知道人数多了就化整为零、各个击破，人数少了就深情款款、文火慢炖，等等。等上手了几个之后，还练出胆量，看女人的眼光都带着猫看老鼠的笃定与从容。只是没想到，他居然狗胆包天，居然还想把她也纳入囊中，他故作柔情地说："桂花，跟了我吧，要是跟了我，再也不用泥里水里地混日子了。"她二话不说，一个大嘴巴就糊上去。他没想到，作为坎村第一人，桂花竟然敢这么对他，这是他出任村书记以来，第一次挨巴掌，啪的一声，脆生生的，五个鲜红的手指印，均匀地印在脸上。他举起了手，还是收回来，他不会和她对打,那样会失了身份,他气哼哼地仓皇而逃。这个巴掌令他面子受损,他就不信了,她能逃出他的五指山。此后,他借由工作拿捏她,把脏累的活都分给她干。她干不来,就得找他,只要她来找他,他就会把她拿捏得死死的。没想到,她咬着牙坚持下来,即使累得跟狗似的,也不曾开口求饶。看她站在泥水里清垃圾,一身泥水汗水,跟个泥猴子似的,他笃定地笑了:"桂花,你这是何必呢,再犟又能如何,不如就从我了吧,嗯……"她水汪汪的眼睛转了转,钩了钩嫩白的手指头:"日头落了,你来……"

"嗯!"他除了疯狂点头,啥也不顾了。

一身香喷喷的桂花徐徐躺下来,他疯了似的扑上去,占有她,覆盖她。她抬起手缓缓地抚弄着他的身体,脸上柔情似水,手上温柔如棉。他的子弹一下子就上了膛,迫不及待地想喷射一梭子。这个时候,桂花猛一侧身,小手如钩,狠狠地握住枪管,隐隐有捏碎的迹象。高占福立马软下来:"桂花,桂花,有话好好说。"

桂花手上毫不放松:"好好说,行啊,咱就好好说。"高占福像被施法定住一样,呆呆地望着桂花。桂花一字一句地说:"七月七日,高占福钻入叶家鬼混,至晚方出;七月八日,与胡某在村委会苟合……"她停下来,手指顶着高占福的脑袋做开枪状,"高占福,你再敢找麻烦,我就把它写下来,邮给镇里所有的领导,我要你身败名裂,嗯……"桂花这一声"嗯",学得不咋地道,却让高占福如被抽掉脊梁的癞皮狗,一下子安分了。

高占福就是这样,表面越安分,内里的火焰越高涨,手里的小动作越多。终于,长胜还是听说了他俩的谣言。性格火暴的长胜几乎一刻都不能等了,他抄起扁担,飞也似的往家跑。他在前面跑,后面跟着一群准备看好戏的看客。坎村人日子过得苦,平时泥里水里的不得闲,只有在更苦的人身上找找乐子,他们才觉得放松。这些年,坎村人看戏的劲头是刻在骨头里的。

有了看客们的鼓励,长胜的表演自然得卖力,他一脚踹开门,一把揪起桂花的衣领子,质问道:"说,你和高占福到底咋回事?是不是老早就给我戴了绿帽子?"

桂花看着带一群看客来质问她的男人,泼妇附体一样,二话不说,抡圆就是一个大嘴巴。

毫无防备的长胜直接被打蒙了,都忘了手里提着的扁担,甩手就把她丢出去。桂花就地一滚,顺手抄起门后镰刀,对着长胜就是一刀。长胜吓得魂都掉了,闪身险险避过。他指着桂花大叫:"臭娘们,你疯了!"

桂花毫不相让:"杨长胜,往自家女人头上扣屎盆子,你出息了!今儿老娘跟你拼了!"桂花抡刀自然不得要领,可她一刀紧着一刀,完全是不要命的打法,而长胜则是闪避多多,顾忌多多,所以,这一场混战下来,长胜完败。

从此,桂花夺得家庭绝对领导权。看客们看得不过瘾,纷纷抱怨道:"刀客瓢把子的长胜居然收拾不了桂花,真是没看头。"

叶瞎子看罢多时,哂笑道:"那是人家桂花自身硬气。"

水要来了,自然要避险,要收拾东西,要鸡飞狗跳,还要做稻香鸭,就和水格格不入了。听巧云口齿利落地分配任务,桂花婶知道她没累糊涂。这水都要来了,还有心情吃鸭?这完全是一个天上一个地下的事儿,可巧云毫不违和地把两件事捏在一起,但愿巧云别再像那个人,人前人后有两张脸。

下午，巧云的声音通过大喇叭传递到家家户户："村民们注意了，村民们注意了，因为碱河上游涨水，为支援全市建设，上级决定在坎村泄洪。请大家收拾好随身东西去中心校避险，大宗物件置放在高处，家禽家畜赶至坝上。今晚八点，开闸放水。时间紧迫，现启动一级避险预案，避险救援队已经入户，大家抓紧行动起来！"巧云的声音不再清透响亮，略带沙哑粗粝。村民们听了大喇叭里的通知，在叶瞎子带领下，围了村委会，七嘴八舌地吵嚷："泄洪、泄洪，就知道泄洪。这些年，坎村几乎成了全市人民的下水道了，水大一些就泄洪，也不管地里刚秀穗的庄稼，池塘里的鱼虾蟹。这一场水下来，一年的念想又白瞎了。"叶瞎子白着眼睛叫："哪涨水都在这儿泄洪，整天就是搬搬搬的，今天老子说啥就不搬了，谁爱咋的谁咋的。"巧云笑着从屋内出来："叶叔，您这说啥呢，水一会儿就到，泡了重要的东西损失的还是咱自己，不划算。"叶瞎子眼皮都没动："水到了才好啊，连我一起淹了，省心！"巧云笑得眉眼弯弯："瞧叶叔说的，那哪能呢，叶叔可是咱村的诸葛亮呢。"叶瞎子听巧云这么说，心里泛起一圈一圈的涟漪，拉着巧云就要敞开诸葛亮似的话匣子。巧云赶紧伸手打住："叶叔，给您个大活。一会儿一丁就回来了，明天在中心校礼堂做个讲座，您要把全村老少爷们一个不落地请过去。您要是做到了，才叫牛呢！"叶瞎子惊喜地叫："一丁要回来？这小子都没跟家里说。"这些年，一丁连个音讯都不来，也不知他一个人在外面冷不冷，饿不饿。当初对一丁不闻不问的叶瞎子逐渐绷不住了，不时嘀咕老婆宝珍给一丁打电话。老婆给一丁打电话时，他就跟个乖猫似的，在一边听着，实在忍不住了，就接过来想说几句，可一丁听到是他的声音，就说自己忙，直接挂掉电话。弄得叶瞎子呆呆地握着电话，咬牙瞪眼，却一点办法都没有。宝珍听说一丁要回来，不确定地问："巧云，是一丁要回来了吗？"巧云浅笑盈盈："是啊，婶子，咱赶紧归拢东西吧，水说话就到了。"叶瞎子啥也不管了，领着老婆掉头往回走："早说别置办这么些东西，你就是不听。"叶瞎子称呼老婆还是只称"你"，从不叫老婆的名字，早先觉得"珍儿"这个名字被全村男人叫滥了，他不稀得叫；叫宝珍又显得生疏，像革命同事，不像革命伴侣，索性就"你你你""哎哎哎"了，反正都叫顺口了。巧云叮嘱："婶子，把随身的东西带走就行，不能带走的放在高处。一会儿，我过去看看。"叶瞎子一去，人群都松动了，巧云趁机做思想工作："前几天就和大家打过透眼了，泄洪是政治任务，大家一定要支持。我们会向上级申请补助，争取让大家都满意。大家伙赶紧回去收拾东西吧，等一会水来了，损失的可是咱自己。"

拉东西的卡车奔行在泥泞的村路上，村民们吵嚷归吵嚷，搬东西还是不含糊。这家家户户背包罗伞的，与逃难并无二致。坎村因为地处湿地，发展空间受限，交通不便利，发展也落在后面。县里曾尝试着整村搬迁，可安土重迁的村民们就是不同意，宁可随时打包东西搬家，也要守着家园。巧云从上任那天起，就对这些情况进行过细致的分析研判，曾找水利部门的专家对泄洪的水量与地表流量进行一番对比，专家建议疏通碱河，连接冰陷湖与渤海的通道，让泄洪不再大水漫灌，而是走专门的水道。这样一来，冰陷湖扩容与治理就刻不容缓。父亲心目中的龙门渡是什么样子，她不知道，经过综合整治的坎村与冰陷湖或许是父亲心目中龙门渡的真实样子吧。她一直在等待一个恰当的时机，等待一个上合天意、下顺民心、中间圆梦的好时机。为此，黄家等了六代，父亲等了一生，而她恰逢其时，要亲手拉开综合治理的序幕。网上说，伤口上可以开出花朵，村民们说，置之死地而后生。这次泄洪是灾害，更是这个圆梦的恰当时机。

楚算盘和胡兆花也在收拾东西，可两人并不急，善于谋算的楚算盘早早给房子起了二层，把东西往楼上一抬就成了。二丫做主播，家里的存货也不少，总不能都打包起来，再弄脏了，弄坏了，也是不小的损失，遇到雨天浇坏了，更不得了。等巧云进来时，这二人正清闲地对坐，饮着茶，吃着花生米。看到巧云进来，楚算盘赶紧站起来，有些不好意思地解释说："这才刚歇了一会儿，二丫这里存货多，还没弄完呢，要不早出去做志愿者了。"巧云笑了笑，未置可否："二丫呢？"二丫在里屋探出头来："巧云姐，找我有事啊？"巧云并不磨叽，直接下达指令："你下播后，把中心校礼堂布置布置，整点喜庆气氛，门前弄些气球，棚顶弄些拉花啥的。"二丫比了个手势，响亮地应了一声："O了。"楚算盘跟着巧云出来："黄书记，您说这费用要不要报销啊？"巧云瞄他一眼，大气地挥手说："报啥销啊，让二丫跟我要钱就成了。"说着顿了一下，"你跟我去老夏家看看，金贵没在家，看有啥需要帮忙的。"

七

坎村的稻香鸭闻名锦城，特点是软烂鲜香，味道浓郁，特别是稻香与鸭肉香融合在一起，相得益彰，吃上一口，层层递进的口感让鸭肉的味道香到极致。往往是一家在做稻香鸭，能香遍整个村子。做稻香鸭最费功夫，光配料就得二十几种，按照先后顺序一遍一遍地抹匀腌制，要腌制三十分钟以上。再取当年的盐碱地糯稻米，淘洗干净，塞入鸭腹，继续腌制。锅中放油，佐以八角、干辣椒、桂皮、花椒、油、盐、糖、蚝油、老抽、生抽、蒜、姜等调料烹制，然后淋上半瓶啤酒，再添上矿泉水，直至没过整只鸭，之后文火慢炖，炖至外软里糯，再整只端上。稻香鸭一般作为坎村招待贵宾压得住台面的主菜。微微动动筷，即皮软肉娇，夹起一块，轻轻地送入口中，肉香满口，汤汁浓郁，鸭肉里层的稻香与鸭肉香交替转换，会让人不小心吞掉舌头。这款稻香鸭最适合乡村慢生活，做稻香鸭每个步骤都得不急不慌地按要求来，最能平息躁气。此刻，桂花婶心急如焚，她看着长胜和黄老歪笨手笨脚地收拾，咋也看不过眼。她想去帮忙，又惦记灶房里的锅，怕炖过了火候。"自从巧云当上这个村书记，就没消停一天，刚刚我听着，连嗓子都哑了，这一天天的，有多少琐碎的事，都不知道为了个啥。"黄老歪知她心疼巧云，顿了顿脚步，没说话。长胜也不是话多的，也不吱声。两个大男人屋里屋外地忙活，不长时间，就归拢好了。桂花婶忙不迭叮嘱长胜："别忘了把胖大海放我衣兜里，巧云上火了，等到中心校，泡水给她喝。"

向阳一进村子就遇上逃难般的人流，不用问都知道，又泄洪了。小时候就经常这样了，他随着大人忙忙碌碌地收拾东西。那时的泄洪更简单粗暴，直接炸开河堤，让大水倾泻而下。全村顿时陷入一片汪洋，房倒屋塌，没来得及逃离的人和牲畜瞬间变成鱼虾。黄老歪划着船往来救人，也救牲畜，救到了，就划着船送到高坡处，再划着船来回巡视，有时也把漂在水上的粮食、生活用具等捞起来。人群惊恐地立在高坡处，等待大水慢慢地退去，然后惊惧地久久不敢离开。后来，在高坡处建了中心校，人们再避险的时候，就有了片瓦遮头。那年月，每一次泄洪都有人员伤亡，但更多的是财产损失。有一年，碱河发起了大水，水势甚至没过中心校。中心校倒塌了，在向阳的面前分崩离析。他第一次见识了大自然的破坏力。现在这个中心校是原址重建的，地基抬高了许多，以后，再也没有被水淹过。现在泄洪也不像过去那样，都是按照比例计算好的，只消打开闸门，让水顺着湿地筋脉流入村落，转瞬间，没过土地、村路和庄稼。

小的时候，根本不知大人的愁苦，就知道拉着巧云疯跑，跑累了就依偎在草垛上，给巧云讲龙门渡的故事。每次泄洪，巧云都说："又有鲤鱼要跃龙门啦！"她眨着大眼睛，"你听水声，哗啦哗啦的，一定是一条比人还长的大鲤鱼，你说它能不能跃过龙门，就此成为神龙呢？"向阳没听见哗啦哗啦的水声，就闻见了巧云淡淡的体香了，他傻傻地点头："一定比人还长，一定能跃过龙门！"然后，醺醺然地拥着巧云睡过去。等他迷迷糊糊地醒过来，听见一丁和巧云在说话，两个人在数着天上的星星，数着数着，都数蒙了，再重新数过。巧云问："一丁，你相信龙门渡的故事吗？"一丁深深点头，暗夜里，眼睛比天上的星星还亮。

进村的时候，就看见巧云骑着电动车呼啸而过，他并没有上前打招呼，只是不远不近地跟着。他看着巧云不时地停下来，和这个说些什么，和那个交代着什么，那干练的样子，很能独当一面。是啊，巧云成长了，早不是那个事事都依赖自己的小妹妹了。

等回到家的时候，东西都已经收拾完了，他帮着往返几趟就完事了。巧云看见向阳帮着拉东西，就赶过来打招呼："向阳哥，你到了啊，等一丁回来，咱们好好聊一聊。"一句向阳哥，似隔了千山万水，他和她终究还是回不去了。她叫他向阳时，是事事依赖他的小妹妹；她叫他向阳哥时，却是独立洒脱的黄书记，再不是那个小妹妹了。哎，他长叹一声，不管是向阳还是向阳哥，他始终都是她的哥哥啊！他淡笑着点头，笑容里有无尽的苦涩。分手后，他的心始终悬在半空，连娶妻生子都好像在半空中，忽忽悠悠的，这一句"向阳哥"，让他的心咯噔一声，回到了原位。他想跟巧云说些什么，想问她过得好不好，这个时候找他来是为什么，但看她忙碌得满头细汗，急匆匆地安排这安排那的，显然是没时间细聊，也就作罢了。陈千金打来电话时，巧云还在和桂花婶商讨稻香鸭的事，看他接电话，似有意似无意地瞟了一眼。那一眼似有实质的一束光照进来，没依据，他就是感觉她是有意的。陈千金端着城里人的傲慢，语气自上而下："你忙完了吗？到底啥时回来啊？"他淡淡地扫一眼周边，不甚在意地回复说："看看这边的情况吧。"电话里的声音转为不屑："嗨，看看看，有啥好看的，一个'烂泥包'罢了。"陈千金一直称坎村是"烂泥包"，满心满眼地瞧不起。举办婚礼那天，她一见这脏乱差的环境，当即连哭带闹的，勉强举行完仪式，连洞房都没入就回了锦城，从此，再也没回来过。此刻，听着陈千金居高临下的语气，向阳忽然不耐烦起来："说好的各管各的，你别过界了。"说完不管陈千金大吵大闹，果断地按掉电话。听他语气不善，桂花婶心内的意难平又提了起来。

当稻香鸭的香味飘满整个村子时，刚刚沸腾的村子完全沉寂下来。巧云最后查看一遍全村的情况，生怕落下什么细节。她这第一书记才干多长时间,都快得强迫症了。她骑着电动车,一家一家地跑,一家一家地看,夕阳把她的影子拉得长长短短的,有些变形。向阳的眼光追随着巧云长长短短的影子,来来回回。

来到桂花婶的家,巧云觉得腿已经不是自己的了,她动作有些走形,脸上的笑容却是不变:"桂花娘,您的手艺真是太棒了,我老远就闻到香了。"桂花婶心疼地望着她:"好久没做过了,手都生了,最近一次做还是你和向阳订婚的时候。"她话还没说完,就赶紧闭了嘴,真是哪壶不开提哪壶。她转移话题道:"这次做得挺成功的,今天来的客人有口福啦。"巧云笑着解释:"是一丁从北京请来的专家,给咱村做规划的。"说完,转头对黄老歪笑得谄媚,"爸,等一会儿,连锅一起端来,别忘锅底下放些炭哈。"黄老歪黑着脸点头。转过头,在巧云看不见的地方,微微扯了扯嘴角,冷硬的面部线条柔和了许多。

小小中心校安置299口人,显然有些超负荷,好在大家都是避险惯了的,并不慌乱,也不拥堵,在志愿者的指引下,很快安排好住处。地方不怕小,就是怕分配不均。就这些间教室,五个家庭一个教室,特殊家庭像生病、有老人、孩子小等另行安排,一般家庭自由组合,进了教室,各自拉上拉帘,每个小天地又自成一方私密小家。

中心校礼堂装饰一新,弯弯的气球彩虹门看着都喜兴,彩色拉花让白炽灯格外柔和。坐在这样的灯光下吃饭,热乎乎的六菜一汤都有了大餐的感觉。在饭食这个问题上,巧云坚持要六菜一汤,还得色香味俱全,荤素搭配合理,最主要得凉的凉,热的热。严镇长觉得这个标准有点高,建议四菜一汤就行了。巧云坚持说:"坎村是在为全市做贡献,连他们的生活都安排不好,这个工作我没法做。"巧云在工作上有招法，也敢抗上，脾气上来，不管谁都敢怼。敢怼也是因为有底气，巧云工作抓得实，很受群众欢迎。

晚餐端上来，大人们端着餐盘吃得心满意足，小孩子围着餐桌疯跑。村里安排放映一场电影，巧云特意挑选了灾难片《后天》，意在用灾难题材激发村民团结一心对抗灾难的合力，谁想啊，全村老少对着片中的灾难泪眼婆娑，不胜唏嘘，然后，坐在一起讨论起如何拯救地球，完全忘了处在地球肾上的自己。

水几乎是撑着一丁，涨潮一样覆盖村子的角角落落。车停下来，里面走下浑身洋溢着艺术气息的一丁。"这是一丁吗？这么洋气！"村民们围着一丁感叹。一丁弯身扶起一起下车的花白头发的小老头，介绍："这是省人大环境与资源保护委员会副主任李佐军老师。"

"天啊，省人大环境与资源保护委员会，这也太高大上了！"一直生活在低处的坎村人都蒙了，那可是多么不可企及的高处。

巧云上前，与李佐军握手："欢迎李老师！一路辛苦啦。"

李佐军看了看满目的水，长叹一声："这个情况啊，还真没有想到，比我想的严重多了。"

巧云接口说："李老师，早就期盼着您来，我们需要您的理念和规划。明天上午，就是您和一丁联袂表现的时刻。"

李佐军点头："好，咱坐下来好好说一说。"

巧云躬身请李老师进食堂，宾主落座之后，一丁和向阳左右相陪，巧云微笑："李老师，我仔细给您汇报汇报，饭菜备好了，咱们边吃边聊吧。"李佐军闻到一股奇异的香气，诧异地问："什么东西这么香？"巧云介绍："这就是咱村的传统名菜稻香鸭啊。"李佐军举筷尝了尝，惊喜地说："真是深巷酒香啊，我觉得自己从没吃过这么香的东西。"巧云用分餐筷给李佐军夹块鸭肉，嘴里劝道："李老师，喜欢吃，您就多吃点。"李佐军笑答："好的，给我盛碗米饭。"巧云神秘一笑："李老师，早给您预备着呢，您看鸭肚子里，早温着米饭呢，还给您配了白萝卜泡菜和鲜虾酱呢。"李佐军目露惊喜："哎哟，你们这个稻香鸭真叫我大开眼界。"巧云继续介绍："所谓稻香鸭，就是把坎村特色碱土糯米稻与冰陷湖特色鸭的香味彻底融合，激发这两者内在的香味，这就是稻香鸭的精髓。据说是当年接待乾隆帝的御菜之一。"李佐军沉吟一下："其实，你这个项目完全可以深加工，要不然养在深闺人未识啊。"巧云说："李老师，您有的是时间细细体验，深加工的细节咱们再一一讨论，还有许多特色渔家菜，等有机会一并推荐给您。"见桌上交流充分，气氛融洽，巧云趁热打铁："今天借这个饭局，我先介绍介绍坎村的情况吧。"李佐军认同地点头。

坎村位于小辽河平原湿地，属碱河与渤海之间的溢洪区，我们的想法是结合美丽乡村建设、溢洪区改造和这次泄洪补助三个政策利好，最大限度地争取资金，开展三个层次的综合整治：一是连通碱河与冰陷湖直通渤海，让不定时的泄洪走专门通道；二是冰陷湖扩容，清理沉积垃圾，查找地下水污染源，在浅水区安装污水处理器，居民的厕所污水和厨房污水分别经过化粪池和隔油池，进入污水收集支管、主管，再通过一体化污水处理设施处理，用于农田灌溉等；三是村容村貌综合整治，首先对环境脏乱差进行综合整治，对破败房屋统一修建，修建村屯环路、通行桥、入户桥，硬化路肩，等等。

李佐军认真听着，不断点头："刚刚黄书记提出的三个利好政策叠加，思路很成熟，完全可以做起来。国家提出美丽中国建设，咱这个村屯规划一定要体现美丽二字，还要体现金山银山四个字，要深入挖潜，做精做优，综合整治的落脚点要放在金山银山上。"

一丁插话说："现在全国通行的做法是可以选择一些可参照的样本，照着做总会省些力气。你们看我图片上的这几个村，都是经我手打造的。"

向阳的眼睛亮起来："咱们这个泄洪村也可以像图片那样美丽？"

一丁点头："当然了，有的村基础比咱们还差。"

巧云诚挚地说："李老师，我们请您来就是做个全面规划，借助全市开展的美丽乡村建设契机，陆续争取一些资金，把这个事干起来。"

八

天蒙蒙亮，刚刚泄过洪的湿地被丰肥的河泥糊了满头满脸，被浸泡的房屋、村路、庄稼等雾气蒸腾，颇具辽泽时代的蛮荒感。一丁放飞无人机，拍下被河泥包裹的坎村全貌。向阳站在一丁身边，有一搭没一搭地聊着天，当年形影不离的两兄弟已生成截然不同的两种气质，一个老成持重，一个风姿翩然。初升的朝阳把两个人的影像投映成不一样的剪影，巧云调皮地伸脚去踩，两兄弟笑闹着后退，三个人似一下子回到纯真的孩提时代。对着两兄弟,巧云并不隐瞒,直接说出自己的意图:"彻底整治冰陷湖,让它从受气湖成为这个村的标志湖。"两兄弟的注意力被吸引过来。"这些年,这湖活得苟延残喘,我家六代人为这个湖付出了一切。如果让湖连接碱河、渤海,清理湖底沉积垃圾,解决村屯污水流入,这湖就成为流动的活水,说不定真有鲤鱼在此跃了龙门呢。"两兄弟看着巧云灵动的眼眸,重重地点头。巧云趁热打铁:"为了抢抓机遇,村里环境整治、污水处理、冰陷湖治理三线齐头并进,可真有得忙了。"一丁当下表态:"巧云,你放心,我会全力配合李佐军主任做好全村综合环境整治规划。"巧云拍拍他的肩,大气地说:"我放心。"一丁笑着刮她的鼻子,笑道:"调皮!"向阳也上前问道:"巧云,那我做啥?"巧云巧笑倩兮:"你当然做老本行,做坎村地下污水处理啊,具体怎么干,你拿意见,一个前提就是不能让一滴污水流入湖中。"向阳想了想问:"污水源头截住了,那生活垃圾、生产垃圾怎么处理?"巧云皱了皱小眉头,打趣说:"你这大老板还真没忘村里的情况呢,刚才不是说全面治理整顿吗,把养殖区、种植区与生活区分开,各自垃圾专门处理,这垃圾处理也依据市里治理整顿做了专项,这些啊,我可是早就做了功课。"这下连向阳都惊了:"这是改天换地的大工程啊,涉及全村108户人家,户数虽少,哪个都不省油,就一丁那个爹,你能弄得了?更不说咱村的那些位了,平时看不出咋的,遇到事最能搅嘴磨牙了。"

巧云调皮地甩甩头:"坎村是漂在水上的村,发水最常见了,为啥再小的水,全村都得避险,因为滚滚洪流根本无法阻挡,综合整治就如这滚滚洪流,任谁都阻挡不了。你等着吧,更多惊喜还在后面,不但有种植区、养殖区,还有文化产业区、民宿区等等,生活垃圾纳入全市环卫大循环,种植养殖垃圾就地处理,你就看着吧,咱这'烂泥包'啊,秒变'香饽饽'呢。"

看着巧云一脸笃定,向阳点了点头,想了想,还是担心地提醒:"俗话说,人上一百,形形色色。你为大家伙做事,不见得被充分理解。你看我这一天天的,殚精竭虑,呕心沥血,也常常被猜忌,想做点什么吧,会被各种阻挠。好在我是在为自己做,或盆满钵溢,或血本无归,总归是自己的收成,你这样为人作嫁,有可能碰得头破血流还不被理解和接纳,到时你可别怨天尤人啊。"

巧云坦然:"我早想好了,有道是岂能尽如人意,但求无愧于心。看着这个湖日渐缩小,无论如何我都于心难安。正所谓,开弓没有回头箭,我需要你们的帮助。"听巧云这样正式地提要求,向阳毫无抵抗力,他深深地点头。巧云继续说:"这个工程费用可能不高,企业效益可能不大,但社会效益明显,你可得提前有思想准备。"向阳笑了:"我说呢,你咋可能不宰我?"然后敛容道,"啥效益不效益的,我也是坎村人,都是尽义务的事。"巧云调皮地和他击掌:"一言为定啰!这几天,我就在和金贵询价,也做了预算,采取分段操作,把招投标等环节规避掉,这样会省许多波折。"向阳听了正色提醒道:"巧云,规避招投标,后续会很麻烦。"巧云胸有成竹:"招投标程序过长,会错失先机。有道是机不可失,时不再来。如果按部就班,哪道菜都甭想吃上。这个事已经开过会了,我们班子共同承担责任。过几天,我让金贵联系你把合同签了。"夏金贵是村主任,由他出面联系工程的事,省去他许多口舌和麻烦,陈千金也没理由闹腾。这个聪明的女子,连陈千金的霸道性格都考虑到了,真是聪明通透又懂得含蓄。搞定了一丁和向阳，巧云就拉着两个人奔向中心校礼堂，她明媚的笑让满天彩云都羞红了脸。

中心校礼堂正在举行别开生面的讲座，授课的李佐军老师是省人大环境与资源保护委员会副主任，当李老师吟诵着"蒹葭苍苍，白露为霜"的诗句开头时，村民们张大嘴巴，竖起耳朵，生怕漏掉一个字。李老师就从美丽宜居村庄说开去，说生活在"烂泥包"中并不可怕，怕就怕，我们的人成了"烂泥包"，只要我们胸中有美好，就能用自己的双手开创幸福新生活。他指着一张张仙境般的图片，说着这些村庄的前世，它们生在荒漠、高原、大山、溶洞等环境中，都顺应形势，因地制宜，获得了新生。所以盐碱和淤泥并不可怕，甚至寸草不生、满目荒芜的短板又如何？只要我们合理规划，扬长避短，艰苦奋斗，不畏贫瘠，就能创造诗意的生活。

严镇长赶过来时，李佐军老师的课已经开始了。他听了一会儿，起身叫巧云出来："黄书记，你们村美丽专项和溢洪区改造专项都下来了，比预想的好一些，加起来有一百来万。这次泄洪补助得县委常委会开会研究，你抓紧时间定损，记住了，要一家一户，一物一档，有理有据。"

巧云高兴地说："太好了，谢谢严镇长！"

严镇长大手一挥："谢啥谢呀，净来虚的。"

巧云赶紧表态："真的，真的，比珍珠还真。"

严镇长笑了笑："对了，晚上我请李老师吃个饭，镇里咋的也比你们强。"

巧云点头："还是镇长理解我们。"

严镇长并不接她这个话茬，继续交代说："对了，水利局、农业局、大美办、民宗局等市直部门,你也去跑一跑,看看能不能再争取点。我都打过招呼了,你进门,先笑后说事儿,把事儿整圆全了。"

严镇长是后街下乡知青,大学毕业后,主动要求回了后街,一路从秘书干到镇长,是那种地基般牢靠的基层干部。黄巧云回后街那天,本是镇党委书记卢志明去市委组织部接人,可卢书记听说严镇长在市里开会,就委托他顺道把人接回镇里。座谈会上,巧云讲述了自己家六代人守护冰陷湖的故事,讲述自己主动要求从市委组织部来坎村驻村,一心一意整治冰陷湖的决心。听到激动处,严镇长站起来,紧紧握住她的手,用实际行动传递出支持与托举的力量。巧云来了坎村,正赶上村书记出现空缺,巧云本人提出申请,他力荐巧云直接出任村书记。市里没有村第一书记直接任村书记的先例,经过反复研究,还是尊重巧云的意愿。自从巧云出任这个村书记,严镇长没有说嘴,竭尽所能地担当她的后盾。

巧云笑道:"我办不圆全,不是还有严镇长吗?"

九

田百旺的成长颇具传奇色彩,《锦城日报》的记者曾撰文称赞他是"泥塘里走出的农民掌舵人"。所谓掌舵人,就是把握方向的那个人。从这点上说,田百旺从没跑偏过。田百旺是地道坎村人,一路紧跟形势,不断调整发展的航向,成为最先富起来的那批人。在改革的春风刚刚拂过坎村大地时,杨长胜、夏广生之流只能靠插秧、割苇等体力劳动贴补家用的时候，他田百旺就把眼光投放在冰陷湖上。田百旺对政策理解非常透彻，甚至比有的村干部还透彻，他每日搬着小板凳收听新闻联播，即使当天错过了，第二天也一定要补上。别人在喝酒、打麻将的时候，他已经从收音机里嗅到了商机。那段时间，他整日抱着收音机，像暗夜里搜寻骨头的老狗，显得兴奋又急不可耐。村民从广播中收听到家庭联产承包责任制时，都心绪激昂，摩拳擦掌准备在责任田里一展身手。而他却积极行动起来，认真研究政策落地的效果图，从而找到自己的最佳收益路径。等家庭联产承包责任制落地施行时，他不承包苇田、稻田，而选择承包大片湖地。承包苇田、稻田的收获路径显而易见，风险是小，收益也有限。承包湖地，属于一招鲜、吃遍天，养鱼、养虾、养河蟹都行，哗啦一把饵料撒进去，收获的就是真金白银。对于高占福，田百旺没有采取语言攻势，而是直接用数学公式把收获与分成预期列出来，轻轻松松地得偿所愿。

可这世上万事总有个美中不足，春风得意的他承包湖地的同时，后面跟着黄老歪，整日在他屁股后面念叨，这也污染，那也不行，整日地念念念，念得他不胜其烦。你不搭理他，他成天跟着你；你不见他，他就到处上访，写密告信，还在密告信上签上自己的名字。你说全国人民都在轰轰烈烈地搞发展，非蹦出他这个不和谐分子，任谁都讨厌。当时正在举行村书记换届选举，齐世全顶替高占福接任村书记。在这个节骨眼上，这个黄老歪还是絮絮叨叨没完，把田百旺烦得啊，头生生地疼。田百旺之前跟高占福关系铁，相应的，跟齐世全的关系也不错。齐世全刚刚上任，怕摊上事，他就劝田百旺："黄老歪就是癞蛤蟆蹦脚面，不咬人有些硌硬人，你别管他就行了。"田百旺心里暗戳戳道，你齐世全是站着说话腰不疼，其实黄老歪既咬人也硌硬人。他一上告，上头就派人查，他得上下打点，得多破费啊！你说这黄老歪是不是招人恨！往往摆平一道又来一道，恨得他实在没招没招的，就跑去找高占福商量。高占福正修剪院内花草，听田百旺说了这一堆烦恼，淡淡地一笑，手上不停修剪动作："你老弟哪有什么不明白的，还来问我？你看这门前花草，不修理一番，能顺心随意？"田百旺懂了，咬着牙点了点头。在回去的路上，田百旺心里七上八下的。高占福离开了村书记岗位，自然会出这样的主意，到时候，若出了事，他脖子一缩，一切与他何干？他出的主意，谁能证明？齐世全刚上来，不敢轻易得罪人。所以不到万不得已，他也不愿意对黄老歪做太过激的事。快到家门口了，黄老歪把他堵着了，他黑着脸，要他立马堵住排污口："如果你还继续排污，别怪我把你送进去。"这是最后通牒了！田百旺实在没招了，他咬牙切齿道："黄老歪，你逼死我得了。"黄老歪轻蔑地看他一眼，转身走了。田百旺坐在地上，抽了一宿的烟。第二天，他索性找了几个道上的兄弟，堵在一个没人的地方，把黄老歪狠狠地修理了一番。看着黄老歪死狗一样躺在地上，才觉得胸中一口恶气总算出了一些。他得意扬扬地转回头，却见还是小女孩的巧云用狼崽子一样的目光冷冷地盯着他，令他后背发寒。

田百旺承包湖地，赚到了他人生的第一桶金，头雁效应明显，全村群起效仿，纷纷要求承包湖地。齐世全被村民发展的欲望推动着，在湖的浅水区划出一大片养殖区，分片承包给村民。黄老歪听了风声，赶紧跑来阻止："齐书记，你这样做会产生巨大污染，你是要毁了这湖。"齐世全当然嘴硬了："发展是硬道理你不知道吗？黄老歪，谁也不能阻挠经济发展。"黄老歪急切地上前说理："齐世全，有我在，你休想毁了这个湖！"边说边往齐世全身上凑。齐世全往后一退，身子被桌子腿绊了一下，咕咚一声，摔了个屁股蹲。这下可不得了，齐世全躺倒在地上，打电话叫来派出所民警，黄老歪阻挠经济发展，并动手打了村书记这顶大帽子当头扣下来。结果黄老歪因为打人被行政拘留。等他放出来时，冰陷湖已经筑起了一条拦湖堤，把养殖区与深水区分开。养殖区的鱼苗、虾苗、蟹苗都已经撒进去了。黄老歪呼天抢地大哭一场，没人搭理，也没人管，连最爱看热闹的村民都缩着头，没有一个人出来看。最后，还是巧云喊来桂花婶和长胜，把黄老歪扛回了家。等进了门，黄老歪就一头栽倒，昏迷过去。等再次爬起来的时候，黄老歪撑着船继续巡湖，他能管湖，却管不了养殖区。养殖户往湖里排污，你抓住了，堵住缺口了事；抓不住，就只好作罢。为了杜绝养殖户排污，黄老歪天天巡弋在湖上，往往是等他赶到了，人家堵住口子，他干着急，却没办法。等他一走，人家立马开口子排污，等他再赶过去，人家再堵住口子。如此这般，这般再如此，如同耗子戏弄猫，叶瞎子管这出戏叫"五鼠戏御猫"。

　　巧云看着疲惫地赶来赶去的黄老歪，心内充满委屈愤懑，她叫嚷着："爸，你就别管他们了。"黄老歪长出一口气："我要不管，他们更猖狂了。"巧云只好无奈地看着这一切，觉得父亲比堂吉诃德还可笑。

　　等农业建设火热进行时，田百旺果断放弃湖里的鱼虾河蟹，用最快的速度拉出一支包工队，四轮子、抓钩、三轮车齐上阵，很快打开了一条新财路。没等村民们醒过腔来，人家把市场份额牢牢占住了。田百旺身价暴涨，炙手可热，成为远近闻名的致富带头人。出来进去有轿车代步了，一身名牌亮"瞎"村民的眼睛。田百旺不管腕儿多大，还是坚持收看新闻联播、锦城新闻，企业成立党支部，带领员工学习党的路线方针政策。通过学习，他眼光放得更远，嗅觉也更加敏锐。这次，他瞄准了全市大规模开展的美丽乡村建设，摇身一变，申请了镇上的专业施工队伍。

跟巧云报到，田百旺还是有点打怵。自从他找人把黄老歪揍了，巧云就没跟他说过话，看他的眼神都带着冷光。这么些年了，这么急赤白脸地赶来套近乎，无论如何也有点尴尬。为此，他悄悄地跟踪巧云，见她从早忙碌到晚，身边还一直围着人，他始终踌躇着，不好意思上前打招呼。好不容易等到报告会散了，见巧云陪着李佐军出来，他知道这是去镇里吃饭，他不但知道去镇里吃饭，还知道是严镇长请的，连桌上有几个人他都知道。等酒席散了，巧云开车送李佐军出来，居然没送去宾馆，而是回了自己家。田百旺顿觉眼前一亮，"这是什么情况，还有这个操作？"他紧紧盯着那斑驳的石头房，只听吱呀一声房门打开，黄老歪佝偻着身子迎出来。曾几何时，那运船如飞的男人老成这样子，身子佝偻着，头发花白着，满脸皱纹堆积着。自从他找人打了黄老歪，他一直没敢正眼看过这个男人，如今，这男人如那艘糟烂的破船，四处漏风却还能常年漂在湖上。

李佐军走了进去，门再吱呀一声关闭。田百旺愣愣地看着这一切，原来并不是他想的那个样子。

巧云出了门，发动车子，一溜烟地开走了。"哎哟，这又是个什么情况？"很快他就想明白了，她这是去了村委会。

巧云掏出钥匙开门时，见到等在门口的田百旺，她上下扫了他一眼，打开村委会的门，让道："田总，请进。"

巧云叫他田总，显然很生分。田百旺也不绕弯子，直接说："黄书记，我是来报到的。"

一个寻了门路把自己企业塞进专业队伍中的人，一点羞惭的意思都没有，如此直接地来报到，让巧云有些"刮目相看"。谁给他的底气，让他如此嚣张。她公事公办地说："咱村美丽乡村建设项目是民心工程，也是市里专项资金，必须严细把关，专款专用。你是咱村的队伍，我这里一定会认真考虑的。可你知道的，凡民心工程，专项资金都要后续审计的，对于审核队伍资质、招投标等环节都要严格按要求来的。"

田百旺一笑："黄书记，咱村项目打包起来自然得招投标，如果分成一个个小项目，是不是就不用了呢？"

巧云眉头微动，他这是教自己违规操作，这厮倒是百无禁忌。"你倒是懂得挺多，还专门跑来教我如何做，真是用心良苦啦！"巧云拉长尾音，斜睨田百旺，等到他的眼神躲闪，才娓娓道来，"可是我胆子小，不敢违规操作啊。"

田百旺掂量掂量，表面不动如山，低头从包里拿出一个纸包，轻轻地推过来："黄书记，您看把这个添上，能不能行呢？"

巧云站起来，正色道："你跟别人来这套或许行，在我这里坚决不行，这个东西你赶紧拿走，如果你强行留下，我就送纪检委去。"

田百旺立马软下来："黄书记，我跟您开个玩笑，您可别当真。"他收回纸包，恳求道，"这个事还得您从中斡旋，您就直接开个金口，这事行不行？"

巧云思考一下，沉吟道："你说的方法也不是不能考虑，村里会研究一个可行性方案,有信儿我通知你。这个工程非同小可,事关全村利益,村里会成立一个质量监测小组,让村民随时监督工程质量,如果质量不过关,会随时终止合同。"

田百旺赶紧表态:"我是这个村一分子,坚决听从咱村委会的安排。"

巧云敲打道:"田总,咱是一个村的,您一直是村里致富带头人、理论学习标兵,论理不用我把话说得这么透,既然今天赶在一处了,我还是要把丑话说头里,干这个工程挣大钱的可能性基本没有。有许多专业性强、您的团队干不来的,还是会找外面的专业团队干。还有就是上面拨付的专项资金有时会不及时,可工程不能停工,您可能还会自己垫钱。这些您都行不行?"

田百旺胸脯拍得山响:"当然行!"

巧云点头:"既然行,咱就研究一个详细的方案,然后您和金贵主任对接,具体事项他交代你,遇到问题咱们再研究,嗯……"

桂花婶等田百旺离开才进门,巧云诧异:"桂花娘,您怎么这时候来了?"

桂花婶犹犹豫豫地说:"巧云哪,我看向阳回来了,有点不放心,他那个媳妇……"桂花婶顿了顿,似乎难以启齿,"嗯,有些……有些难缠,我这心突突的,总怕闹出事来。"

巧云起身揽住她:"桂花娘,我是给向阳哥找个活,他的企业已经半年没有活了。咱村这工程,别人我还怕干不好,所以才交给向阳哥。桂花娘,您放心,我不直接联系向阳哥,让金贵主任和他对接。"

听了巧云的话,桂花婶悬着一路的心才放下来:"巧云哪,你看你这一番好心,是我多想了。"桂花婶又忸怩了下,接着说,"我还想和你商量商量向东的事。向东大小伙子了,个子眼看着往高蹿。你也看出来了,和楚家二丫有那么一层意思。我想着,早点给他批个房身,盖一处新房,安排他们结婚。"

巧云笑得眯了眼:"桂花娘,您这个想法好,我全力支持。"一句话说得桂花婶像三伏天喝了蜂蜜水,眼睛都笑成月牙儿。巧云见效果出来了,她的后话也跟上来:"咱村要进行环境综合整治,等诸项工作完成了,我来统筹考虑这事。向东是咱村种植区的负责人,二丫直播带货更是前途无量,他俩人都是村里的宝,对于他俩,我有综合考量。"

桂花婶有些发愣,不能光画饼啊,她赶紧往前推进:"巧云哪,桂花娘老了,就盼着孩子们好,向东的事落实了,我才能放心。"

巧云拍着胸脯道:"桂花娘,您把心放进肚子里,这个事我一定会认真考虑。"说完亲热地揽住桂花婶,"对了,如果综合环境整治比如修路啥的,需要裁弯取直,要是涉及咱家的庭院,娘,你可得带头支持我啊。"

桂花婶被这声"娘"叫得心肝直颤,一口答应下来:"好的,一定。"在兴冲冲回去的路上,桂花婶才有点反过味儿来了,敢情自己来这一趟,不但没批房身,还答应支持裁剪自家庭院,她懊恼地一拍大腿:"哎哟!我的庭院哪,真金白银啊,可真真舍不得!"

巧云之所以跟桂花婶如是说,是因为她和夏金贵早早测绘过,村里好几家庭院需要裁弯取直,工作都不好做,桂花婶算得是村里泼辣出名的选手,如果她率先支持,对推进工作非常有利。这些事非常琐碎，得一件一件统筹推进，好在她有夏金贵这个好助手。在坎村，夏金贵是出了名地细心，你只要把任务交代下去，再琐碎细致的工作都不在话下。他的话不多，属于非必要不说话的那种，以至于袁秀芬刚嫁过来时，还以为他不会说话。渐渐地，发现他不是不会说话，而是懒得说话，或者说光干活不说话。他会在她忙不过来时，默默地顶上；会在她苦恼烦躁时，用眼神送上关心；还会在她彷徨无助时，送上男人的温暖；等等。这些他都能做到，就是不交流，很难从他嘴里听到丈夫的关爱。她听人家城里人都说，"女人都是用耳朵谈恋爱的"，她不知道这话对不对，反正她的耳朵长期不用，早已形同虚设，这还谈什么恋爱？听说金贵早先不是这样的，青少年时期的金贵热情大方，整天有说不完的话。自从夏盼结婚后，他就不说话了。她嫁过来时，才知道她进门的彩礼是夏盼的聘礼，就是20世纪北方农村普遍流行的换亲。夏盼要嫁得好咋的都好说，可夏盼嫁得不顺心，为此，夏金贵心里过不去那个坎。过门后，她依着本分，努力劳动，孝顺长辈，实指望再冷的冰也该暖过来了，谁知道，他就是过不来劲。尽管他行动上尽着义务，语言上就是一点没有。她吵过闹过，最后都无疾而终。婆婆劝她："孩子，你多多理解金贵，这孩子心里苦啊！"心软的秀芬跟着红了眼圈，深深地点头。婆婆泪眼婆娑地继续劝："等他解开心里的疙瘩，或许就好了。"婆婆说得没毛病，门都进了，不理解还能咋的，好人家的儿女还能说离就离？或许真的过几年就好了。没想到，这一等就是十年八年，等孩子都上学了，他依然苦大仇深的。她想过离婚，感情上割舍不了，唉，凑合着过吧。"凑合"这个词饱含着她的委屈、无奈和心酸。她喜欢气质干净的金贵，一见面就相中了,属于一眼万年的那种。等她欢天喜地地嫁过来,掀开盖头,迎上男人苦大仇深的脸。因为那份彩礼,也因为金贵大男人的自尊,他在自己心中设置高压线。其实,金贵心里的苦,她能理解,他用手脚脑子的不停劳作来换取心安。今年村委会换届选举时,他当选了村主任,从此更忙了。为村里忙,为别人忙,为自己忙。有些个忙碌,纯纯是他在路上捡起来背上的,他不停地捡,不停地背,像极了柳宗元笔下《蝜蝂传》里的善负小虫。

巧云找到老黄牛一样往前拱的金贵,商量说:"实施村屯环境综合整治,三项工程并举,改变村屯面貌,让村民过上体面有尊严的小康生活。"金贵如往常一样地点头。巧云话锋忽然一转:"咱把日子过好了,人就立起来,到那时,咱堂堂正正把夏盼接回来。"夏金贵的眼睛一下子亮了起来,他目光炯炯地盯着巧云:"真的可以吗?"

巧云肯定地说:"当然,堂堂正正接回来,给她美丽宜居的美好生活。"

金贵心内一阵悸动,看着满目泥泞,弱弱地问:"村子这样'烂泥包',可怎么接她回来啊?"

巧云坐下来,仔仔细细把她的三项工程并举策略解读一遍。金贵认真地听着,不时插话,修正巧云的想法。听着听着,忽然泪流满面。巧云默默地立在一旁,看着一个大男人肆无忌惮地涕泪横流。等他情绪过了,才站起身,对着巧云郑重地点头。此后,莫说这些琐碎的工程项目,就是再急难险重的任务,他都没有过一丝儿犹豫,不为别的,只为夏盼能够早日回家。

十

杨向阳的工作是永远做不完的,没有一时一刻的清闲。早先拼死拼活地干,想着有一天拼成了规模企业,就可以像富人一样惬意地过活。哪承想,从下海那天起,就走上一条不归路。这一路泥里水里的,几次险些淹死,几次死里逃生。如今的企业规模是不小,却像一条四处漏风的破船,他不仅要驾船避过急滩险流,还需要手脚不停地修补。有一天,自己年轻轻地过劳死,也毫不奇怪。

刚坐在办公室喝口水,那不成器的小舅子陈二两领着新交的女朋友趾高气扬地进来,这俩人男的流里流气,女的一头黄毛,跟个太妹似的,一看就不是个好东西。杨向阳见了,就烦得直皱眉。陈二两根本不看他的脸色,自顾自地领着黄毛坐下。"姐夫,这是我新处的女朋友。"说完对着黄毛使眼色,"过来,叫姐夫。"没等黄毛说话,杨向阳就赶紧摆手阻止:"别叫,有事说事。"陈二两毫不在意他的态度:"我这女朋友还没有工作,你给安排个经理做做。"这个不成器的东西,又把这不三不四的人领回来,不安排吧,陈千金指定闹,安排吧,就这么个东西,啥都干不了。罢了,公司再养个闲人,就当花钱买个消停了。等一会儿,去找戴春望,让他安排个闲职,领一份薪水罢了。想到这里,他冲陈二两交代:"等下我和戴春望交代一声,明天过来吧,经理职务暂时没有空缺,安排不了,去销售科做个科员吧。"陈二两一听,眼睛瞪得像个铃铛:"什么玩意?安排科员岗位?那

061

我多没面子？"杨向阳强压下心烦，严肃道："干就干，不干就拉倒。"陈二两眼珠子转了转，吊儿郎当地嬉笑："那我去找戴春望吧。"杨向阳忍无可忍地吼道："你找戴春望，你是谁呀，我告诉你，想在这干就服从领导，遵守规矩。"陈二两边往外走，边一脸无赖相："你跟谁吹胡子瞪眼睛啊，当初要不是我们陈家，你也就是个小瘪三，这会儿跟我装，我呸！"黄毛搂着陈二两的胳膊，抚弄他的心口给他顺气："亲爱的，你这姐夫也不怎么给你面嘛。"陈二两听得火更大了，骂骂咧咧道："就他娘的跟我装呗！"

　　杨向阳长出一口气，起身换件衣服，等一会儿，还得去参加市里经济分析会。这市领导也真怪，没事最爱把他们召集过来开会，还得白衬衣黑西服，一个个企鹅似的抻长脖子听，听来听去也解决不了自己的发展问题。坐在前排，满头白发的田百旺抻着脖子，像个老企鹅，听得老认真了，还一笔一画地记录着，似乎领导的话字字珠玑，每一句都是前进的号角。企业已经半年没有进项了，运转全靠积蓄，再没有工程，就得裁员了。刚刚陈千金还要把孩子塞进私立学校，在公立学校读得好好的，非得转去正大，无非是显示自己实力雄厚、与众不同。那正大是什么地方，就是个贵族学校，彰显钱权异能的集散地，你说陈千金，非往那里挤什么挤？

　　刚刚散了会，高宝财就要给他介绍朋友，所谓多个朋友多条路嘛。高宝财摇着肥硕的脑袋说："这些人现在是没用，指不定哪天你就用上，人都说，上帝关上一扇门，就会为你打开一扇窗，我就是上帝为你打开的那扇窗。"他疲倦地摇头："高哥，我晚上有应酬了，今天不行。"向阳早就对这样的活动厌倦了，完全不想参与，上帝为他准备的那扇窗，也不想打开了，就想在四闭的书房里，静静地想一些事情。在这个金碧辉煌的家里，只有这间书房是他自己的，那还得在陈千金追剧的时候，但是她现在不想追剧，只想追着他说事。这个时候，他真的头大如斗。陈千金喋喋不休道："杨向阳，小阳去正大读书，我和孙校长早说好了，要交二百万的赞助费，我叫二两打过去啦。"

杨向阳眉头立起来："谁要你打的，他陈二两有啥权力动公司的钱。"

"我让他动的，咋的了，公司是你一个人的吗？"

"公司不是我一个人的，但动钱必须通过我，这是规定。"

"规定咋了，你接那'烂泥包'项目跟谁说了，说是建设家乡，不知道是不是旧情复燃去了。"

向阳气得脑袋嗡嗡的："旧情复燃啥呀，爹娘还在村里呢，你说话能不能过过脑子？"

"你说谁不过脑子呢？你当初不就是在你爹娘的眼皮底下搞的青梅竹马吗？怎么，打量我不知道啊，也不看看自己德行，一脑袋高粱花子，我呸！"

向阳腾地站起来，一字一句道："你既然看不起农村人，咱可以分开。"

陈千金无惧："你以为谁愿意将就你！"

向阳大吼："给我滚出去！"

千金崩溃地大喊大叫，什么忘恩负义，什么旧情复燃，什么小农意识，什么狭隘自私，等等，疾风暴雨般地砸过来，向阳逃也似的闭紧房门，心里更堵得慌了。小时候，父亲和娘干仗的时候，怕自己控制不住伤了娘，就一个人跑出去，跑到苇塘，一个人一把快刀一片苇海，等一簇簇芦苇被放倒的时候，他的力气已然耗尽。父亲死鱼一样躺在苇塘里，点起旱烟狠狠吸上一口，然后，等到炊烟缓缓升起，夹着镰刀慢慢回家去。

当自己义无反顾地下海的那一天，父亲啥也没说，默默递给他一把开了刃的镰刀。如今，这把刀挂在书房的墙上。他不时抬头看上一眼，像是和刀客父亲有了某种交流。陈千金不屑一顾地哼道："土掉渣的东西，还供起来了。"他扭过头，冷冷地瞪她一眼，不发一言。这把刀跟随父亲一路扫平多少芦苇荡。直起腰的父亲喜欢眯着眼，听芦苇的沙沙声，认为那是世上最美妙的音乐。他小时候一见这样的父亲，就问："爸，你在听什么？"父亲陶醉地说："在听芦苇们说话。"他诧异极了："芦苇会说话？"父亲眯着眼点头："它们不但会说话，还曾救过我一命。"

有一次，晚归的父亲别着镰刀，吸着旱烟，慢慢地往回走。在快进村的时候，遇到一条温顺的狗，毛色灰败，耷拉着脑袋，半闭着眼，默默地跟着他。长胜并没有在意，这年头，这样的流浪狗多了。狗慢慢地拉近和他的距离，轻手轻脚地缓缓靠近。忽然，一阵凉风掠过，吹得芦苇沙沙作响，似急促的铃声击打在他漫不经心的神经上，他的汗毛唰地竖起来，猛回头，对上一双绿莹莹的眼睛，天啊，一头饿狼！人狼近在咫尺，没有思考时间，几乎同时发动，饿狼快如闪电直扑过来，他凭着多年练就的身手，反手就是一刀！狼血飞溅，溅得他满身满脸。饿狼呜呜咽咽地倒下，眼里的凶狠褪去，流露出类似温情的光。他手脚都软了，坐在地上，大口地喘气。过了好一会儿，他才缓过来，用镰刀掘土，就地掩埋了它的尸身。即使正饥饿肆虐，他也没有觊觎这身狼皮狼肉。等进了村子，他没有立即回家，而是一头扎进湖里，把自己和镰刀洗干净。

此后，他接连两天深入苇荡，寻找狼窝。天刚擦黑，狼就敢冒险进村，不是饿极了，就是有它需要供养的孩子。寻了几次，都没寻到，想来它是一头孤独的狼，或许真是只流浪狗也说不定，它只是饿极了。

长胜把镰刀供奉到佛龛上，年节时点上一炷香，默默祭奠那头饿极的狼。

向阳下海做生意时，长胜从佛龛上取下这把镰刀，郑重地递给他，希望这把开过血刃的刀，护佑向阳开疆拓土，所向披靡。

这些年，向阳的管业公司扩展很快，这得益于锦城开发区的飞速发展。他的建塑管业靠的是诚实守信，质量为先，这一路走来，泥里水里的，着实不容易。陈千金一边端着阔太太的身架，一边又瞧不起他。他在董事会上说："以人为本，以市场为导向。"陈千金就讥讽："就是管钱叫爹呗。"每每这个时候，他就会想起长胜，那个挥舞着弯刀的长胜。是的，随着时光流逝，职业刀客早已没入洪荒，只有村里还残留的几间塘铺，告诉世人，这里曾经生活着这样一群挥舞着弯刀的高手。最苦闷的时候，他也想和父亲一样挥舞弯刀，对着苍天，痛快淋漓地倾诉一场。

第二天早上，杨向阳没有去市里继续开那些个无聊的会，而是直接去了公司。他平素很少来公司，联系业务和施工占据了他大多的时间和精力。公司一直是陈千金在打理，他不愿意操这个心。还没等迈进大堂，就听见里面吵吵嚷嚷的，不知道发生了何事。他快步走进去，见到这个混乱的场面。当下，心里直犯硌硬，他本能地不想过去，想直接拐进电梯，躲进办公室里。忽然，听到一阵尖厉的女声："你个臭保洁，赶紧跪下来，给我把鞋子舔干净，要不然，要你好看！"这气势汹汹的女声让人听着极不舒服。他转头看过去，居然是陈二两和那个黄毛。黄毛指着身穿保洁服的阿姨，怒斥道："你知道我这双鞋多少钱吗？敢给我弄脏了！"说完死命一推身边的保洁阿姨，嘴里不干不净地说，"哎，给我站远点，你农村人的臭气熏得我头痛。"

保洁阿姨小声地赔着不是："对不起，我给您擦擦吧。"

陈二两一个大嘴巴就扇过来："擦什么擦，让你舔干净，听不懂吗？你个臭保洁，是不是给你脸啦！"

杨向阳大喊一声："住手，陈二两，谁许你在这耀武扬威的！"

陈二两转头，见是杨向阳，讷讷地叫了声"姐夫"。杨向阳气得手指直颤："别叫我姐夫，我没有你这样的小舅子。告诉你什么来的，要懂得尊重别人，你一犯再犯，我这里不能容你了，麻溜的，带着你的黄毛，给我滚！"

"我滚？杨向阳你长能耐了，敢跟我吆五喝六的，别忘了，当初是谁提携你，没有陈家，能有你今天，呸！忘恩负义的东西。"

杨向阳没搭理他，俯身扶起保洁，连声道歉："对不起呀，我管理不严，才出现这个情况。"他看了看保洁的脸，感到有些面熟，不确定地问："是盼姐吗？"

夏盼诧异地抬起头，看着面前这个西装革履的男人，好一会儿才和那个满脸泥巴的小屁孩重合起来，她惊喜道："向阳啊，真没想到在这遇到你。"

向阳也兴奋地说："盼姐，你一直没回家，大家都很惦记你。这些年日子过得怎么样？在哪里住呢？"

夏盼微笑："看你，一下子提这些问题，我都不知道回答哪一个了。"

向阳拉着她:"来,盼姐,上我办公室来,咱姐俩好好聊一聊。"他领着夏盼来到办公室,吩咐秘书送一杯茶过来。没等坐下细细地聊,陈千金气哼哼地冲进来:"杨向阳你有病吧,要开了二两,就为了个臭保洁。"

向阳眉头拧起来:"陈千金,你嘴巴放干净点。"

陈千金撇撇嘴:"嚄,我说呢,还领到这儿来了,怎么,杨总,换口味了?"

向阳大吼:"陈千金,你胡说什么,这是盼姐,你别太过分了。"

陈千金也急了:"我过分?你就是为了这个臭保洁开了我弟弟,我倒要看看这个狐媚子有啥斤两。"说着奔着夏盼就冲过来。杨向阳伸手拦住陈千金,严厉地说:"你闹够了没有?"陈千金愣了愣,一把挠向杨向阳。向阳微微侧脸躲过去,想都没想,抬手一个巴掌扇过去:"我早受够你们姐弟,这日子实在过不下去了,咱俩离婚!"掷地有声的"离婚"二字,让陈千金愣了愣,然后,疯了一样冲出去。

向阳尴尬地对着夏盼致歉:"盼姐,对不起啊。"

夏盼弱弱地安慰:"向阳,你也不容易。"一句话让杨向阳本就堵的胸口更堵了。

傍晚,陈天明打来电话:"向阳啊,回来吃个晚饭吧。"该来的总得来,冷战到这个时候,也该着陈天明出场了,这个家还是有个明白人的。

陈天明热情地把他让进门,陈老太却冷冷地端着架子,没搭理他。陈家姐弟的高傲劲儿都随了这个母亲,他都不知道这老女人凭什么这么傲,依仗些什么。陈天明拉着向阳要喝一杯,向阳无奈地摇头，揉着胸口说："我最近身子不太舒服。"陈天明劝："少喝点，就当陪陪我了。"向阳很无奈，勉力陪着陈天明喝了一杯。

酒酣耳热之际，陈天明终究还是说到正题："向阳啊，千金和二两被我惯坏了，你就看在我这张老脸上，多多担待！"

听了陈天明这么低调的开头，向阳顿时红了眼眶，他略带哽咽地道："爸，您的恩情我永生不忘。可我和千金性格不合，估计很难过到一块去。您放心，即使我们不在一起，在金钱上，我不会亏待她的。"

陈天明把语气放得更柔："向阳啊，婚姻是一辈子的大事，你还年轻，别轻言放弃。千金是爱你的，她就是嘴巴硬，女人嘛，哄哄就好了。再说了，你不看大人，也得看孩子，小阳都这么大了，能说离就离吗？"

向阳也红了眼眶："爸，不是我非得离，是千金看不上我，看不上我农村出身，看不上我的父母，一张口就是满脑袋高粱花子，我实在是受够了。"

陈天明开口道歉："向阳，对不起，是我没教好孩子，今天我舍个老脸，跟你道个歉，你能不能原谅她？"

陈老太不乐意了："杨向阳，当初你就是穷小子一枚，是谁支持你才有的今日，为了你的事业，我家千金把嫁妆都卖了。到头来，你不懂感恩也就罢了，还跟她动手，谁给你的勇气？我的女儿娇生惯养，我都没碰过她一个手指头，你哪来的底气敢动她？"

向阳点了点头，诚挚地道："动手是我不对。所以，离婚条件任她开，实在不行，我选择净身出户也可以。"

陈老太一下子噎住了，后续的狠话一句也说不出来了。杨向阳不惧离婚，也不在乎钱，这态度正好击中陈老太软肋。

陈天明怒斥老伴:"你住嘴!都是你惯出来的,还在这里废话。千金呢,叫她出来,给向阳道歉。"

向阳赶紧阻拦:"爸,道歉就不必了,我也是脾气急了些,让您二老操心了。"

陈千金气哼哼地出来,梗着脖子,不发一言。陈天明继续训斥道:"把你的小姐脾气收一收,学点相夫教子的真本事,让我少操点心。"

向阳知道,这个情形婚是离不了了,如此多说无益,遂转移话题道:"爸,您知道的,二两在企业也得不到啥锻炼,他整日一副二世祖的模样,对他个人成长也不好。"

陈天明沉吟:"这事怪我考虑不周,只想给他个闲职,不给他实质权力,总比推向社会学坏强。"

向阳诚恳地说:"他在企业影响很坏,今天甚至逼迫员工给他女朋友舔鞋子。如果他一直在的话,千金就会一直给他开绿灯,那样的话企业就没救了。如今,开发区增速放缓,企业已经半年多没有收入了,再这样下去,不出半年就撑不住了。就在昨天,千金为撑面子,刚刚赞助了正大私立小学两百万。我要去外地开辟市场,她在董事会激烈反对,说话不管不顾,连董事会都开不下去。我开辟全市美丽乡村建设市场,就想给企业找条新出路。她说我回村旧情复燃去了。我父母还在村里。我不要脸,我父母还要脸啊!她说啥,她说上梁不正下梁歪。爸,我父母一辈子不容易,辱我行,辱我父母不行!"

陈天明长叹一声:"这样吧,从今天起,二两先从企业退出来,千金不经你同意,不能擅自动企业一分钱。"

陈千金气愤地说:"爸,你咋胳膊肘向外拐?"

陈天明没搭理她,站起身对着向阳深鞠一躬:"向阳,对不起,我替千金向我老哥哥老嫂子道歉!"

向阳看着陈天明微微颤动的白发,叹了口气,不言声了。

十一

坎村的太阳比较勤快,每天都早出来,不停地在湖里转悠。巧云比太阳还勤快,没等它露头,已经干脆利索地钻进了厨房。这早餐是她倡议的,本着谁倡议谁负责的原则,自然由她提供原料,也得由她来做。今儿早上,她煮好面,配上脆爽酸甜的泡菜,因为李佐军副主任在,她还给每人都煎了一个蛋,是那种散养溜达鸡的蛋,煎好了,像太阳一样鲜红水润。等村委会成员都到了,巧云的早餐也端上桌。大伙围坐在一处,吃着早餐,巧云也忙里偷闲,把一天的工作交代一遍。夏金贵还没到,他起早入户了,在忙着定损,正一家一家地登记。巧云等大家吃好了,交代说:"今天这三项工程一起开工,咱们在座的十几个人都领到了任务,大家分头下去落实,遇到问题咱随时沟通,共同研究。"她想了想,强调道,"说心里话,我也没尝试过三条线齐头并进,十几个事一起开头的局面,可我相信,今天过后,村里将发生天翻地覆的变化,我们就是那开天辟地之人。"大家相互击掌,大喊一声:"耶!"十几个人,居然喊出豪气干云的气势。

从今天起,未来的局面她也掌控不了,所有的事都有无数个延伸,现在的她如驾驭着一头疯牛耕地,这番辛苦耕作之后,不知道最终能收获什么。算了,管他福兮祸兮,她已然下定决心,从决定留下来那天起,她就接过了全家六代人的期望。

下午,田百旺的队伍就开进来,先签了修路的合同,分段签的,一个合同一段路,不超限额却也约束得明明白白。夏金贵和楚算盘负责合同签订,夏金贵精细,楚算盘善于挑错,两人一番精雕细琢下来,田百旺终于黑着脸签字,然后吆喝着开工了。由齐文盛、叶瞎子、黄老歪、杨长胜组成的质量监测小组,及时跟进,从进料、配料、拌料到施工,哪个环节都盯着,盯得田百旺的脸更黑了。夏金贵定损完成之后,也跟着质量检测组监督质量,把田百旺给看得一阵憋屈一阵难过的。质量检测组由齐文盛负责。田百旺试着和齐文盛沟通,这个平日懒散的齐文盛一副公事公办的模样,气得田百旺拂袖而去。

村卫生所的事儿不多,巧云找到齐文盛,希望他先把这个质量监测的任务扛起来。齐文盛懒懒地伸长腿:"黄书记,您这是来真的,还是走形式?"巧云坐下来:"齐大夫,我知你是医学院的高才生,在咱村做个村医是委屈了,可谁都有不愿对人言说的故事,我不想挖掘并保持尊重。据我了解,你吊儿郎当的背后,一定有一颗渴望发展的雄心。农村实行家庭联产承包责任制引发的第一波发展大潮,咱没有亲手实施;这次新农村建设一定能成为引发山乡巨变的第二波发展大潮,当然,这波大潮冲击力更强,也更危险,不知道你敢不敢立在潮头上。"

齐文盛的眼神闪了闪:"黄书记,慷慨激昂对我这个年龄的人来说,只怕不起作用。"

巧云笑得和煦:"齐大夫,你尽可以在边上看着,不是我这人说话直,在你有生之年,只怕仅有这一次慷慨激昂的机会了。"见他不吱声,她继续往前赶一句,"给个痛快话,入伙不?"

齐文盛想了想，郑重地点头。

巧云眯着眼睛笑了，真好，这明媚的太阳真好，怪不得夸父追得这么起劲呢。

在坎村，太阳不用追，一直都落在湖里，一寸一寸地慢慢转。等到它从东到西转了一圈下来，天就黑下来了。小时候，巧云就坐在湖边，一天天地盯着太阳转，看着它一点一点地往西移。现在，她追着太阳跑，咋也跑不过它。有时，她甚至想伸出一双巨手，紧紧抓住太阳的尾巴把它拉回来。

这一天天的，说过的话让她嗓子冒烟，顺带磨薄了嘴皮子。这才刚破土动工，各家各户的事儿都来了，都想在施工中找到最利于自己的结合点。最大的同心圆真的大，大到包容世界，无边无沿；最小的公倍数也真的小，小到涉及每一家的柴米油盐。一丁心疼巧云，主动承担了许多说服工作。村民看到一丁闪亮的设计师身份，有些高端大气，纷纷给他几分薄面。一丁一家一户地转了一天下来，才真正地体会到巧云的辛苦。一丁腰酸背疼地来找巧云，一进门就碰上匆匆而来的齐文盛："一丁，你快来看看吧，你爹在那儿作妖呢。"

巧云赶紧和一丁赶到现场，只见叶瞎子手里摇着铃铛，丁零零作响，他摇头晃脑，煞有介事地念叨：

天圆地方，
律令九章，
天有五帝，
地有五皇，
财分五路，

运分五方；
春季财神木大王，
夏季财神火大王，
秋季财神金大王，
冬季财神水大王，
五行五路归库旺，
都在戊辰土龙王，
南斗六星是金斗，
北斗七星放金光，
乾元亨利贞，
急急如律令！

又是这套老生常谈，有村民看着都不解渴了，他们大声喊道："哎，能不能整点新鲜的，总是这些，我们都不爱看了。"

叶瞎子心里直气，面上不搭理他们，继续煞有介事："金木水火土，五行归位，财库事大，动者身死——"

一丁没等他念完，直接上前打断他："爹，你这是干什么？"叶瞎子翻了翻眼皮："不干啥，念财神令，谁动我的柴火垛，就动了我的财库，动我财库如要我命，谁动要谁命。"

巧云上前劝道："叶叔，您是施工监督员，在您这里要执行不通的话，可要耽误进度的。耽误进度，一天要损失不少钱呢。"

叶瞎子继续摇头晃脑："我不管，今天谁动我财库，我跟谁拼命。"

巧云继续劝："看您说的，是您这财库挡了路，财库挪进院子，财库还在。修完路还得修院墙，您不是最支持村屯规划的吗？退一万步讲，您不支持我，还不支持一丁吗？"

叶瞎子看了一丁的黑脸，有点心虚，还是梗着脖子摇头："不行，不行，谁动都不行。"

巧云见他不听劝，居然松口道："好，这财库您今天不动，这段就放过去，等路和院墙修完，您得自己掏钱自费修。对了，金贵主任，你给他算算得多少钱。"

金贵上前一步："早就算好了，一共739元。"

巧云笑得和煦："叶叔，这钱也不多，您看不如先交着，我们好继续往前施工。"

叶瞎子一听要自己交钱，立马嚷起来："凭什么我自己交钱，我就不交。"

一丁拉住他胳膊，大力一扯："爹，您能不能别闹了？"他挥手喊道："来几个人，把他的财库挪进院里。"大伙一看一丁制住了叶瞎子，一起上前把他家的柴火垛挪进院里。叶瞎子跳脚大骂："一丁，你个浑小子！"一丁理也不理，直接把他架进屋里。他再如何闹腾，也无济于事了。

村民们看够了西洋景，知道再也躲不过，纷纷回家挪自家柴火垛了。

巧云揉着老腰慢慢往回走，"哎，这帮村民没一个省心的，可把我老人家累得够呛。"这么些年，村民习惯把柴垛、灰堆、厕所、圈舍等建在院外，在他们眼中，院外的空间是无主的，不占白不占，但也不能一下子把自家院子扩到马路上，那样的话一定会成为众矢之的。唯一的法子就是一点一点往外挤，好不容易挤出一定的空间，环境一整治，一夜回到从前。巧云早就想到了，柴垛、灰堆、厕所、圈舍"四进院"，硬生生改变村民多年的生活习惯，他们能一下子适应才怪。叶瞎子的事也是一件好事，让村民们都看看村里"四进院"的决心。

齐文盛斜靠着卫生所的门，看着一脸痛苦状的巧云，戏谑道："黄书记，楚算盘找了田百旺，把自己家门前的路往外扩了一米，这事您是真不知道，还是装作不知道。"

巧云把发散的思维聚拢过来，扫过齐文盛的样子，心下了然："看来齐大夫的工作有成效啊，说说吧，发现啥实质问题了？"

齐文盛咕哝一声："你说你一个女孩子，这么聪明干吗？"然后，他清了清嗓子，继续道，"就是那楚算盘动了歪脑筋，和田百旺合计，把他家门前路面往外扩了一米。本来这事不大，就是一米的事，装作不知道也可以。但一旦严肃追究起来，楚算盘是村委会干部，又是金贵主任的助手，楚算盘面上无光。可田百旺敢私改图纸，这样的行为不能纵容。这个事儿，我拿不准，所以过来跟你说一声。"

巧云想了想说："好，这事你甭管了，我来处理吧。"

楚算盘接到巧云的电话，说有重要的事商量，急忙气喘吁吁地赶回村委会，一见巧云就问："巧云书记，找我有啥事？"巧云慢条斯理地说："没啥大事，就是修路的事。我听说你把自家门前的路往外扩一米？"楚算盘有些心虚地说："这事不算啥吧，就是几十厘米的事儿，路那么长，难道差这一点半点的？"

巧云耐心跟他解释："这个事看着是不大，可性质严重，要是都敢随意修改图纸，这个活还能干不能干？"

楚算盘还不乐意了："巧云书记，要说配合，你说你来了到现在，楚某人配合你不？咋自己家这一点小事，你就如此较真？"

巧云怒了："怎么到现在你还认识不到这事的性质？这不是一米还是几十厘米的事，是私改图纸的事，以后谁都可以私改图纸，这工程就半途而废了。如果你不能正确认识这件事的性质，我建议你别参与工程项目的事了。"

楚算盘眼珠子转了转，想怎么样，终于还是没怎么样。他拉回来话头："巧云书记，这事是我疏忽，我实在是没想那么多。"

巧云不想和他多废话，直截了当地说："念你是初犯，回去把图纸改过来，这个事儿就算了。"

楚算盘有些憋屈，还是忍下了，没有当面反驳巧云。他回去跟田百旺说时，语气自然不好，很有情绪的样子。田百旺也不乐意了，气哼哼地叫来工头："你把这个活儿改回去。"工头建议道："头儿，不用这么较真吧，没差多少啊，这一改不仅耽误干活，也造成浪费啊！"因为心情不顺，田百旺大声呵斥："废什么话，让你咋干你咋干得了。"工头一见情形不对，麻溜去干活了。

远远地，巧云走过来，田百旺故意当着她的面抱怨道："这点屁事，就小题大做，也不知道是几个意思？"

巧云一听他发牢骚，没惯着他，立马接过话茬："田总，图纸不能私改，这是原则问题，咱们有合同，遇到问题应及早言明，可以坐下来共同研究。"

田百旺见巧云态度如此强硬，细究下来，这事他也不占理，遂不情不愿地说："黄书记放心，这样的事儿保证不会再发生。"

巧云看着他把工程改回来，才转身去看污水处理和水利测绘现场。胡兆花早早地等在门口，见巧云过来，就赔着笑脸道："巧云书记，算盘他没别的意思，你别因为这点小事生分啦。"全村人都称她巧云或黄书记，只有她夫妻别出心裁称巧云书记。叫巧云有些托大，叫黄书记又生分，叫巧云书记既尊重且亲密。这一家子成了精，男的会盘算，女的擅心机，都有一百个心眼子呢。巧云压下心里的不耐烦，笑着摇头："没有，你别多想。"胡兆花脸上笑容更加灿烂："巧云书记，二丫刚下播，说找你有事儿。"巧云知她是拿二丫当借口，遂继续维持着脸上的笑："婶子，我得去工地看看，等空下来，再来看二丫。"没等巧云迈开步，田百旺追上来："黄书记，村里这点活儿，我的施工队都能干过来，你又找了向阳是几个意思？"

巧云停住脚步："田总，我记得跟你说过，村里专业施工，要找专业队伍。"

田百旺跟着就把话递过来："这话你是说过，可杨向阳的队伍算什么专业队伍，他的队伍有资质、有经验吗？杨向阳是有点实力，这点我信，可您找他，就真的没有私心吗？"

巧云心里直冒火，这个田百旺真会挑人痛处，拿她和向阳过去的事做筏子，真是可恶！她长出一口气，压下心头火气，和颜悦色地说："田总，向阳的团队一直做企业给水设备施工，在资质和经验方面更具专业性，再说了，企业施工在水利、污水处理等职能部门监督下进行，你的团队在村民的监督下都漏洞百出，您自信能和向阳的团队比，要不要咱公事公办地照着合同重新梳理一番，看哪个团队更能胜任？"

田百旺见巧云毫不相让，就搬出严镇长："当初严镇长可是答应过的。"

巧云淡笑："可严镇长跟我说要严把质量关，任谁都不徇私情。"

田百旺拉长音调，语带自嘲地说："黄书记，我这不是想为咱村多做贡献嘛。"

十二

对于和市直部门打交道，巧云是真真地打怵。可打怵也得去，如果不去，刚开启的整治工程或许因为缺少资金就会打了折扣。到手的资金仅够开个头，要真想把事做成，离不开市直职能部门的支持。目前，全市新农村建设旗鼓大张，副市长孙成伟率领相关部门，早早做好顶层设计，发展路径非常明晰，举全市之力，用三年时间实施农村人居环境综合整治，彻底改变农村面貌。市直部门都想从中找到自己的切入点，自己此时去找他们，就是送这个切入点。所以，不但去，而且还得早去，一旦被别的村抢了先机，她恐怕连汤都喝不上了。这就有点逼上梁山的味道了，这个逼字有情势所迫的意思，也有自加压力的意思。市直这些个部门傲娇惯了的，她和农发局、水利局、生态办、民宗局等市直部门的头头都不熟，要想人家坐下来倾听自己的诉求，缺少媒介去帮她敲开这些大门。她培训班的同学分布在市直部门，却入门时间短，分量有些不够。反观镇里，她只和严镇长在工作上有些默契，况且严镇长说，之前已和一些部门打过招呼，特别是水利局的唐继慧是他的大学同学，严镇长已经和她对接好了。

后街镇位于锦城边缘，灰色的半圆楼很有些拱卫锦城的意思。是的，后街半环锦城，拖着身后15个村，一字排开，排在最末端的是坎村，坎村后面就是湿地与海了。因为地处湿地，交通不便，坎村的书记一般不咋来镇里，来一趟实在不容易。镇里的领导也不咋去坎村，同样因为下去一趟也不容易。这样一来，坎村就有点天高路远、自在为王的意味了。从这个角度说，做坎村的书记，有最大的主观能动性。巧云走马上任后，买了台电车，不时地来镇里汇报工作。因为她常来，也因为她主动出任坎村的村书记，连门卫都认识她了，大家称她是"三百书记"，所谓"三百书记"，一是坎村299个人，差一个够300人，约等于300；二是坎村299个人，毕竟不够300，说她是三百书记，就是说她不够三百。坎村有句俗话，这个人不够三百，就是这个人有点二百五的意思。说她不够三百还真不冤，她本来是市委组织部重点培养的干部，她参加的那期培训都是要重点任用的后备干部。她却主动要求下沉到坎村，放弃市委组织部这个捷径，一脚迈进农村，还不是排在前列的前进、高升、东风、高坎、西安等村，而是号称农村最末端、全市下水道的坎村。用叶瞎子的话说："这都不是二百五，是个啥子哟？"

巧云一进门，见大家都冲她笑，她也回以微笑。大家就笑得更厉害了，笑得她直发毛："什么情况，怎么都冲着我笑？"她不敢耽搁，慌忙冲进电梯，一进电梯，更蒙了，镇党委书记卢志明在电梯内，怨不得大家都在外面等，原来是为这个。巧云懊恼地抓抓头，没话找话地问候卢书记，说她来镇里汇报工作。卢书记看了看她，不置可否。她傻傻愣愣地跟着书记进了办公室。卢书记坐下来，淡笑着问："不是来汇报的吗？开始吧。"巧云不敢怠慢，当下把"三线并举"的综合整治方略一一道来。卢书记闭目听着，全程没有表态。巧云汇报完了，见书记没有反应，只好硬着头皮继续说："卢书记，我们做的这些事都是在镇党委的领导下，您得对我们多多指导。"卢书记的脸色缓和了一些，义正词严地说："好吧，你们放手去做吧，有什么困难跟镇里提。"嘴上说着有困难跟镇里提,语气上完全不给她提的机会,卢书记这是几个意思,打量谁都是傻子呢。

　　说完这些,卢书记并没有打算放过她,语气一转,粗门大嗓地一通敲打:"专项资金只能专款专用,不能为所欲为,坎村不是法外之国,搞得乌烟瘴气的,什么样子?"这是明显的不满意了,这个卢书记不问缘由,上来就一通敲打。巧云血往上涌,抗上的话几乎脱口而出,可几年的工作历练,让她咽下这股冲动。万事有因才有果,刚刚卢书记只是泛泛敲打,没说明原因,就说明这个因,有他说不出口的地方。坎村这299口人,除了几个还不懂事的小娃儿,没有一个是让人省心的。眼下忙于环境综合整治,她也只与楚算盘和田百旺有过轻微摩擦。与楚算盘的摩擦轻微到几乎无痕,内容也涉及不到卢书记,能涉及卢书记的,就只有田百旺了。这样一来,巧云总算有些明白了,田百旺是卢书记的人,卢书记为了择开自己,让严镇长和她开口,即使严镇长开口了,她还是引进了向阳的管业集团,这让卢书记不高兴了,所以才出言敲打她。地面上的工程,他田百旺都没有资质,地下工程他就更干不了。给了他轻省的工程干,还成了乌烟瘴气。她心里憋屈,嘴上却说不出来,这卢书记又没有指名道姓,她只有咽下这黄连,脸上还得洋溢着苦笑了。这叫什么事儿,这活儿干的,真真地憋屈异常。思考明白了,她学了严镇长的话自嘲道:"谁愿意说啥就说啥,就当狗放屁了。"

　　等她过去找严镇长时,发现严镇长满屋子都是人。这种情况下,她一时半刻排不上约见。无奈之下,只好对着严镇长点点头,转身走出去。等她下了楼,发现大家还在冲着她笑,她心下狐疑地思忖:"大家伙都笑啥呢?"想来想去,没想明白。她稀里糊涂地往外走，迎面遇上镇秘书栾书才，栾书才是她的培训班同学，他一见她就笑着跑过来："巧云，你来了啊，看见严镇长了吗？"

巧云摇头："严镇长比较忙，我没排上班。"话音一落，她忽然想起大家神秘的笑，"哎，大家都看着我笑什么？"

栾书才自然熟知镇里的一切，知道大家笑什么，他哼笑一声："你说笑什么，笑你是个二百五呗！"

这话说得有些白了，巧云的脸唰一下子红了。栾书才也有些讪讪的，他赶紧转移话题道："对了，你这是要去哪儿？"巧云知他心眼并不坏，刚刚只是实话实说而已，她还不至于一句实话都容不下，赶紧把话头捋回来："我正不知去何处呢？下午去接水利局的唐继慧主任，这段时间是个空当，不如先去市生态办打打前站，看能不能有意外收获。"栾书才卖力地出谋划策："正好，咱生态办还真有一个同学，叫秦志强，你记得不？"巧云点头道："对，就先找他。"

在生态办的楼下，她报出秦志强的名号，还真好使，不一会儿，秦志强笑呵呵地下楼来接她了："哎哟，黄书记，门卫说你找我，我都没信，你黄书记咋有时间过来？"巧云笑着说："我想约见夏主任。"秦志强一边把她引进办公室，一边说："今天真是不巧，我们夏主任有会，你要约见，咱得另找时间。"巧云随着他进门，对科室里的几个人颔首致意。秦志强引见说："这位是我们科里的高科长。"巧云含笑点头："高科长好！"既然寻人不遇，她不想逗留，寒暄几句，推说还有别的事，就想离开。高科长却站起来，不确定地问："是巧云吧？我是高宝财啊，你高哥，记得不？"哦，原来是高占福那个手眼通天的二儿子。巧云笑道：

"高哥，你在这儿啊，幸会幸会。"高宝财热情地说："我一直都在这儿啊，咱村搞美丽乡村建设，我人脉熟，市里的头头脑脑都能说得上话，哥帮你引见引见呗。不行，晚上就撺掇一个局，先喝点，熟悉熟悉人头。"

巧云婉拒："高哥，我这都忙晕了，哪有时间安排这些，再说，我也不擅长这些应酬。"

高宝财并不气馁，继续鼓吹："你不擅长，我擅长啊，你坐在那儿就成，我来帮你安排。"

巧云只好说："谢谢你啊，高哥，今天不巧，时间表都排得满满的，一会儿我还得去水利局接唐继慧主任。"

高宝财点着头："唐主任有能力，有专业，在业内算得上很行的一个人。"他说完，并不转移话题，继续劝道，"妹子，要想成事，光傻干还不成，你得喝酒，酒喝到位了，事就成了百分之八十。"

巧云苦着脸道："可我不会喝酒啊！"

高宝财可急坏了："我的姑奶奶，那可不成，得喝，只有喝才能成事。咱中国人喝酒叫酒局，以酒入局，像鸿门宴那样生死大事，都能在酒桌上解决，何况你的小事。"

巧云早听说高宝财是村里走出去的能人，颇有其父高占福之风。高占福的两儿子，高宝财在地方，高宝礼在油田，油地两个层面都占全了。尤其高宝财混得最开，言称黑白两道没有摆不平的事。今日一见，果然不同凡响。如此油滑之人，实在没必要得罪。想到这里，遂客气道："高哥，你说得很对，我思考一下。可今天实在没时间，等哪天再找个机会吧。"

高宝财满口答应："没事的，妹子，你去忙，高哥帮你搞定一切。"

巧云点头致谢,然后开车去接唐继慧。到了市水利局,唐继慧正在中心组学习,巧云只好在楼下等着,等了好一会儿,唐继慧还没出来。她就下车来,伸展四肢,四处溜达溜达,没等溜达几步,她就困了。昨晚,跟李佐军和一丁研究规划方案,直到天快亮了才迷糊一会儿。这会儿放松下来,困劲一下子就上来了。她迷迷糊糊地想,不能睡,金贵的补偿方案还得细细推敲。

唐继慧敲了敲窗子,她才睁开迷蒙的眼睛,这觉睡得这个香啊!她觉得自己都满血复活了。她赶紧请唐继慧主任上车,一边系安全带,一边介绍村里的综合打算:"坎村是全市的下水道,几乎全市的水都经这里,再经由湿地流向大海。坎村是湿地与锦城之间最后一道防线,要进行综合治理、污水处理、地下管网建设以及冰陷湖的整治等,这些都得经由科学测绘、实地考察。如氧化塘位置,地下管网的走向及路线,冰陷湖整治后容量及流量计算,等等。"唐继慧的眼睛一下子亮了:"这一系列工程如果顺利实施,坎村将成为全市的样板工程。"

唐继慧一到坎村,立即与李佐军、一丁和向阳对接,对于在坎村哪几个地方施工进行仔细磋商,对于村屯整治与地下管网走向问题,唐继慧提出了三点专业性意见。一是以改善农村水体质量与环境为目标,在村里兴建氧化塘,与边沟相连,在塘内栽种水生植物,清洁水体,最大限度改善农村水体质量和提升环境质量。二是结合全省全市推行的农村污水处理试点工作,建村内污水管网,与氧化塘相连,通过建小型污水集中处理设施,乡村污水在村内就可完成处理和循环。经过处理后的出水直接通过氧化塘或边沟进入自然水体循环。三是冰陷湖清淤疏浚,恢复水生态，连通碱河与渤海，入水口与出水口设人工闸，泄洪与蓄水两便。

对于氧化塘和污水集中处理站的设置，唐继慧还要和局里沟通，等得到批复才能实施。她仔细询问施工的技术员施工要领，满意地点头："这支施工队伍很专业！"接着，唐继慧和李佐军、一丁、向阳进行实地考察，初步确定氧化塘和污水处理中心的位置。唐继慧认为，氧化塘最佳位置就在黄家的石头房后面，这个位置临湖，地势低洼，又能和冰陷湖相连。问题是黄家的房子怎么办。巧云的初步打算是围成一个湖心岛式的建筑，作为文化产业发展基地。一丁嗷嗷地点赞："巧云，算我一个，我最先报名成立工作室。再引进一些有名气的艺术家，临湖把酒，这氛围，真叫绝！"巧云补充道："再把二丫直播等相关文化产业移过去，组成农特产品销售中心，把文化产业做起来。"在旁边听了许久的黄老歪终于问出口："巧云，他们都搬进来了，我住在哪里？"巧云知他执着，赶紧安抚说："爸，这事我还没有想好，初步意见是成立文化产业发展中心，即使您搬迁回村，我也会统筹安排好的。"黄老歪直接火了："接下来你是不是要疏浚扩容，把祖宗的尸骨挖出来暴晒？"见巧云没答复，又倔倔地说，"我不搬，哪儿也不搬，这是我祖宗栖息的地方，你把我和他们葬在一起吧。不是我说你，弄来弄去，啥也不成，掘祖坟你倒是有能耐呢。"

巧云知他倔强，这会儿有外人在，没工夫详细解释，只得任由黄老歪气冲冲离去。在送唐继慧回锦城的路上，唐继慧仍然很兴奋："黄书记，坎村污水处理三步走战略想法很好，要顺利实施下去，会给全市污水处理提供样板了。"

巧云谦虚地说："我们没想那么多，这个工程的关键是污水处理和地下管网铺设，乡村要想美丽，不仅美丽了外表，还要美丽内在，如果内在支撑不起来，还是会回到当初。"

唐继慧赞同地拊掌说："一年，不对，用不了一年，坎村内外兼修的美丽会让大家刮目相看的。"

巧云笑了："借您吉言啦。"

唐继慧下了车，似还想和巧云说什么。这时，巧云的电话响了，是桂花婶："巧云哪，你爹气得够呛，晚饭都没吃，你赶紧回来哄哄，别出啥事。"她想到黄老歪的倔样子，摇头叹息。

没等这边放下电话，高宝财的电话就顶进来了，她看了眼来电，匆匆对桂花婶说："我这会儿有事，咱回头再联系。"说完赶紧按掉桂花婶的电话，高宝财的声音急切地传过来："巧云，你在哪儿呢，赶紧过来，我给你介绍几个重要人物。"巧云一听头都大了："高哥，不行啊，我这里都忙坏了。"高宝财一听就急了："巧云，是夏主任你不见，还是齐局长你不见，要见就赶紧过来，地址我发你微信上了。"

巧云看了看时间，回去接一丁，已经不赶趟儿，就打电话给一丁。一丁的声音还是痞痞的："你爹挺倔呀，听说都要和你断绝关系啦。"巧云赶紧打断他的话："一丁，我给你发个地址，你陪李主任吃完饭，就想办法赶过来接我。"

等她赶到饭店，高宝财都等急了："哎呀，黄书记，你可来了，就等你一个人了。"巧云一看，满满一大桌子人，没几个认识。巧了，向阳居然在座，估计是高宝财叫来买单的。她刚落座，高宝财就致上辞了："齐局长、夏主任及各位副局长、副主任，我是坎村人，巧云妹子是坎村的现任掌舵人。今天上午，我妹子上门求援来了，我专门设这个饭局，就是为了给坎村环境综

085

合整治搭桥铺路。来呀，妹子，赶紧表示表示吧。"巧云赶紧起身："非常荣幸结识齐局长、夏主任及在座的领导，今日冒昧登门拜访，想邀请领导去坎村，看看坎村的变化，吃吃辽河口渔家菜，非常感谢高哥的盛意拳拳，巧云不善饮酒，以茶代酒敬各位领导——"巧云话没说完，高宝财就及时打断："哎，等一下，妹子，茶代替不了酒，那差着成色呢。"向阳拦住高宝财，插话道："黄书记是女子，不擅饮是常事，不如她讲话，我代饮如何？"已有几分酒意的高宝财不高兴了，他斜睨着向阳道："这酒你可替不了，这酒代表诚意呢，齐局长、夏主任，你们说是不是？"这两位坐在那微笑，没否认也没承认。巧云暗暗观察齐局长和夏主任，见两人虽没点头，却好像在认同高宝财的说法。这让她感到有些无措。人精儿似的高宝财继续游说："这二位领导手里都攥着专项呢，投给谁，不投给谁，就看谁最有诚意了，大家说是不是？"吃瓜的这几位跟着参与饭局就是来捧场的，捧谁？当然是一捧酒桌上最大的，二捧酒桌召集人，三捧酒桌买单的。这高宝财可是酒桌召集人，他的话当然要附和了，都七嘴八舌容易乱，索性鼓掌吧，哗哗一通掌声，这事就算通过了。那两位酒桌最大的，饶有兴味地看着，仍然没说话。高宝财继续演说："这话又说回来了，巧云是女生，又不擅饮酒，咱就选这个三钱的小杯，十万一个咋样？"

　　巧云看了看了齐局长和夏主任，见两人眼里都有了兴趣盎然的神色，不知道这二位是否日子过得太顺帖，这酒桌上小小的波澜，让他们冷硬如铁的心如此轻易地荡起涟漪。这二位性格、行事都不同，偏偏都喜欢在些微小事上看下属诚意。巧云不是他们的下属，却是有求于他们，况且不是他们提议的，酒局不是他们召集的,他们只是坐在这看戏,看巧云表演得卖力不卖力。如果卖力,他们不介意扔块骨头打赏打赏;如果不卖力,闭目不搭理,连话都省了。高宝财所谓的吃得开,想来就是耍猴而已,实在乏善可陈。想明白了这一切,巧云不紧不慢地起身说:"两位领导,这是我有生以来第一次喝酒,没想到喝得如此有意义。高哥定了,十万一个,我就听高哥的吧,为表诚意我愿意勉力一试。"向阳急了,站起来阻止:"巧云,你疯了,你酒精过敏不知道吗?"高宝财拦住向阳:"此时莫说是酒,就是敌敌畏也得干了。"巧云豪气地挥手:"高哥说得对,就是敌敌畏我也干了。"高宝财眼睛笑成一条缝:"妹子,这就对了,服务员,拿酒来,拿杯来!"服务员端来一排小杯,共十个。夏主任到底不忍,挥手阻止道:"人家女孩子,别整这么多了。"齐局长则笑得见牙不见眼:"怎么老夏,怜香惜玉呀。"这两位是笃定了要看戏呀,如果不演,可真对不起这么好的观众。巧云开口道:"两位领导,您二位如能感受到我的诚意,是我毕生荣幸。喝之前,我还有个不情之请,能否把一排小杯价位翻个倍?"齐局长感兴趣地盯着她:"行是行,不知你有几杯的诚意呢?"巧云挥手招呼服务员:"美女,取个大海碗!"众人皆诧异,这巧云想干什么?只见她伸出纤纤素手,握住酒瓶,缓缓注满十个杯子。有人发出倒抽气的声音,"好厉害!"巧云不动声色,端起酒杯,一杯一杯地倒进大海碗。大家的注意力都被吸引过来,目不转睛地盯着巧云。却见巧云不慌不忙,拿起酒瓶子,再倒满十杯酒,再一杯一杯地倒进大海碗。向阳冲过来,端起大海碗:"巧云,我替你喝。"高宝财一把推开他:"都说几次了,你替不好使。"巧云端起大海碗,目光从每个人的脸上一一扫过。全屋静悄悄,所有人都屏住呼吸回视她，巧云微微一笑："在座的各位领导，咱们说好了，二十万一个，大家给我做个见证，明早，我过来兑现。"她说完捧起大海碗，咕咚咕咚地往下灌，浓烈的酒味，呛得她喉咙生疼，胃里似有团火在燃烧，她顾不得身体不适，再次强行往下灌，酒顺着衣领流进白皙的脖子里，划出一道优美的弧线。

一丁冲进来，正好接住软软倒下去的巧云。他抱着人事不省的巧云，大吼："杨向阳，巧云滴酒不沾你不知道吗？你这样会要了她的命啊。"

等回到坎村，醉猫一样的巧云睡得安静如婴儿。向阳想跟进来看看，被一丁强行赶走了："你还有脸看，她被灌酒的时候，你在干什么？"向阳哑口无言，默默地退了出去。

等了好一会儿，巧云依然安睡如初。一丁怕出事，赶紧找来齐文盛："你快过来看看，巧云醉酒怎么这么安静？"齐文盛仔细探查一番："她这个情况并不乐观，按医理说，这是酒精中毒，也有可能这样睡着睡着就睡过去了。"一丁腾地站起来："那还磨叽什么，赶紧送医院哪。"文盛赶紧拦着他："不能送医院哪，那样一来，黄书记可就出名了。"一丁急得直搓手："那你说怎么办啊？你快说啊。"文盛淡定吐出两个字："催吐。"

于是，这两人一个扶着头，一个往嘴里灌生理盐水。一丁笨手笨脚，灌进脖子里不少。文盛急得直骂："真笨！不如让我来。"一丁充耳不闻，还是缓缓往嘴里灌，生怕呛着她。文盛气得跺脚："你这是喂水喝还是催吐，不大力点，怎么能吐出来？"一丁白了他一眼，继续缓缓灌水，等足足灌了两大瓶子水，巧云才有了反应。没等文盛拿过脸盆，巧云这里就倾泻而下了。一丁温柔地抚着她的背，一脸的疼惜，等她吐无可吐了，才小心翼翼地放她躺下。文盛叮嘱："估计没事了，让她好好休息吧。"

沉睡中的巧云安静柔婉，好似孩提时那个乖巧的小妹妹又回来了，可一丁知道，等她醒来就又会变成风风火火的黄书记了。他当初离去，可是下定决心，从没想过要回来。可巧云一个求援电话，就让他放弃了北京那边好不容易打开的新局面。这一时刻，他才想明白，不管自己飞多高飞多远，总被一根线扯着，这根线的起始端就握在巧云的小手里。

巧云是他自小一心一意思慕的女孩。两个人一起玩耍，一起成长，两小无猜，用歌词的话说是竹马青梅！可他千不该万不该，不该和别的小孩一起嘲笑黄老歪，他发誓只是看不惯黄老歪，没有看不起巧云。黄老歪也只是驱赶他，不让他下湖，也没干过什么大的恶事。他当初就是看不惯，就要和黄老歪为敌。等他看到巧云红红的眼睛时，才知道"后悔"两个字怎么写。巧云终于还是选择和向阳走在一起了。他心痛极了，疯狂地捶打着自己的头："你咋就这么混蛋！"事情已成定局，他再呼天抢地，却也无可奈何。他想挽回，却不知如何挽回，几番折磨愧痛，始终无法释怀，最后，一个人孤零零地逃走。他从小就这样，遇到事就逃走，等同于自我放逐。六岁那年，他无意间窥见母亲的秘密，小小的他不知道情何以堪，就一个人走进冰天雪地的芦苇荡里，呼啸的寒风抽干了身体的热气，无情的冰雪冷却他无处安放的心。他倒在冰雪中，静静地等待死神的降临，在意识消散的最后时刻，脑海闪过巧云苹果般的面孔。

等叶瞎子找到他时，他全身几乎都冻僵了，只有胸口还有微弱的跳动。叶瞎子顾不得脸面，连夜跪在石头房前，求黄老歪救命。黄老歪听说此事，并不拿乔，披上衣服就赶过去了。等他看到一丁的情形，不敢怠慢，几下脱光一丁的衣裳，用冰雪搓遍他的全身，反复地搓，直到他的身子变软了。身子变软了，也不敢停，让叶瞎子接替他继续搓。他自己则掏出银针，狠狠刺入一丁的手指、脚趾，一下两下，直到手指、脚趾都挤出黑血才罢手。他挥手让在一旁傻愣愣的宝珍熬了一大锅芦根汤，一点一点地给一丁灌下去。

捡回了一条小命的一丁从此学会自我放逐，用身体的流浪换得良心的偏安。

清晨，巧云被一阵异声吵醒，她睁开眼，感觉胃如火烧，头痛欲裂。一声声泼辣的女声穿过门框、窗框，直逼里间："黄巧云，你有胆子勾搭我男人，没胆子出来见我吗？"巧云强撑着身子，想坐起来，无奈身子软，几次都没挣扎起来。一丁打开门冲出去，指着陈千金的鼻子道："你把嘴巴放干净点，巧云是我女朋友，你再敢出言侮辱，别怪我不客气。"陈二两挡在陈千金前面，拨开一丁的手指，一脸的流氓相："哎哟，小子，你算是哪根葱，敢跟我姐这么说话。"一丁见出来一个男人，一肚子火气升腾，并不废话，抡着拳头就冲上去。齐文盛怕事态闹大，赶紧抱住一丁，用身子隔开陈二两，嘴里痛斥陈千金："你找男人回家找去，这里不是你撒野的地方。"陈千金还来了劲："嘀，黄巧云，你行啊，这男人也是你男人，你野汉子成堆了啊！"齐文盛忍无可忍，一把推开陈千金，抡着拳头砸向陈二两。向阳等天快亮的时候才回家睡下，几乎是刚睡着就被桂花婶推醒："向阳，快起来，陈千金来闹事啦！"杨向阳一个激灵，蹦起来，撒腿就往外跑。等他赶到时，正听到陈千金大发雌威："黄巧云，你个缩头乌龟，赶紧给我出来！"他一声厉喝："陈千金，你给我闭嘴!"陈千金一看是他,气更不打一处来:"杨向阳,你终于出来了,怎么,有胆子做,没胆子承认啊。"

村委会门前这一场混乱,终于惊动了黄老歪,他本就人狠话不多,上来对着陈千金就是一扫把:"敢上门来污蔑我闺女清誉,谁给你的胆!"陈千金泼辣归泼辣,从没遇到过二话不说直接开打的,她狼狈地闪躲,哇哇直叫:"哪来的疯老头,你怎么敢打我?"杨向阳趁机上前,捉着她的肩膀,把她塞进车里。陈千金不服气地哇哇大叫,黄老歪更不客气,一扫把紧着一扫把地扫过去,陈千金一看势头不对,赶紧缩进车里,闭紧嘴巴。杨向阳发动车子,一溜儿烟地溜走了,陈二两见姐姐偃旗息鼓,他本就是个色厉内荏的厌货,也跟着蔫退了。一场闹剧,就这样草草地收场。

黄老歪脸色铁青,愤愤难平。齐文盛和一丁瞧着他的脸色不敢多言。忽然,门帘一挑,巧云穿戴整齐,跟跟跄跄地走出来。一丁抢步上前:"巧云,你咋起来了?"巧云苍白着脸摆手:"你给我开车,咱俩去要钱。"一丁急了:"还要啥钱啊,你不要命了。"巧云苦笑:"必须把钱要回来,要不我这酒就白喝了。"

十三

桂花婶这口气憋得鼓鼓的,仿佛轻轻一戳,就会炸开。

早上,陈千金来大闹一场,闹得她和长胜,还有向阳,都灰头土脸。这一通的鸡飞狗跳,让吃瓜的村民们怎么想?一直以来,她和长胜做人做事都秉持个中正,在村里也有头有脸,这回算是豆腐落灰堆,捡不起也拍不净了。她就说嘛,向阳回来得惹麻烦。巧云偏不信,现在看看,果然惹来麻烦了。陈千金的泼辣她是见识过了,这回居然闹到村里,真是什么脸面都不顾了。她自己和长胜的里子面子都丢光了。陈千金不顾脸面,她弟弟陈二两更不是东西,居然要夏盼舔他女朋友的鞋子,真是岂有此理。夏盼出嫁后就没回过娘家,成为夏家人心底的痛。当初表姐棉花为了金贵能娶上媳妇,托胡兆花做下那事。那年月,村里人都没钱,向阳、向东还要读书,她也没能帮上什么忙。如今夏盼在向阳的公司受了委屈,她这个做表姨的,也跟着揪心。向阳在外面人模狗样的,内里的日子过得如此憋屈。可以想象,在不为人知的时候,还不知道受了多少委屈呢。哎!要怪就怪这个巧云,自打她回来当这个书记,非得把向阳拉回来裹乱,让本就暗潮涌动的家庭矛盾升了级。她这个做婆婆的,亲自打电话给陈千金,想劝解劝解,没想到,她居然一点面子也不给,硬邦邦地给堵回来:"你找我干什么,咋不问问你的好儿子,他都干了啥好事?"她自己的儿子,她了解,做不出啥过分的来,她劝解说:"夫妻之间,要互敬互爱,不能把什么都往外扬。"千金在电话里就直接夯了毛:"是我往外扬,还是上梁不正下梁歪啊?"这话说的,连带把她和长胜都骂进去了。桂花婶气得一口老血差点喷出来。

等到了后半夜,向阳才蔫蔫地回来。她想问问情况,向阳的嘴像贴了封条,什么都不说。这一宗宗、一件件的,都存在心里,让她的心如吸满水的湖,鼓胀鼓胀的,眼看就要溢出来了。

外面叮叮当当的声音传进来,吵得她头疼。满院子的工人都在施工,不是挖这儿就是挖那儿,把她院子搞得乱七八糟的。路从她家门前修，说她的院子碍事，把院子硬生生裁剪掉一大块。地下管网又从她的院子走，又得挖开庭院铺设管线，这里里外外的，都是乱七八糟。最可气的是，向东的房子也没个着落。这真是没有一个事儿是顺心的，这日子简直是没法过了。

下午，向阳的施工队开进了黄家，她的心就更满了。巧云没在家，那黄老歪又早早地放出话，谁敢动就劈了谁。这人可是个硬茬子，当初面对全村人都敢往上上，被打得头破血流都不后退，妥妥一个狠人。唐专家说，黄家地势低洼，要把污水处理体系和氧化塘设在那里。唐专家还说，污水通过管线的坡降自然汇聚到这里，经过集中处理，再通过沟渠，回流灌溉。唐专家又说，这施工极有难度，坡降角度不够不行，容易形成倒灌；管线埋不够深也不行，冬天容易上冻。那田百旺还以为是个啥好事，整天趸摸着搞事情，殊不知，向阳和专家不知道熬了多少个日夜才设计出这图纸。

桂花婶在家里实在是坐不住了，起身去黄家看看，刚看到施工现场，她的心忽悠一下就提了起来。果然，黄老歪只身挡在铲车前，不高的一个人，像钉子一样钉在那里，脚下像生了根似的，不动如山。

向阳刚喊了声"黄叔"，黄老歪一铁锹就拍过来。桂花婶的心跟着忽悠一下，差点晕过去。向阳往旁边一侧身，赶紧避过，黄老歪指着他鼻子大骂："你小子哪儿来的滚哪儿去，我告诉你，再让你那混账老婆败坏巧云的名声，信不信我灭了她。"黄老歪从不说大话，他向来说到就真的能做到。

向阳低下头，诚恳地道歉："对不起！"

黄老歪用鼻子哼了一声："对不起有什么用，她再犯到我手里，别怪我手下无情。"

桂花婶头生生地疼，握紧手上的镰刀。她不管了，黄老歪要敢伤向阳，她就跟他拼了老命。

人与铲车就这样对峙着，向阳不挥手，铲车不退；铲车不退，黄老歪也不退，有几次铲车都碰到黄老歪了，他就是一动不动。

桂花婶的心哪，跟着铲车上的翻斗上下忽悠，几次差点蹦出来。

巧云听说了黄老歪的举动，才猛地想起来，父亲是说他不同意来的。她因为忙，没放在心上。在赶回来的路上，她一直给父亲打电话，试图劝说父亲，可父亲就是不接电话。她心急如焚，要向阳等一等，她立马赶回去处理。一丁劝她别太着急了，总会有办法的。她摇了摇头，感觉头还是晕晕的。等她赶到时，现场已对峙了两个多小时。她脸色蜡黄地从车里下来，疲惫地喊了一声："爸！"

黄老歪的身子微微一颤，转头看她，巧云继续说："爸，这工程进度可耽误不得啊。"黄老歪像不认识她一样仔细看看憔悴的女儿，面色由黑转白。他抿了抿毫无血色的唇，淡淡地说："你回来了。"巧云点头："是的，我回来了。"黄老歪继续立在那里，迎着铲车，一动不动。巧云盯着黄老歪，坚定地说："爸，今天您同意不同意，都得施工，哪怕是强行施工。"黄老歪直直地瞪视着巧云，一字一顿地说："好，好，你很好……"说完头也不回地离开了。

村民们面面相觑，问题就这样解决了，解决得这么容易？这不符合黄老歪的人设啊！当初多猛的人啊，如今这么菜了吗？巧云也不明所以，父亲这是唱的哪出啊？桂花婶转头和长胜对视一眼，忽然一拍大腿："巧云，你爸不是想了啥歪道吧？"巧云头嗡的一声，连腿都麻了，她撕心裂肺地哭喊："爸……"

黄老歪顿住，回过头来，深深地凝视巧云，像是要把她牢牢记在心里。

巧云更慌了，一下子扑上去，紧紧抱住他："爸，你不能留下我一个人啊。"泪在她脸上狂流，她哭喊："爸，您一直都是最支持我的，我是听您的话才回村里的，我是为了咱家六代人的守候才做的这一切啊，您要离开了，我做这一切还有什么意义？"

黄老歪嘴唇翕动着："爸就是为了支持你才去的。"

巧云泣不成声："爸，您是要去了，那我也不活了。"

黄老歪的眼圈也红了，人也愣怔在那儿。趁他愣怔间，唐继慧也劝道："老人家，这个工程功在当代利在千秋，咱个人总得为集体让路吧。"见他不语，李佐军语重心长地说："老人家，这个机会千载难逢，错过了，不知道要等多少代。"黄老歪还是不说话，看着巧云的目光透出不忍和留恋。巧云动情道："爸，您要去了，我绝不独活。"黄老歪长叹一声："巧云啊，咱祖上六代都沉在湖底，你疏浚扩容，是在挖咱家祖坟啊。这个房子已经住了六代，你把它都整治没了，我哪还有活着的意义。"巧云泣不成声："爸，您说得很对，是我没充分考虑到您的心情，我一定会想出两全其美的办法来，您观我后效行吗？爸，给我个机会，无论如何，您千万不要放弃我啊。"

黄老歪长叹一声："等你想出来再说吧。"说完并不搭理她，佝偻地走了。

事情总算有了转机，巧云长长地舒一口气。她挥手让铲车继续，自己踉跄地回了屋，一头栽倒在床上，身体明明疲累已极，脑袋却在飞速旋转，父亲并没有放弃寻死，这次他换了抗争方式，这是要和她对命啊。人都说，父亲有的是手段，可他不会对她使什么手段，面对她，只会把手段使给自己。父亲为了她终身未娶，把一生的爱都用在她身上了。为了回报这份爱，自己放弃了爱情回到村里。没想到，一番兢兢业业之后，如今遇到最大的障碍就是父亲。疏浚和清淤的决定是她做的，自己作为坎村的当家人，做这样的决策伤了父亲的心，自己的心何尝不是千疮百孔。这两年，殚精竭虑，时时刻刻活在高强度的工作中，现如今，三条线同步实施，恨不得把一天掰成好几天来用。指望用综合整治的成绩来宽慰老父亲的心，没想到，不但父亲不理解，还差点伤了老父亲的命。这般的没人能理解，又这般的拼命，到底是为了什么？她第一次对自己的选择产生怀疑。村民们各种不理解，连桂花婶都质问："湖地湖地你不批，还要把我菜园子规划掉了。没事把向阳引进来，闹得鸡飞狗跳的。巧云，你咋想的，你的综合整治是专门针对自家人的吗？向东要结婚了，到现在，婚房婚房没有，家里的名声也还没了，你一口一个桂花娘地叫着，就这样对娘的吗？"

那一串串不理解，一声声质问，让巧云绝望，自己这两年的殚精竭虑和呕心沥血，究竟是为了什么？

李佐军副主任担心地说："巧云哪，越是这样的时候越要坚持住啊。你坚持不住了，困难也坚持不住了。正所谓开弓没有回头箭，如果这时候拉松了，所有的一切都会回到原点了。"

巧云的泪无声地流下来，顺着脸颊流进嘴里，尝一尝，咸咸的、涩涩的，有着殚精竭虑和呕心沥血的味道。从走马上任那天起，巧云就一心一意地投入，希望用自己的努力赢得大家的真心认可，不说把干群关系恢复到鱼水情深的初始状态，也要全面改善。到头来，谁都不理解，家人更是以命相挟。她的心灰得跟湖边的淤泥一样。

金贵走进来，根本不看她的脸色，也不管她的心情状态，或者看出来，他也不会管。是的，想做的事情太多了，那些小情小绪谁会在意，又在意给谁看，事儿做成了才是正经。他直接汇报说："家家户户的补偿款，不知为什么，市里给停下来，您明天去县里，给问问原因，要找人督促一下才好，要不然村民着急，情绪激愤，再弄出事来。"

巧云点头应允道："我知道了。"又叮嘱道："工程质量上要严把关，一旦质量关把不住，整治工程就失败了。"金贵难得地抱怨一下："质量上我最操心了，天天盯着，最怕被这帮人钻了空子！"巧云调侃道："你办事妥当，我放心。"李佐军见巧云恢复了活力，就放心了，出门找一丁研究规划细节去了。

人都散去了，只剩巧云一个人，这方天地就是她一个人的了。她喜欢独处，只有独处，她才有安全感，从小时候起就这样。她知道自己是被捡来的，父亲是养父，自己是浮萍一样的孤儿，虽然有向阳和一丁呵护，她还是会觉得孤寂，只有在独处的时候，她才会感到安全。可现在独处的时候太少，时时刻刻被人和事包围着，她感到自己像小时候一样孤寂。

看着抓钩一下一下地挖，抓一钩，倒回半钩，又是水又是泥的，泥去了，水填充进来，一步跟着一步，很快这里就会变成新的湖，湖底会埋着一个污水处理设施，全村108户居民的生活污水都集中在这处理。每户居民的厕所污水和厨房污水分别经过化粪池和隔油池，进入污水收集支管、主管，再通过一体化污水处理设施处理，最终排放到自然水体，用于农田灌溉等。这个装置将彻底掐死污水的源头，让连上河海的湖获得新生。

湖获得了新生，湖底积存的垃圾还堆在那里，与那些垃圾长眠湖底的还有渔雁先祖、平民走卒、侠客逃犯、贞洁烈妇、土匪恶霸、戍边明将、抗清义士、闯关东流民、抗日英豪、倭寇尸骨等等。特别是抗日军民坟，里面埋葬着甲午末战近百名抗日军民，里面也有日寇的尸体，她的太爷爷做主把他们安葬在一起，让抗日军民的英魂永镇倭寇。太爷爷故去后，村里的湖葬仪式全部由父亲主持，葬在罗盘指定的"龙穴位"，面朝一汪碧水，背靠无垠湿地，据传是祖祖辈辈的风水宝地。要疏浚扩容，势必惊动逝者安息，村民们一定不答应。要怎样做才能把事情做圆全了？父亲的命暂时保住了，不等于他不会再次玩命。怎么办？清淤工程势在必行，等污水处理工程做完，就得着手清淤了。

这一天，净想这些乱七八糟的闹心事儿了，想破了头，也没想出一个妥善的法子。俗话说，一人计短，两人计长，她决定去村委会找金贵商量商量。没等她走出门，就遇上返回的黄老歪和桂花婶。她就知道这两人不放心，返回来看她。她笑着迎上去："爸，我一定能想到办法的，把大家的愿望融入洪流，让获取权益最大化。"黄老歪斜睨了她一眼，并不搭理她。黄老歪这盆冷水并没有浇灭她满腔计划的火苗。桂花婶怕她伤心，亲热地拍了拍她的肩膀："你爸心情不好，别怪他。"巧云慢慢地抬起眼，看着桂花婶说："桂花娘，对不起，我没想搞成这样的。向阳哥的企业半年多没有活了，嫂子不愿意他外出打拼，又正值全市美丽乡村建设旗鼓大张，我本想给向阳哥谋条新出路，没想到千金嫂子不理解，才闹成这样子。"桂花婶拉着她的手："千金的事，娘给你道歉，让你受委屈了。"巧云红了眼眶："娘，您理解我，我就不委屈。至于向东和二丫，我早早地做了考量，和他俩也谈过了，就是没跟您正式汇报，原想是等事情落地了再说，没想到让您误会了。"桂花婶抱住巧云："孩子，是娘不好，不该说那些伤你的话。"巧云见桂花婶流泪，赶紧转移话题："我明天去县里，听领导说，有个大开发商看中咱村，要给咱投资呢。"桂花婶高兴了："那敢情好，巧云哪，那样夏盼就能回来了。你知道，那陈二两太混账，我觉得对不起夏盼。"巧云安慰说："明天，我去县里，看看能不能顺路看看盼姐，如果能看到，我会劝她的。"桂花婶欣慰地说："巧云哪，你比我家那两个强多了。"

巧云一出门，又被好几个村民围上了。大家伙七嘴八舌地问："黄书记，那说好的补偿款，还不下来，是不是有啥岔头啊？"巧云慢声细语地解释："大家要相信组织，这个事肯定没有岔头，可万事都得有个程序，大家再等一等哈。"巧云是大家看着长大的，一直是乖乖巧巧、温温柔柔的，她说的话是相当有说服力。可这段时间，巧云闹出不少是非，先是莫名其妙地跟向阳黄了，接着不知跟谁喝酒，喝到酒精中毒，还被向阳的老婆撵到村里来骂。"啧啧，被人家老婆撵到村里骂，那得干了多少丢人现眼的事儿。"现在，又跟一丫出双人对的，处对象不像处对象的，不处对象还黏黏糊糊的，什么个样子嘛。坎村人本就八卦，他们看巧云的眼神就有了不一样的意味。

巧云可没时间满足村民的八卦之火，只再接再厉地解说道：

"这样吧，我明天去镇里问一问，有准信，我一定给大家回复。"

第二天，巧云早早到镇上堵严镇长，却被告知严镇长去了县里开会了。巧云心里有事，直接追到县里堵，终于在会议室的走廊堵住了严镇长。时间紧迫，没时间寒暄，巧云直接开口问补偿款的事。严镇长沉吟了一下，还是实话实说："早先，省里答应给一部分，现在省里的承诺迟迟没有兑现，市里就相应地延迟，县里、镇里的配套也就跟着等一等了。"巧云急急地接口："可泄洪补偿款的事没有商榷余地，如果等待时间长了，村民的工作也不好做呀。"严镇长一脸严肃："不好做也得做。"这话激怒了巧云，她的语气也带了火星子："省里资金不到位，那市里、县里、镇里都要等着吗，那么来水的时候，咋不等着呢？如今四脚落地了，想赖账啊。"严镇长都气笑了："多大人了，还说小孩话，这话跟我说说就行了，工作还得去做。"听了严镇长的话，巧云也冷静下来，意识到自己跟严镇长发火是找错对象了。这些内部讯息也只有严镇长能透露一二了，自己这是把严镇长的好心当成驴肝肺了。想到这里，她转移话题："当初省里来的谁，我们能自己做做工作吗？"严镇长摇头："别打那个主意，你们够不着的。"巧云秒变小迷妹，讨好地说："严镇长，我们不乱打主意，一定行动听指挥。您说有没有这样一种可能，领导事儿忙，说完或许忘记了，我们用自己的方式让他想起来。能想起来最好，想不起来是村里自己的主意，与领导无关。"严镇长思考一下说："这个事儿容我想一想，你别乱作为。"巧云头点得像个叨米的小鸡。严镇长却没打算这么放过她："我怎么听说你跟人喝酒喝成酒精中毒，还被人追到村里辱骂，作为村干部，还要不要点形象了？"巧云举手做发誓状："报告严镇长，那些完全是个误会，已经澄清了。"

回去的路上，巧云没来由地感到忧伤，不知道自己忧伤什么，是浮萍般的身世，还是莫名被伤害；是辛苦干劳，还是不被理解，这情绪来去无痕，却在这一刻，牢牢地抓住了她。一丁打来电话，问她在做什么。她却没有了沟通的愿望，匆匆说，自己在谈事，就收了线。她眯着眼望向窗外，只见人流如潮，行色匆匆，纷纷流向利益的终点，一息都不愿停留。在这如潮人流中，有一个摊位吸引了她的目光。摊位前一个客户都没有，摊位后坐着两人，这两人端着一个茶缸，正你一口我一口地吃着午饭。她没有上前，只是静静地看着，看着看着居然看出岁月静好的味道。似有感应一般，夏盼抬起眼眸，捉住了她来不及抽离的视线。巧云只好上前："盼姐，桂花娘托我过来，替她给你道个歉，那陈二两太混账了。"夏盼浅笑："道啥歉啊，这事跟桂花姨无关，我都没放在心上。向阳也来过了，他请我回去，我没答应。现下这日子，还过得下去。"

巧云望向夏盼的哑巴男人，他只在巧云走到跟前时，含笑点头致意，之后就专注地摆弄自己的东西了。巧云语带古怪："盼姐，村里正进行环境整治，不出半年，一个粉墙黛瓦、花红柳绿、古朴典雅、生态宜居新坎村就会呈现在世人眼前，你当真不回去看看？"

夏盼听出巧云的调皮，浅笑道："前几天，我哥打电话跟我说了，我答应他了，如果真有那么一天，我一定回去。"

巧云笑着搂住她的肩："那咱一言为定啰。"

十四

水是村的眼睛，流动的水则是吸睛的灵魂。在湖还是一潭死水时，村民们一直把生活垃圾和生产垃圾倾泻在湖里，再从湖里打水，洗衣做饭，浇水灌溉。坎村信奉以水为净，也信奉烧开的水能杀灭一切细菌，所以，他们在湖水里扬扬自得地自我循环。可毕竟是299口人，这里总有一些不信奉这些的，齐文盛就是其中一个。这不全跟他医科大学毕业有关，更是因为那汪绿水沉积了太多的东西，是他不敢触碰的。他去碱河上水线去洗浴，一边洗浴一边摸鱼捉蟹，他的家不需要这些，可夏盼家需要啊，她那个家太需要补给了。夏盼在河边挖野菜，她没有歇午觉的习惯，家里的活计堆积如山，哪怕她长着四只手，也忙不过来。夏广生的婆娘长年卧病，金贵是独子，要读书光耀门楣，广生又是个"老实蛋"，太多太多的家庭重担压在夏盼稚嫩的肩膀上。她不叫苦，也不叫累，默默无闻地顶上去。她小小的身体似蕴含无穷的力量，不知疲倦地操劳着。夏盼很安静，湖水一样的蓝眸波澜不兴，身上穿着哥哥穿剩的蓝制服，已经洗得发白了，一对麻花辫垂落胸前，小脸干干净净，恬淡如猫儿。文盛本来并没过多关注她，可他在畅游时，发现那双蓝色的眼眸，星星一样闪烁。此后，他在河里她在岸，只要他在，她就在。渐渐地，一种默契在岁月流淌中酝酿而成。忽然有一天，他居然不在河里，而是和她一起在岸上。岸上夏日骄阳如火，夏盼不停地挖菜，一双眼睛兔子一样不停闪躲。文盛笨手笨脚地帮她挖菜，强压如雷心跳，故作淡定地对她说："夏盼，我有事求你。"她耳朵嗡嗡的，什么都没听到，见他似有所求，就红着脸点头。他微笑了，嘴角上扬，牙齿洁白。他和村里的男人都不一样，不仅着装整洁，连齿缝都干干净净的。他所求的事最是简单不过，自己在河里摸鱼捉蟹，摸到捉到了，扔到岸上，请她帮忙捡起来，等他上岸后，两人再二一添作五平均分配。怕她捡不到，他摸到鱼蟹，特意扔在离她最近的位置，她还是捉不住，撵得老狼狈了，有几次还差点掉进河里。看她笨拙的样子，他在水中哈哈大笑。她实在气不过，抓起身边的土块扔他。他笑得更加肆无忌惮了，笑得河水都洋溢着青春的气息。

因为太过得意，他在上岸时，不小心扎了脚，血一下冒出来，他随手摘了几片树叶，简单地裹住伤口，就一瘸一拐地走了。等再次来到上水线，他还是下意识地寻找那双明眸，居然没有发现，再左右看看，还是没有，不由得心下失落："咋回事？她居然没有来。"忽然，一双手工布鞋递在他面前，她小脸红苹果一样嘟着："喏，这个送给你。"他下意识地接过来，居然是一双制作精美的手工布鞋，黛青色的鞋面，雪白的千层底，里衬用彩线绣着喜鹊登枝，一对喜鹊像活过来一样，乌溜溜的眼睛盯着自己。他把新鞋贴近脸颊，似闻到若有若无的少女馨香。那一刻，他似乎触摸到层层包裹的少女之心。

那一日，碱河的鱼虾河蟹特别多，他不停地捉，不停地捉，直到夏盼叫他快点上来，才惊觉天已经黑了。看着满载而归的夏盼，他小心翼翼地把鞋子揣进怀里，光着脚丫子，傻乐着走回去。

上了大学之后，他再也没有下河摸鱼捉蟹，却仍然在夏盼打猪草、薅草、插秧、挖野菜时，偶遇她。偶遇多了，就被有心人看出了端倪。不用说，齐世全自然也是看出来了。作为村里的继任书记，他熟悉治下的村子跟熟悉自己手指头一个样。在熟悉的领域做点什么应该和翻动手指一样容易，可遇到自己的儿子，偏偏就不容易了。上任伊始，村民们总愿意把他和第一任比，好像他这个继任咋也比不过高占福这个第一任。村民们像是中了高占福的毒了，别人不知道，他给高占福做了十多年的管家，高占福肚子里有多少东西，他能不知道？没法子，村民们愣是不买他的账。他这个继任憋屈了好久，好在唯一比得过高占福的，就是高家俩儿子都没读过书，自己的儿子却是村里第一个大学生。

发现儿子的小心思，他都纳了闷，儿子这审美随了谁？大学里有的是光鲜靓丽的女孩，非得找这个面目灰扑扑的农村丫头，况且这丫头没读过大学，还是夏广生这个"老实蛋"的女儿。从遗传学的角度讲，龙生龙凤生凤，老鼠的儿子会打洞。夏广生的女儿能聪明机灵到哪里？可齐世全毕竟是开明的家长，他知道有的事不能硬来，太简单粗暴容易误伤。他先是假装没看出儿子的心思，鼓励儿子先立业后成家，他语重心长地说："孩子，作为男人，你得先在事业上立足，有了立足点，才能给你所爱的女孩想要的生活。"

年轻的齐文盛一听此言，立马点头说："爸，您说得在理。"齐世全不仅嘴上玩虚的，还适时为他推荐市中医院坐诊医生的岗位。齐文盛忙着查资料，备考去了。支走齐文盛，他的后招才好出手。他请动资深媒婆胡兆花，为夏家一双儿女说亲。这胡兆花不愧为媒婆中的战斗机，她只用一招就击中夏广生夫妇的内心痛点，即夏金贵的婚事。金贵高中毕业后，没有考上大学，家里钱财都用来供他读书了，哪还有钱当聘礼。胡兆花继续摇唇鼓舌，把金贵和夏盼的婚事统筹考虑，夏盼的彩礼当作金贵的聘礼，岂不两全其美？胡兆花给夏盼说的夫家是锦城赵家，小伙子名叫赵铁，家住城里，做着买卖，家境殷实，主要是愿意多出彩礼。金贵的媳妇是邻村的袁秀芬，圆脸大眼，丰臀高个，是个健康会生养的好女孩。两对新人一起见面，都遥遥地互看一眼，双方均表示同意。夏家双喜临门，娶和嫁同步进行。等聘礼彩礼都过完了，他们才发现一个致命的问题，赵铁不会说话。胡兆花表示，她事先不知道这个事实，夏家要退亲可以，得退彩礼，还得双倍退。夏金贵疯狂地表示要退，付出任何代价都退。可夏盼不同意，她说："我愿意嫁。"

等文盛应聘成功，回到村里，夏盼已经嫁人了。从头至尾，没人跟他说过这事。文盛郁闷极了，他和夏盼之间没有开始，何谈结束？可这个女子就住在他心里，怎么赶也赶不走，他苦闷彷徨歇斯底里，他怨，他恨，他徒唤奈何？有一段时间，他一味地消沉，完全走不出来。已经调回镇里的父亲骂他："你就是个扶不上墙的烂泥。"他暴怒地扔下一句："你就当没生过我这个烂泥。"于是，文盛向他所在中医院提出申请，回村做了一名村医。

夏盼越发沉静了，仍是一身洗得发白的旧装，苹果脸变成瓜子脸，身形瘦得像个纸片。她的语言功能几乎丧失了，整日不说一句话。赵铁出摊时，她陪在身边，把价码打在卡片上，有客户上门时，就直接展示出来。她整日坐在赵铁身边做毛线活，机器人一样，做好了就去市场送货，再取回新的毛线活，就这样日复一日地过活。赵铁喜穿布鞋，她就去集贸市场买给他穿。婆婆抱怨她不会过日子："买什么买，你不会自己做吗？"夏盼忙着手里的活并不搭理她。鞋她不打算做了，那双青面白底绣着喜鹊登枝的布鞋是她此生做的最后一双鞋。

　　碱河水滔滔流过,那个水鸭子一样为她摸鱼捉蟹的少年不是她能幻想的。且不说,齐世全是村书记,就是齐世全不是村书记,人家齐文盛是大学生,自己一个泥腿子,拿什么与之相配,再说,自己身后还拖着一个"烂泥包"家庭。几番对比,挣脱不过。于是,她放弃了自己,除了文盛,嫁给谁都一样。这一家子辗转在社会底层,有些狭隘,有些自私,甚至有些小恶,那又如何,咋的不是过日子,挺尸就行了。她这一生,有那一段摸鱼捉蟹的日子就足够了。后来,听说文盛并没有娶城里的媳妇,还得了抑郁症,最后回村做了一名村医。

　　夏盼不回村,不是恨哥哥,她是怕回去看见了文盛,再滋生出不切实际的想法。她这辈子,有过最珍视的东西,早已安放在心灵最深处,已经足够了。陈二两的小小刁难算什么,她和赵铁受到的刁难,远比这个多得多。向阳说:"盼姐,你回来吧,我在坎村施工,你帮我妈做做饭就可以啦。"夏盼摇头:"我走不开,赵铁这里离不开人。"虽然拒绝了,她还在想着,坎村的工程需要她,桂花姨一个人忙不过来需要她。

　　向东和二丫打打闹闹地从她的摊位前跑过去,两人都没看见她,也看不见任何别的人,他们的眼里只有彼此。两人俱是她与文盛那时的年龄,肆无忌惮地在街上争执,争得面红耳赤,谁也说服不了谁。二丫生气了,推开向东独自向前跑,向东赶上来,拉住她,在她的额角轻轻一吻,二丫腼腆一笑,拉起向东的手,继续往前跑。二人和好如初,手拉着手,欢天喜地地跑远了。

　　夏盼抚了抚眼角的皱纹,这一辈子就这样过去一半的时间,仿佛一朵花,从没有盛开过。在坎村,作为一朵花是不幸的,几乎没有开放的机会，她周边的女性都叫什么花，都想开花，可能一辈子都没开过花。母亲叫棉花，辛劳一生，疾病缠身，遗憾而亡。前几天，哥哥打来电话说，农村大变样了，说要给她一个体面有尊严的新生活。说真的，哥哥的话让她心动了，内心生出隐隐的企盼。果然没盛开过，当真是企盼盛开的时刻。

金贵听出夏盼心动了，似有甘霖洒入干涸的土地。他第一次开怀大笑，笑得声音朗朗，把袁秀芬都笑蒙圈了。人还没等进院子就喊："秀芬，给我炒俩小菜，我要好好喝一杯。"

坎村不拢音啊，他这一嗓子，一丁和李佐军老远就听到了，这俩人二话不说，相约来蹭饭。金贵一见，赶紧起身相迎。向阳听说他俩来蹭饭，自然也跟过来。袁秀芬见客人不请自来，麻利地去灶台炒菜了。四个人围着圆桌开聊，主题自然是正在进行的环境整治。一丁问金贵："路差不多修好了，你有没有想过，路边种什么树、植什么花草？"金贵张口就来："我早想好了，树自然是早先的杨柳榆槐，花嘛，更好办了，就野花呗，什么马兰花、婆婆丁、苦麻子等等，撒一把种子，遍地都是，五颜六色，生命力还强。"一丁哈哈大笑："亏你做这么些年村主任，这也太拉胯啦。"李佐军也笑着插话："金贵村主任，你一定没仔细阅读我的规划。在主街主路，适量引进大山楂树，开花且结果，深秋时节能拉长旅游季。路两边培植水蜡球、地锦、薰衣草、矢车菊等，安置得当，高低错落，成为景观。"金贵睁大眼睛："水蜡球、地锦、薰衣草、矢车菊是个啥？"一丁点开电脑："亏你还读过书，这都不知道，给你看看图片。"金贵一边看一边点头，还不放心地追问："这些个很贵吧？"一丁给他解惑："不但不贵，还很常见，关键是置放得有特点。"李佐军再次助攻："不只这些，要想上档次，在硬化路肩、入户桥、沟渠生态护坡、文化墙等层面都要做些文章，不只街路边，以及清理出来的空地，连坑塘植什么水生植物都得细细研究。好文章嘛，不能只有框架，也不能一味地花团锦簇，要风骨与文采相结合，野性与有序疏密得宜。"一丁也补充道："对于坑塘绿化净化，巧云建议对原有芦苇、蒲草进行剪裁规范，辅之以水葫芦、黄花鸢尾等水生植物绿化美化净化水质。"金贵难得地开玩笑地道："还巧云巧云地叫，怎么，你和黄书记的事有眉目了？"一丁羞赧地低下头，李佐军看了看面色不好的向阳，赶紧转移话题："庭院也得规划，前院后屋种什么，屋顶门窗什么风格，等等，都得统筹安排。"金贵早已忘了刚才的调侃："老天，这可都是学问哩。"一丁得意扬扬："要不我们是吃干饭的，这叫绣花的功夫，怎么样，长见识了吧。你这顿饭请得不亏，要想继续长见识，明天还得请啊。"向阳一直做个好陪衬，这会儿，总算找回自己的声音，语带轻快地说："看起来，光实干苦干还不行，咱得23干啊。"李佐军不明白了，诧异地问："23干是个啥干？"一丁哈哈大笑："我们坎村特色哩，我们村书记做报告，一个粗心干事给写的稿，字写得有些毛糙，咱村书记把巧干的巧字认成了23，就成了23干了。"

哈哈哈哈！夏家传出一阵爆笑，声音洒满院落。

十五

向阳的施工队进了村，一直在泥里水里挖掘。等忽然有一天，挖通了河与海，村民缓过神来，向阳这工程堪称开天辟地。

看惯了莹绿的湖,乍一见鳞浪翻滚、活泼跃动的湖,人人都觉得稀罕,家家户户都跑出来看光景。连上碱河,通上大海,湖变得不一样了,跟重新活过来一样。关键是再也不用漫灌泄洪了,水位涨到警戒线,直接开闸放水,水顺着通道流进湖,再经由湖流进湿地,最后回归大海。此后,再也不用高坡避险,再也不用看老天的脸色,坎村人第一次把随心和顺意写在这片神奇的五色土上。

叶瞎子感慨地说:"黄巧云这个小女子真够尿性的,坎村这么多爷们没干成的事,她给干成了,还有我家一丁的功劳,说不定啊,咱家还能拐回一个能干的媳妇,一丁这小子能啊!"叶瞎子见一丁久攻不下,跑出来放话助攻了。

广生附和:"是能啊,这浊浪翻滚的湖,我还是第一次看到。"

李佐军点头赞道:"开天辟地也不过如此啊!"

长胜转头问黄老歪:"你以为呢?"

黄老歪眼含泪花,"这才是龙门渡该有的样貌啊!"

李佐军诧异:"这是传说中的龙门渡?是天门大开、雷电交加的时候才显现的龙门渡?"

黄老歪肯定地点头:"千真万确。"

李佐军兴趣浓浓:"老人家,您能不能详细跟我说说。"

黄老歪也来了兴致,拉开话匣子:"大约二百年前,我家祖上千里迢迢赶到这里,还没等安置妥当,就赶上天门大开,雷电交加,水与天齐,一条丈余长的鲤鱼跃出水面,沐浴风雨,扶摇而上。忽然,一道闪电击中鲤鱼,它翻身栽倒,一个打挺再次迎风而上,再次被闪电击中,落入湖中,消失不见。"

叶瞎子看不惯黄老歪抢风头，撇嘴讥讽道："黄老歪，你就顺嘴忽悠吧。"

黄老歪不服气地说："我祖上亲眼看到的，还有假？"

李佐军赶紧隔开两个老顽童："老人家，您自己还看到过什么异象吗？"

黄老歪骄傲地说："当然了。上个世纪80年代，坎村发了一场罕见的大水，水连村，村连水，水与天齐，官方说，是百年不遇的洪灾。在一个雷电交加的晚上，一声响亮的霹雳过后，我隐约看到一个人形生物被雷电击中，从高空跌落，隐入水中。我撑着伞跑出去，却什么都没寻到。"

李佐军继续追问："老人家，还有吗？"

黄老歪狡黠一笑："还有就是我这闺女出生时，霞光满天，祥云朵朵，萦绕不绝。属于天降异象，故而，给她起名叫巧云。"

李佐军点头："老人家，您说得很对，你这闺女的确不是凡人。"

杨向阳陪着唐继慧站在水闸前，唐继慧兴致勃勃地按动电钮，电闸徐徐启动，大水瞬间倾泻而下。她再次按动电钮，大水戛然而止。

向阳迈步向前，进行了极短的致辞："各位父老乡亲：大家都是看着向阳长大的，这次村里有召唤，正是我回报乡亲的时候，我率领的向阳管业集团会用最优的工程质量，向父老乡亲交出一份满意的答卷！"

人群中爆发一阵欢呼，长胜把手掌都拍红了，桂花婶更是兴奋得直抹眼泪。

隐在人群后面的陈千金心内暗自埋怨向阳，参加这样的大场合活动，也不知道换件衣服。俗话说，人靠衣装，佛靠金装，就这样一件老头衫，一条灰裤就出来了，呵呵，果然是农民本色。向阳明显瘦了，从外形上看更像一个农民了，长着和他刀客父亲一样的脑型，一样的穿搭，从后面看都看不出区别，不怪乎人们常说，多年父子成兄弟，这一对父子终于熬成一个模子刻出的亲兄弟。

人常说，龙生龙，凤生凤，老鼠的儿子会打洞。坎村人的儿子还能飞升成龙？怨不得坎村这个"烂泥包"村子就这么有吸引力，让曾经意气风发的少年义无反顾回归成农民。当初，嫁给他的时候，他事事迁就，小心逢迎，说娶到自己是祖坟冒青烟了。没想到，青烟还在冒，两人在一个屋檐下已经到了无话可说的地步。母亲说"嫁人不嫁凤凰男"，当时她就听不进去，生生踩进这个坑里。而母亲嫁给父亲，郎才女貌，门当户对，母亲更是被父亲呵护一生。婚后，生下她和二两这一对子女，父亲依然爱她如初，母亲依然美丽优雅。从小她就下定决心，寻一个像父亲一样的夫婿，生一对可爱的孩子，相夫教子，恩爱一生。可自从遇到了向阳，她顾不得心目中拟定好的选婿模板，抛下母亲选定的佳婿人选，直直地扑向他的怀抱。此后，眼里心里只有他一人。爱情初始阶段，两人确实如胶似漆，向阳也对她言听计从。后来，随着事业的发展，他的心越来越大，注意力转移到事业上，越来越不把她放在眼里。第一次争吵，他还低声下气地顾及她的感受，然后就越吵越凶，什么伤人的话都往外扔，无所顾忌。他看她的眼神冷冷的，如果眼神能杀人，她已经死过几回了。特别是她回村找黄巧云那一回，他眼神里的杀意已经凝成实质。她不自觉地畏缩，心内寒意顿生。坎村是他的尾巴根，一触碰就跟踩尾巴的猫儿似的，跟你龇牙瞪眼的。

其实，她一早就来了，悄悄站在人群后面，看着前面欢呼的人群，感觉就像在看一场戏。就像小时候跟着母亲看着台上的花花绿绿，完全不知所谓，却看得津津有味。她在人群里找了半天，并没看见巧云。"那个爱出风头的女人，不知道去哪里疯去了，这样的场合，她不是该在这里接受村民的欢呼吗？"

上次她也不知道怎么，那么轻易地被挑起了怒火，冲动之下，来了坎村，不但没讨到便宜，还惹了一肚子气。孙校长的爱人，生态办的高科长告诉她，向阳一次次地替黄巧云挡酒，高科长多次阻拦，他还和人家急眼了。他算个谁啊，从哪个角度替人挡酒？可见不是旧情复燃，也是生出了贼心，长出了贼胆。母亲说："男人都是这样，你不能给他脸，给他脸，他不要脸啊！"

那一场大闹，不但没争回脸，还把自己和向阳的脸都丢尽了。脸这个东西最奇怪，薄薄的一小层，脆弱得包不住任何东西，用手指轻轻一捅，就碎了一地。这个东西最是碰不得，一旦捅破了，再也无法挽回。所以，聪明的女人都小心翼翼地呵护着，一辈子不敢碰，就像母亲，虽然跋扈，却也小心翼翼捧着父亲，让他大男子的面子一直糊在脸上。她只轻轻一挥手，就撕了两个人的脸皮。失了脸皮的男人回到家里，冷冷地盯着她，令她浑身发毛。男人没打她也没骂她，就是冷，浑身上下都写着拒绝沟通。她各种生事，今天头疼，明天屁股疼，不断给男人倾诉，想借机缓和关系。她已经低头了，男人借坡下来就行了，可男人却置之不理，像一块拒绝融化的冰。上个月，她父亲生了一场大病。她直接急疯了，顾不得脸面，向男人求助，电话里，男人淡定地说："你赶紧打120，我赶过去也不赶趟。"她遇到这么大的困难，他还淡定如斯，这是冷血得彻底。她打这个求救电话，也有借此求和的意思，可能同类的手段施展次数多了，男人都疲沓了。第二天，男人回来是回来了，也只是过来瞧一眼，就说自己工程忙，转头就回去了。往常遇到这样的事，入院、陪护、交费、找医生等，他都早早一手包揽了，不让她操一点心。这回父亲忽然生病，她才知道，他替她遮挡了多少风雨。陈二两确实是个不成器的，家里外头只累她一个，即使雇了护工也是忙不过来。从医院到学校，从老人到孩子，两头跑，跑得腿都要断了，直把她的心扯得稀碎稀碎的。实在忙不过来，她不想找向阳，碰壁都碰够了，无奈只好打电话给陈二两，请他过来帮忙。没想到，那小子不但不帮，还落井下石："爸是你气病的，你自己负责，我可不管。"这时候，她想起向阳的话："那陈二两就是个二世祖。"向阳说的时候，她不信，还为此和向阳大吵一通。吵来吵去的，感情都吵没了。现在，她不敢再吵，再吵就真散了。

　　她是看明白了，向阳真想和她离婚，而且不惜代价。才几年啊，好好一棵爱情树就从根子上烂掉了。父亲指着她的鼻子说："你毁人名声，不异于谋财害命，叫你好好学一学相夫教子的本事，你就这样学的？你这不是毁了别人，是毁了你自己啊！"气头上，她根本听不进去，还伙同二两砸了向阳的车。向阳的脸色阴沉极了，二话没说就报了警。后来，就是二两被抓了，她哭喊着求情，连病床上的父亲也低声下气地求情，向阳这才一脸不情愿地和解。哎，往事不堪回首啊！接下来，鸡飞狗跳，再鸡飞狗跳，二两虽然没被抓进去，但也赔了钱。向阳从头至尾冷着脸，完全不为所动。他居然满不在意地伸手接过那赔偿，淡定地在和解书上签字，然后，转头而去，没管她这里的一地鸡毛。

那一刻，她想，他俩之间应该没有后来了。自从嫁给向阳，她从没仔细思考过生活中的微量元素，以为爱情就是二人世界，没想到婚姻中不只有两个主角，还有很多微量元素充斥其间。就如坎村这个冰陷湖，她从没仔细看过，在她眼里，这湖只是大个的臭水沟而已。向阳每每讲到关于湖的趣事，如捕鱼、游泳、探险、溜冰等等，她总是不屑一顾，淡淡地哼一声："你可真幼稚！"男人失望的眼神，就这样被她忽略得彻底。殊不知，就是这些乡野趣事才拼凑起他的前半生。当初的不屑一顾让她错过与这个湖拉近关系的机会。自从向阳来坎村施工以后，没日没夜地挖沟和铺设管道，他再也没有和她说起湖的趣事，不仅不说湖，连话也不再和她说了。

男人走了，她的心也空了，夏日冉冉，地气湿暖，她却觉得彻骨的冷。晚上，一个人辗转反侧的时候，她却经常想起向阳话语中的湖，觉得湖与她产生了某种联系。无拘无束的水按照人为设定的渠道流进湖，再经由湖流进海，这样的改变让她产生一种冲动，湖的这些改变与她有关，这工程是她男人干的，她与有荣焉。她换掉了常穿的高跟鞋，换上运动装，她急切地想轧一轧新落成的黑色路面。婆婆总是说："家里的房子有你和向阳的份儿。"对于这样的话，她就是听听而已，并不放在心上。这一刻，她非常希望自己也长出尾巴生出根，跟向阳两人，好好地渔樵耕读一番。

那个冲自己大吼大叫的一丁和向阳站在一起，邪魅飞扬的五官蕴含满满的喜悦。向阳说："你想多了，一丁和巧云才是一对，一丁不婚，他一直在等着巧云。"这是向阳唯一一次对她解释，她下意识地不相信。可再不相信,还能咋的,真离婚吗?不能。于是,她选择装作相信,她用半生成全的男人,凭啥让给别人。既然不让位,就苟且呗。天知道她苟且得多难受,只主动拔了自己的刺,依偎在他身边,做只最乖巧的猫咪。

看那天一丁的表现,没准他跟巧云有一腿这事是真的。可向阳看巧云目光那么温柔,那么露骨,也是生出了贼心贼胆的。女人对这些事的直觉总是准确的,这点她从没怀疑。作为一个女人,自己做错了什么吗?是的,做错了,不该把自己和向阳的脸皮放地上摩擦。此后再不会了,因为这个男人,她无论如何都不会让给别人。

陈千金没想到,她会在这儿遇到巧云。在她最不想遇到巧云时,偏偏就是遇上了。可见冥冥之中,一切皆有定数。

巧云脸上挂着一贯的笑容,她觉得这笑容有些虚假,总想撕开她虚假的假面。没想到,那次贸然出手之后,换来向阳的冷待,那男人冷心冷情,什么事儿都做得出来。巧云一直管向阳叫哥哥,她就认定是在叫情哥哥。巧云见她发愣,就问:"嫂子来了,怎么不到家啊?"

千金还没想好怎么面对巧云,巧云就这样站在她面前了。她是原配,该理直气壮才对,没想到,未等开言,先怯三分。她深信自己的直觉没错,但毕竟无凭无据,还先坏了人家名声,这年头总不能根据直觉判谁的罪吧。还不能说误会她了,那等同于跟她道歉,陈千金别的没有,骄傲还是有一些的。巧云一直都是那样,笑眯眯的,好像她有万千底蕴可以包容这一切,这让她感觉自己是个跳梁小丑。为啥不回家?还不是觉得有些尴尬,可这话也没法说,要说了,就输彻底了。巧云继续说:"嫂子,跟我回家吧。"千金一句话都没说，转身落荒而逃了，只给巧云留下一个急急慌慌的背影。

远远地，巧云刚露头，就被发现了。一丁一溜烟地跑过来，埋怨道："你咋才回来，刚刚历史性的时刻都错过了。"

巧云笑了："这么说，我紧赶慢赶，还是没赶上呗。"

一丁夸张地摆着手势："黄书记，怎么样，看看脚下流动的湖，接下来还要扩容清淤，这片旧湖将开启新生，咱们要为湖的新生，浮一大白！"

向阳接口："这个历史性的时刻哪能没安排呢，我早早定了稻香鸭，还做了一大桌子特色渔家菜。我娘一大早就开始准备了。"

巧云不好意思地说："这怎么好让你破费呢？"

金贵笑道："怎么不好啊，他净蹭饭了，今天也算阶段性胜利，他应该出点血。"见巧云还不放心的样子，又解释道，"我早早让秀芬过去帮忙了，咱俩呀，好好宰他一顿。"

李佐军道："黄书记，规划已经做好了，剩下一些细节，已经交代得很清楚，照着做就行，如果有什么问题可以邮件联系。云南有好几个村子邀请我和一丁过去，我俩打算先告辞了。"

一丁拉着巧云的手，不舍地说："我先和李老师过去，等那面情况稳定下来，我就回来，你那工作室一定得给我留着哈。"

桂花婶见大家光说话不入席，就招呼道："大家快入座，一会儿饭菜都凉了。"

一丁抱着酒瓶子劝道："巧云，今天你得喝一杯，我和李老师要走了，你不能连饯行酒都不喝吧？"

巧云苦笑："我还敢喝酒啊，再喝不得要命啊！"

一丁立马收回自己的话："也是，不喝不喝吧，咱黄书记上次喝得差点没命了。"

提起她的糗事，巧云赶紧掉转方向："对了，向阳哥，刚刚看见嫂子了，看样子来找你的，你俩别僵着了，赶紧和好吧。"

向阳只管张罗酒，并不接巧云的话。

金贵是个时刻不忘正事的，提醒道："黄书记，补偿款的事有着落吗？这两天风言风语听了不少，好像有人鼓动着要闹事。"

巧云笑着说："有着落，非常有着落，我今儿是遇到贵人了。在秦书记办公室，遇到市里招商引资来的乔总，没想到，她为咱说情，把事情给办妥了。你们看我这命，没头苍蝇似的瞎撞，还真撞出一个贵人。"

金贵高兴地说："太好了，赶紧落实，要不怕出事，也不知道是谁散布谣言，说咱村里挪用了大家的补偿款。"

一丁塞了满口鸭肉，咕哝道："谁这么可笑，散布这样的谣言，谁能相信啊！"

金贵却没有这么乐观："现在搞环境综合整治，且是三项措施并举，突如其来的变化，让村民人心浮躁，这个时候，任何没根基的谣言都会有生长的土壤。"

饭后，一丁和向阳想要陪着巧云散散步。黄老歪铁塔一样地杵在门外："你俩都回去吧，别传出对我闺女不好的谣言，我闺女还没出阁呢。"一丁和向阳对视一眼，默默地转身告辞。看着巧云独自走进村委会，黄老歪不忘叮嘱巧云："早点睡吧，记得锁好门。"巧云在里面答应一声："知道了。"

累了一天，本以为沾着枕头就能睡熟，没想到居然失眠了。综合整治以来，工作千头万绪，不断产生各种各样的问题，身子忙得像个陀螺。路和景观墙工程快完工了，硬化路肩、入户桥、沟渠生态护坡等工程,还没签合同;统一房顶、大门的钱都还没有着落;安装路灯、垃圾分类、清洁能源取暖等工程,没得到充分认同;湖扩容清淤工程更是刻不容缓;等等。这些事哪一件都得推进,想想都头疼。她不敢头疼太久,明天还要早起去送李佐军和一丁。她起床摸出两颗安定片,也不用水,直接仰脖吞下去。安定片还是有点用,不多会儿,巧云就迷迷糊糊地睡着了,却睡得不安稳,梦里总有哗哗的水声在耳边萦绕,睡梦中,似有个灰蒙蒙的东西自窗而入,滑腻腻地贴近她的手臂。她悚然一惊,睁开眼睛,原来是一场梦。怎么会做这样一个怪梦,梦里的东西她看不清,感觉却是那样真实。那滑腻腻的触感还残留指尖,难道是那条从未谋面的大鱼?怎么会这样想,它只是祖上的记忆,不见得真实存在过。可能是这段日子太累了,思维出现混乱也是有的。这样思来想去,再也睡不着了。等天快亮的时候,才朦朦胧胧地睡着了。忽然,不知道被什么声音惊醒,她睁眼一看,天都大亮了。不好!要迟到了。赶紧披衣起床往外冲,刚一打开门,哎哟!什么情况?一大群人立在门外,巧云奇怪。"咦,你们大家在干什么?"

田百旺向前跨了一步,笃定地说:"黄书记,你就别瞒着啦,村民的补偿款你是不是挪用了?"

巧云诧异极了:"田总,何出此言啊,你这无中生有的毛病得改改啦。大家别跟着他瞎起哄。今儿,李老师和一丁他们要回去,我赶着去送站。大家要有事,等我回来再说哈。"

田百旺讽刺道:"黄书记,无中生有我不会,可上级拨多少款项,我还是知道一点的,别的村都是一项一项地来,你哪来的钱三项工程并举?没想到,为了出名,你还真豁得出去。"

巧云不搭理他，转头对村民解释："补偿款要省、市、县三级共同审，省里的专项资金出了一些问题，我一直在沟通，昨天已经有了突破性进展，大家只需耐住性子等一等就好了。"

人群中不知谁咕哝："还等，等你挪用我们的钱来讨好男人？你多能啊，一次玩两个，比高占福、齐世全都牛。"这声音不高，侮辱性极强，巧云如遭雷击，嘴唇颤抖，嗓子像被棉花堵住了，泪夺眶而出，怎么也止不住。见巧云不吱声了，又一个女声低声道："看看心虚了吧，没想到真是这样子，比高占福、齐世全还不如。"又一个声音加入道："她这胆子也太大了，还是个女人呢。"有声音附和道："对啊，女人玩得才花，只是咱不知道而已。"

巧云抬起头，抹掉脸上的泪，清了清棉花堵住的嗓子，扬声道："各位叔叔伯伯婶子大娘，我是吃着百家饭、喝着百家奶长大的，你们今天才认识巧云吗？巧云是啥样的人，你们不知道吗？是坎村父老乡亲养育了我，我心怀感恩，所以一心一意给大家做事。这些日子，我是咋干的，你们看不到吗？你们想一想，我怎么可能用大家的补偿款去讨好男人？你们只需再等几天，补偿款就马上到位了。"

人群有些松动，不敢再多嘴诘问，田百旺却毫不退让："再等，等你把资金偷偷挪回去吗？"

巧云直视他："田总，无凭无据，你怎么如此污蔑我？这钱是水利局、生态办的专项资金。我那天酒精中毒就是为了答谢他们。昨天，我在县里等秦书记等了一上午，中午连饭都没吃，好不容易才等到他。如今，秦书记正在帮着协调资金，大家要不信，不如跟我去县里求证。"

119

大家见她如此坦荡，有人开始拉松了："巧云是我们看着长大的，想想也不会啦。"还是有人不依不饶："除了等一等，她哪有什么建设性意见，莫不是在拖延时间？"

巧云掷地有声地问："拖延时间，能拖延到何时？我还能跑路吗？我能跑到哪去？我家六代祖宗都沉在湖底，你们说说，我能往哪儿跑？"

黄老歪站出来："前几天，我还和巧云大闹一场，因为全村综合整治，她要掘了自家祖坟啊！为此，我差点和她对命。你们想，掘了自家祖坟都不能讨好你们，还他妈的讨好哪个男人？这活咱干不了，闺女，走，跟爸回家去。"

田百旺老婆接话道："呵呵，他还来气了，不是掘祖坟讨好男人，是被人家老婆撵到村里骂。一个当小三的，还占着村书记岗位，脸还真大。"

桂花婶不惯她毛病，揪起她的衣领子就开打："你个长舌婆娘，除了会扯老婆舌，还会干点啥，今儿我就缝上你的破嘴。"笨口拙舌的长胜唰地亮出镰刀："谁再敢出言诋毁我家向阳，就用这把刀说话。"这两口子一上来就亮出玩命的姿态。看热闹的村民一看这态势，纷纷缩了缩脖子，不吱声了。

李佐军和一丁已经出了村子，见巧云没赶来相送。一丁不放心："李主任，巧云还没到，我觉着这情形不对啊。"李佐军轻笑："她可能是累了，没起来，咱不能耽误了，再耽误赶不上火车了，咱还是先走吧。"一丁还是觉得不放心，非要回去看一看。等他看到眼前人多势众的局面时，痛心地说："你们有没有心啊，她都累成啥样子了，你们怎么能这样冤枉一个处处为你们着想的人？"

田百旺挥手道:"别整这些没用的,你们那些烂事我们不管,我们只要补偿款。"话一落,就有人补刀:"对啊,对啊,你容易不容易我们不管,我们只要自己应得的补偿款。"

巧云淡定地道:"钱还没有到位,县、镇、村都在努力协调。大家别轻信谣言,谣言只会损害村委会的公信力和大家的判断力。"巧云脑子飞转,看来这次闹事是有组织的行为,前面有人往前冲,后面就有人响应,田百旺老婆还说到村书记岗位,只一个田百旺,怕是没这么大能耐。这个情形太奇怪了,显然是有一股暗势力悄然涌入了,只是不知道这股力量谋求着什么。现在看不明白,不代表将来看不明白,凡行动必有痕,且观察着吧。今天这形势,要不拿出点真东西,还真不好收场了。想到这儿,她刚想喊楚算盘,把账目拿出来,当场对账以证清白,一个脆快的女声响起来:"哟,我没来还真不知道,黄书记为你们求这个求那个,多方争取补偿款,你们就这样作践她的真心?呦呦呦,我都看不下去啦。"

巧云看到人群外站着的几位"大神",恍然大悟,这股力量是在这儿等着她呢,他们想要她在秦书记面前丢脸。她想清楚了,反而不慌了,微笑着上前握手,"秦书记、乔总,您两位到了啊,让两位见笑了哈,我这儿马上就好了。"

乔总笑着反握她的手,嗔怪道:"这手这么凉,衣服穿得这么少?"这是什么套路?巧云有点蒙。乔总转头对身边的秦书记道:"秦书记您看,做实事的人这么受委屈,我真看不过眼,您赶上了,快给解释解释吧。"

秦书记笑眯眯地上前,和颜悦色安抚道:"老乡们,我是县委书记秦志和,大家补偿款确实还没到位,黄书记正在积极争取，已经进入审核程序，过几日，就会给大家发放。"说完对着县直部门和镇里的头头们说道："这个事要进入特事特办通道，用最快速度解决，我要看结果。"人群中立刻爆发一阵热烈的掌声。村民们真是奇怪，同样的话，你巧云说出来，人家就是不信，秦书记说出来，他们信服得五体投地。这里面的差别是由讲话者所处的高度决定的。巧云不好意思地道："秦书记，不好意思啊，让客人见笑了。"秦书记微笑了，那笑容还有些和煦。乔总却接过话茬道："秦书记，来之前我也没想到，黄书记他们这么难。我们企业虽然也有困难，我却想为村民们做点贡献，听说坎村统一房顶和大门的钱还没着落，不如这钱我出了。"人群又爆发一阵欢呼。

人群外的黄老歪看着乔总熟悉的脸庞，如遭雷击："看看，该来的还是来了。"

十六

锦城的夜流光溢彩，人在灯影下影影绰绰，虚虚实实。在锦城夜色衬托下，人显得干瘪单薄，甚至有些鬼祟。高宝财显然是灯影下的常客，比起在太阳底下，更加如鱼得水。他挺着肚子穿行在大大小小的酒楼，一手穿针引线的勾当，做得驾轻就熟。一部手机，两只手，加上三寸不烂之舌，往来交替使用，从不会出一点差错。刚刚送别了田百旺，没想到那个闻着政策风向的老油条，居然闻出一些味道，他的隐秘心思没跟任何人讲，田百旺居然闻到了一些。父亲高占福曾说过，事以秘成，不等到四脚落地的时候,千万别跟任何人说起。他从来没宣之于口,田百旺居然能猜到了,而且,正在用实际行动回报他们父子。"这条擅长闻味儿的老狗,提早来向他表忠心了。"

巧云空降过来时,连高占福都浑不在意:"一个黄毛丫头,能有什么作为,不过是装模作样换资历罢了,过不了几年,你高宝财一样可以出任坎村第一书记。"没想到,巧云一上来就有大动作,完全没有浅尝辄止的势头,这样下去,即使他下去了,自己也是拾人牙慧的继任者。他等着机会,等着自己出手的机会。高宝财像个暗夜里的剑客,等着给人致命一击。机会终于来了,巧云自己撞上来的,他焉能放过。那天的酒局,他故意把她架在火上,看她进退两难。他断定她不敢喝,不但要不到钱,还会丢脸掉价。没想到,她居然拼了命,还以酒精中毒的代价赢得了支持。此后,她直接盯上这两个部门,有事没事都去汇报工作,特别是水利局,不但有专项资金支持,还派出了专家组。

他高宝财是谁,一贯运筹帷幄,岂能输给一个小女子?他不仔细想都忘了,手里还捏着一张王牌呢。向阳,对了,就是向阳。他掏出手机打给他:"向阳啊,哥给你介绍几个市直部门能说得上话的头头脑脑,对你事业很有帮助,你一定得过来。"这话说得很有技巧,说你一定得过来,你能空手过来吗?已经说清楚了,是为你请客的,你好意思要我付账吗?自然得过来买单啊。高宝财玩这个套路,已经炉火纯青,起承转合,运用自如。向阳早已厌倦了他这个套路,委婉拒绝道:"高哥,我这里工程忙,离不开啊。"高宝财毕竟是高宝财,闻听此言,并不撂脸子,反而呵呵一笑:"没关系,你不来没关系的,哥能把你的意思表达清楚,这是我这个当哥的责任。"看这话说得多漂亮。向阳知道，漂亮话开道，往下一定有内容，他耐着性子等着。果然，高宝财话锋一转："对了，向阳，我听孙倩说，小阳在学校里好像出了点什么事，想着跟你见面说一说的。"如此连环套，今天不出点血，看来是不成的。向阳打断他："高哥，我在坎村，现在赶不过来。这样吧，我现在出发，咱俩在你家楼下见。"高宝财明白了向阳的话外音，他就愿意和聪明人对话："好嘞，咱一会儿楼下见。"说完，志得意满地走进包房。

孙倩在嫁给高宝财之前，一直安心做个小学老师，从没想过有一天会担任权贵云集的正大小学的校长。刚刚走马上任的时候，她的心里真是一点底都没有，屁股底下像有针在扎，整日坐卧不宁的。还是自家男人给她一个万能秘诀，即急事缓办，小事大办。男人说："事缓则圆，越慢下来越有辗转空间；小事大办，显得隆重且有仪式感。"

手里握着这个秘诀，再坐在校长椅子上果然惬意了很多。这个集散地往来皆是权贵，哪个孩子的背后都是一方势力，一个处理不好，一顶大帽子直接砸下来。可孙倩很淡定，既不赔笑脸，也不讨好钻营，一副专业人士的口吻侃侃而谈。这些家长可不简单，有的城府极深，外表低调，内里奢华，不经意间透露的冰山一角，让你想象其背后的强大实力。遇到这样的选手，她顺势装糊涂，一边小心应对，一边伺机靠近，一般这样双管齐下，总能顺利拿下对手，从没出过错。有的虚张声势，惯于拉大旗作虎皮，嘴上天花乱坠，内里空空如也。对于这样的选手，就虚与委蛇，这耳朵进那耳朵出，反正自己没搭什么，就是浪费耳朵而已。有的浅如碟子，一见面，恨不得把心肝肺都掏给你，一张嘴，甚至能看见肠子。这样的家长最好应对了，往往获利也最丰厚。反正不管什么品类家长，她的原则一律是事缓则圆，小事大办，先慢悠悠地吊着，等吊到一定的胃口，才不急不缓地吃下去。这样一来，反而让他们急起来，纷纷自我加码，以期挤入学校。像向阳管业集团的老板娘陈千金，没等她开口，就主动赞助了二百万。她稍稍言语试探，说她家高宝财也是坎村的，两人都算是坎村的媳妇啦。陈千金立即亲热异常，推心置腹，甚至把夫妻间的私事都和盘托出，真是可笑！平日里，大牌化妆品、名牌包包等贵重礼品一水儿地供应，完全一副马首是瞻的殷勤模样。这次小阳在校被推倒，本来不能算个事，班主任就能处理好，她本着小事大办的原则，把这事提高到校领导处理的高度。打电话要两个家长来学校听候处理。那陈千金是个没脑子的，一听说孩子在学校出了事，急得跟热锅上的蚂蚁似的，提着高档礼品就上门了。孙倩想想都能笑出声来："有人说，婚姻是女人第二次投胎，这陈千金还真投个好胎。"高宝财听说了事情的原委，点头赞赏道："对，你做得很对，不仅要大办，还要缓办。同时，我要借助这件事，磨磨杨向阳的桀骜性子。"孙倩诧异："你要怎么办？"高宝财胸有成竹地说："你找个机会，把向阳和巧云的事跟他透露一下，记住了，要半吞半咽，半遮半掩。"孙倩点头，这样的事她经常办，自然知道分寸。

果然，不一会儿，陈千金提着贵重礼品上门了。这女人的家底还真是深厚，贵重礼品出手，连眼皮都不带眨的。据说，当初创业的时候，陈千金变卖嫁妆支持男人。男人感念她的好处，回以厚报。这个没脑的居然遇到这样一个有情有义的，女人啊，不得不说啥人啥命啊。孙倩接过礼品，热情地寒暄："弟妹，不用你跑这一趟，咱家孩子在我那儿，怎么会受欺负呢？"说着握住千金的手道,"你放心,这个事就交给我处理。"陈千金甚至连怎么处理都没问,就千恩万谢地表达感激。孙倩撇撇嘴,就她那脑容量,也想不到这些。送她下楼时,孙倩假作不经意地问:"弟妹,你俩的关系修复了吗?"陈千金眼泪直接就下来了,一对一双地落下来:"还修复啥呀,我现在是连人影都看不到了。"孙倩赶紧停下脚步:"弟妹啊,这样就严重了。嫂子跟你说,这男人可空不得呀,要是一空啊,准出事!我家你大哥,都这个岁数了,还是天天惦记那点事儿,一点出息都没有。我说你啊,得抓紧想个万全的法子啊。"

向阳在车里没动,他看着陈千金走出来,身后跟着孙倩,两人姐俩好地低声说着什么。这对夫妻都不简单啊,男的针对他,女的对着他的家人出手,这夫妻玩的好套路啊!只是他这人比较龟毛,对他出手行,对他家人出手,该死!

父亲杨长胜一生都在和芦苇打交道,高兴和不高兴都冲着芦苇来,芦苇让他冷静。他对向阳说:"人越有情绪,越要冷静!"是的,他现在需要冷静下来。他并没有采取行动,缓缓关上车灯,慢慢放下座椅,从后视镜里,默默地观察这两个女人。陈千金抓住孙倩的胳膊,又哭又笑地诉说着。孙倩做好姐姐状,拍着她的背花式安慰。等千金一转身,孙倩堆积已久的笑脸转为不屑。"呸,去你个二百五冤大头!"上赶着送礼还被瞧不起,这陈千金做人还真是失败。后视镜把人的影像压得扁平,孙倩的身材在后视镜里哈哈镜一样像个矮冬瓜,她开心地跳了两下,骨碌着滚进楼道。又过了好一会儿,高宝财的影子缓缓映入后视镜,一蹿一跳的,像个怀孕的小鬼,向阳脑海浮现出一个词"心怀鬼胎"。

他打开车门迎上去，一双眼睛紧紧盯着高宝财。高宝财一见是他，脸上慢慢露出果然如此的笃定表情。他热情地伸出双臂，亲热地拥抱向阳，嘴里殷勤地说："向阳啊，孙倩都和我说了，在咱家的学校，咱自己家的孩子怎么能被欺负呢？"向阳淡笑："高哥言重了，啥欺负不欺负的，都是小孩子打架的事，不用大惊小怪的。"高宝财眼珠转了转，热情依旧不减："向阳啊，高哥拿你的事可当回事了啊。"向阳点头："我知道了，多谢你！"和聪明人交谈，话不用多，点到即止。这场交锋，半斤八两。

从高宝财那儿出来，他认为得和陈千金谈一谈了。

连日不曾回家，装饰得金碧辉煌的家似蒙了尘一样，散发幽幽冷光。他打开暖光灯，驱散冷寂。陈千金听到声音，连拖鞋都没穿就跑出来，四目相对，她鼻子一酸，红了眼眶。向阳以为千金得到了教训，就想展开怀柔招式，安抚安抚。没等他开口，陈千金气势汹汹开口了："小阳出这么大的事儿你都不管，你还是不是小阳的亲爹？"向阳走进里间，看了看小阳。孩子已经睡下了，稚嫩的小脸红扑扑的。他握了握孩子的小手，千金嗔怪道："你手冰凉的，别碰孩子。"他起身转回外间，心平气和地道："千金，咱把孩子转回到公立学校吧，市一中的校长是我一个师弟，能关照小阳。再说了，一中的师资力量挺好的，咱市分管教育的副市长周伟，他家的孩子都在一中呢。"

千金坐下来，摆正腿姿，涂着蔻丹的双手交叠在一起："小阳和你不一样，我要他自小接受贵族教育，长大后成为真正的绅士。"

陈千金的说辞让他内心充满无力感，还是挣扎着劝说："真正的绅士不是他接受什么样的教育，贵族教育不会产生真正的贵族。"

千金不屑一顾："你，我管不了；我的儿子，你也管不了。"

看来还是火候不到，贸然出手，这是出师未捷了。沟通的不顺畅让他产生深深的无力感，被高宝财夫妻牵着鼻子走的婚姻已成为一道枷锁，牢牢地锁住他的脖子。这时候，他想挣脱枷锁的欲望瞬间占领高地。这个时候，他真羡慕巧云有个自由身。

十七

饭后，黄老歪怔愣地望着窗外，一副神游的模样。巧云拍了拍他的手背，诧异地问："爸，您怎么了，发什么愣啊？"黄老歪恍然回神："这么些年没听到过湖的声音，冷不丁听到它的声音，有些听入迷了。"巧云调皮一笑："听您这个意思，怎么，湖还会说话呀？"黄老歪神秘地笑了："当然了，它不但会说话，我还能听出它是喜是悲。"巧云撇嘴："爸，咱能不能正经点，您这样我还以为您被白天的事儿吓神经了呢。"黄老歪难得地调侃道："我是谁啊，能被这点小场面吓住，他们这点小伎俩对我来说，还不够看的。"巧云难得露出小女儿娇态："是啊，当然吓不到您，我爸是谁啊，那可是中流击水的高手哩。"黄老歪做沉思状："经验告诉我，你每次给我戴高帽，准是有事相求，你快说，别绕弯子，别耽误我听湖的声音。"巧云搬着板凳过来："爸，这湖的声音有啥好听的。"黄老歪笑了："当然好听了，以前，湖不论受了多少委屈，从没发出任何声音，我都以为它晕过去了，是你的综合整治让它出声了。"巧云趁热打铁："爸，我能让湖的声音听起来更好听，您要不要听？就是眼下有一个障碍——"不等她说完，黄老歪接口问："是如何安置湖边的白骨？"巧云点了点头。黄老歪长叹一声："那是祖上的栖息地，即使重新殓葬，你还是在掘祖坟，村民们是不会答应的。"巧云蹲下身子："爸，您看能不能想出两全的法子，比如能不能划出一个区域，这个区域作为祖宗栖息地，咱们不去动它。"黄老歪的眼睛亮了亮："这个可以有。所有的湖葬都是咱家主持的，以前是咱家祖上，现在是我。你太爷爷曾告诉我，所有湖葬的位置均是罗盘指定的龙穴所在，我主持湖葬的时候，也严格遵守这条约定。所以从理论上来说，只要把这个区域划出来就可以清淤啦。"巧云高兴地跳起来："这太好了，这样一来，我就可以不当这个罪人了。"黄老歪却一盆冷水泼下来："后期的工作不好做，每家每户都有湖葬，你得征求108个家庭的同意，最好签上字，省得他们反悔。你那个统一房顶、大门的工程，也得这样办理。就是村上掏钱，也得他们同意。"巧云崩溃地说："哎呀，做点事咋就这么难呢？"黄老歪拍了拍她的肩膀："闺女，这路是你自己选的，再苦再难也要咬牙坚持。"巧云做个鬼脸，背转身不搭理他了。

黄老歪却谈兴大发："闺女啊，那个乔总你咋认识的？"

巧云起身给他捶背："在秦书记办公室遇到的，县里开招商引资会嘛，我想借机跟秦书记说说补偿款的事。于是就在会客室等着，等着书记出来的时候，抓工夫谈上几句，偏巧书记看到我，随口问我有啥困难，我就说了补偿款的事，眼看着领导的脸色一下子就不好了，我知道自己嘴欠惹了事，还属于那种不知道里外的。谁知那贵宾却开口了，表态说她会帮着问问，还问咱村环境综合治理资金有缺口不，如果有，她可以做些贡献。这样一来，秦书记倒不好意思了，说补偿款的事这几天就解决。那乔总还说，要来村里考察。爸，您说巧不巧，这事居然这么给解决了。"一口气介绍这么多，巧云还不忘总结说："乔总一见面就对我很热情，可能是前世有缘吧。"

黄老歪点头："你和她自然是前世有缘的。"

巧云没听出黄老歪意有所指，还在那兀自出神道："爸，您梦见过那条鲤鱼吗，您守护它这么些年，它没感谢感谢您？"

黄老歪注意力集中过来，紧盯着她问："怎么，你梦到过？"

巧云点头："我好像梦见一回，就是不知道是不是它，样子看不清楚，可触感很真实，它没说话，只发出一声长长的喟叹，不知道是什么意思。"

黄老歪正色道："它是在警告你，不能打扰它的静修。疏浚清淤工程开启后，殓葬方面得完全听我的，定位、殓葬、祭祀等环节均不能出错。"

巧云见黄老歪这样严肃，点头说："好，都按您说的办。"

黄老歪如释重负地长出一口气，自言自语："但愿别出错，一旦出错，万劫不复。"

巧云调皮地吐吐舌头："都听您的，一定不出错。"

补偿款还在路上，巧云就叮嘱楚算盘发放补偿款时，附带一份倡议书，倡议全村村民支持环境综合整治：一是支持湖的扩容疏浚，二是支持统一房顶和大门，三是支持庭院综合整治，对前庭后院植物进行统筹合理安置。楚算盘笑嘻嘻地回应："村民把注意力放在领钱上，哪里会关注什么倡议不倡议的。"巧云语重心长地说："楚叔，您说的我都知道，可咱们不能放弃任何一次宣传机会。"

短短几个月，坎村已经完全变了样。地下管道和污水处理装置已经完工，村路和院墙工程也进入验收阶段，冰陷湖整治工程进行到了关键时刻，碱河下游大水漫灌的泄洪方式已经完全改变。巧云叮嘱道："你没听说吗，环境改变易，行为习惯改变难，宣传的弦时刻绷紧了，这叫见缝插针。"楚算盘紧跟在巧云身后，殷切地说："巧云书记，我算术还行，可是这语文就一窍不通了，这个倡议啥的，我也不会写啊。"巧云停下脚步，似笑非笑地说："楚叔，您回家请二丫写不就行了。"楚算盘嘿嘿一笑，略带尴尬地说："二丫毕竟不是村委会的人，让她写，是不是有些名不正言不顺啊。"巧云盯视楚算盘："楚叔，您的意思是只有我写，才最合适？"楚算盘一听，这话茬有些不对，赶紧转移话题："还是巧云书记脑瓜好使，我看还是二丫写最合适。"巧云挥挥小手，打发楚算盘回去。这个楚算盘计算的能力在全村第一，却每每爱动些小计较，得随时勒紧缰绳，稍微松一松就能跑偏。

一丁打过电话了，说他和李佐军已经开启了新工作。一丁一再表示，等他这边安置妥当了，就回来帮她。当年那个愣头愣脑的男孩已经成长为资深的业内人士。想着她和一丁从河闸往碱河里跳的情形，一切恍如昨日。一丁这个另类的玩意儿，连入水的方式都这么不着调。长大了也是一样，一直不安定下来，过着飞来飞去的生活。一丁说："等你工作告一段落，我带你去周游世界。"这句看似随意的普通措辞，却在含蓄地表达心声。一丁总是这样，做事老爱旁敲侧击，对她的喜欢也是含蓄地表达。她承认，她有些小动心。小时候，她就一直向往仗剑走天涯的豪迈日子，四处走走，看看外面不一样的风景，去体验不一样的人生。可现在的她哪有预想的威风八面，倒像一只钻进灶坑的王八，这活儿干的，生气窝火还不敢伸脖。美丽乡村建设上接国家政策，下连百姓生活，中间枝节横生，一旦开启，就像站上流水线，时时刻刻处在解决麻烦的状态，想好好喘一口气都是奢望。

快入秋了，坎村的草木正处在最茂盛葳蕤的时期，像是拼尽全力要将春夏的积累一并释放。柔软的蒲草正退去春夏的柔嫩，增添了秋的韧性，等冬来寒风肆虐的时候，也有些自保的资本。巧云卧躺在柔且韧的蒲草上，惬意地伸展四肢，面对蓝天上飘浮的朵朵白云，一朵一朵地数着玩。多久没有这样躺平了，躺平的舒适让她生出些许贪恋，不由得感叹道："躺平的感觉就是好啊！"忽听扑哧一声，笑得格外响亮："你一个人倒是挺惬意的。"她转头看了看逆光走来的向阳，背心麻裤，短发如金针一般直指天际，像个从庙里出来的金身罗汉。仅仅两个月前，向阳还是个衣冠楚楚的大老板，现今已是一个地道坎村人了。她不客气地说："你咋找到这儿来了，有事快说，说完快走，别弄出闲话来。"向阳面上尴尬一闪而过，笑道："这个工程快进行完了，我马上要转移阵地了，提前跟你告个别。全县地下管道工程都指定给我公司了，是唐继慧主任推荐的。这个机遇是你给予的，你是我的贵人，你救了我的企业，我要当面谢谢你！"巧云不在意地挥手："不用客气！"向阳语重心长地道："一周之后，我会转战别的村，临行时，想提醒你注意一下高宝财和田百旺，这两人好像已经达成了某种默契。"巧云心下了然："原来如此，这股新加入的陌生力量是高宝财，可高宝财为什么加入其中？"向阳摇头表示："眼下还不知道，我会持续关注着，以后，我不会再让任何人有伤害你的机会。我不在你身边，要万事小心！"巧云点头，并不多话，利落地起身离去。向阳在背后说："临来的时候，我看到高占福了，在村委会等你呢。"这个坎村的第一高人也出场了吗？坎村是越来越热闹了呢。

农村环境综合整治是农村家庭联产承包责任制以来最深刻的变革。当初那场极大解放生产力的变革她无缘亲身参与其中，而这场以环境整治为突破口的综合提升工程巧云恰恰亲手推动。自从亲手推动这场变革起，她和村委会就站出来领跑，村民从最初的观望到慢慢随行，渐渐形成一股强劲的势头，甚至带动了上层俯视的领导、观望的路人、挡路的树枝，甚至石块、草屑等等，形成一个巨大旋涡。位于旋涡中心的她面临巨大考验，需要更大的政治定力和更高的驾驭能力。这样一个发展旋涡，对于逐利的人有着巨大的吸引力。高占福被称为坎村第一人，见微知著的能力毋庸置疑。田百旺那点道行都是高占福玩剩的。高占福叱咤坎村时，田百旺还是个本分的农民，他养殖大户的胆量是在高占福鼓励下练出来的。等他转型搞农田基本建设和农村环境综合整治工程都和高占福商量过。这次综合整治一开始，高占福就极其关注。他帮田百旺分析形势："早先搞养殖的时候，因为冰陷湖污染的事，你与黄老歪结了仇，黄巧云自是不会心甘情愿把工程给你，对于她，你再做工作也是没有用。你要真心想做这个工程，不如在上面找人制衡黄巧云，这些功夫在诗外的道理，你懂的。"

随着环境整治逐渐深入，涉及的人与事越来越多，坎村渐有成为新发展村庄典型的趋势。高占福这才有些懊恼，错失了先机。他后悔得直拍大腿，看走眼了！亡羊补牢，他要赶紧回村，亲身体会一下新机遇蕴含的无穷奥妙。他有预感，这恐怕是他此生最后一个机遇了。他对他的预测能力一直引以为傲，从当初的果断抉择到推行家庭联产承包责任制，他一直都稳控局势，做了近二十年坎村决策推动者和实权掌控者。坎村的泥泞是他此生最深刻的体会，因此一退休，就带着老伴进城住上了楼房，过上与坎村截然不同的生活。理想很丰满，现实很骨感，他自小练就的生物钟不给他做主。天还没亮，全小区的人都在睡，连早起的鸟儿都没醒，他却早早起了床，无聊地转了一圈又一圈，才在早餐摊子吃了筋饼豆腐脑。吃过早餐，慢悠悠地回家取剑。这剑可是不能落下，这东西是他融进城市生活的道具。提着剑去了公园，装模作样地打上几个回合，然后，和相熟的几个老头坐在长椅上，谈论国计民生。那几个老头显然跟不上他的脚步，其中有两个还是有"品级"的，其表现完全不值一提，知识更新速度慢，脑筋也记不住事，说啥啥不知道，看法也没有，人云亦云都云不上，真是令人泄气。那几个贱嗖嗖跳交谊舞的，更没个出息，为争个老太太，打得跟乌眼鸡似的；那几个歌星就更差了，唱得跟半夜鸡叫似的，还乐此不疲，胆小的能吓死；那个练琴的练到自我陶醉状态，没日没夜地练，练出了弹棉花和锯木头的境界；那个甩鞭子的就更可笑了，就是啪、啪、啪地一个劲地甩啊，甩得自得且欢快。这些都一点也不像坎村。还是坎村好啊，村民们日出而作，日入而息。太阳刚一冒头，村民们纷纷起炕，女人升起炊烟，男人则在炊烟下剪影一样迎着日头劳作，干了一气活，才回屋梳洗吃饭，吸溜溜喝完一碗粥，吭吭嚼完一个饼子，然后迎着太阳，迈着肆无忌惮的步子晃出门去。那样的日子有红有绿，有滋有味，有根有蔓，那才叫有条不紊的好日子。眼前这些又唱又跳又抽风的日子，哪是他想过的。坎村的变化是他从田百旺和高宝财言语间拼凑出来的，不完整却那样有吸引力，像从心眼伸出的小手，勾引着他回去，回到他"奋战"二十多年的地方，回到他亲手梳理过的地方。他治下的坎村，一直是后街的尾巴，排名从没靠前过。不是他能力不行，是坎村自然禀赋决定的，是坎村"地球之肾"的功能决定的，他有再大的能耐，也不得施展，只能顺势而为。然而，巧云却主动出击，破解了坎村泥泞、泄洪的瓶颈，其做法无疑是大胆的，甚至是出格的，却是有成效的。以前还真没看出，这个乖巧胆小的女孩子，能干出这样大的事。到底是耳听为虚，眼见为实，他等不了了，当下收拾行囊，就回了坎村。

村子变化太大，泄洪的渠道改变了，村路修好了，污水处理规范了，垃圾集中处理了，院墙大门也统一了，小村的眉目清晰了，北方水乡新农村已然雏形初显。高占福见微知著，从工程框架即能看出未来走向。坎村将会发生天翻地覆的变化，人只有在这翻天覆地的变化中才会有无限的机遇，他本人就在历次变化中捞到了实质的好处。这次翻天覆地的变化带来最直接的机遇就是坎村的房价会暴涨。当初，卖了房子去锦城是极度不理智的，现在即使悄没声地买回来，也会损失一些银子。

巧云做的事是他一辈子想做却没做成的。果然是后生可畏啊！只是这个后生要是宝财就好了。宝财聪明有余而实干不足，受不良世风熏染太过，圆滑和人情世故盖过才干本身。宝财说，他要回村任第一书记。他这个做父亲的是欣慰的，在村里历练历练，或许能打磨成实干型人才。正所谓虎父无犬子，搞不好还能成就一段佳话。没想到，巧云空降回来，打他父子一个措手不及。宝财活活错过这个大展身手的机会，让黄巧云这个丫头成了名。

领补偿款的日子，村委会门前早早排起长队，村里的老老少少一个挨着一个地接成一条长龙。高占福这个坎村曾经的第一人，就这样突兀地出现在这条长龙面前。长龙中，有人热情地打招呼，有人点头致意，有人挥挥手，却没人离开长龙围上来，这让尝惯众星捧月滋味的高占福心内微微失落。补偿款家家有份，早领一会儿，晚领一会儿，都不会跑，偏偏这些村民宁可空等和干排队也不和他这个曾经的掌权人叙旧。他支持过的种养大户，他帮助过的贫困户，他鞠躬尽瘁服务过的对象，在他手中得到好处、祈求过资源的男男女女，比如老李家那婆娘，生个残疾孩子，生活困顿，没少低三下四地求他。这会儿，他们低着头缩着肩排队，连个招呼都不打。那个老齐，孩子多，老伴生病，为求资助，在他这下过跪。那个老孟为多记工分，主动把他婆娘领过来。眼前这些领钱的村民，都曾围着他露出过讨好的笑脸，现今为一点蝇头小利翻脸不认人，他们这叫啥呢，用时下的新词叫"乌合之众"，一群见小利而忘大义的乌合之众。他的心有些堵，似被什么塞住了。这些年，他早已学会心理调适，这些乌合之众不待见他，他也不用为这些乌合之众操心了。有她黄巧云操心的，他跟着急个啥。想到这里，高占福心下平衡了许多。排除心里不平衡，消除负面情绪是高占福每日的必修课。他当村书记期间，被训斥、被批评、被拒绝等，他当锦城居民期间，不信任、被忽视、融不入等，都得靠心理调适来获取平衡。村民们各种起幺蛾子，就是整日握着灭火器都赶不及灭火，没个好心态，这个村书记根本坐不稳当。

巧云没等进院，领补偿款的村民纷纷围住她道谢，有的暂时说不上话，也微笑地围着她，好像她是个发热的小太阳一样。巧云叮嘱大家响应倡议，支持村里综合整治。众人点头应和，头点得像一群叨米的鸡。高占福走出来，满面微笑地瞧着这群叨米的鸡，一个个骨碌着眼睛，期待着从哪里掉下一些米来。

巧云抢步上前，和他握手寒暄："哎呀，老书记，欢迎您来指导工作啊！"高占福笑得更加和煦，笑眯眯，嘴角微扬，有些笑弥勒的模样："哪里哪里，巧云书记啊，指导啥呀，我是来接受你领导的，我已经决定了，率全家搬回村里，住在哪里都行。"巧云心下了然，这坎村高人看到综合整治有了成效，想早早回来跑马占地了："老书记，您的房子已经售卖了吧，现在处于综合整治阶段，不能批新建房，等空了，看看谁家有房出售，我给您留意着。"巧云用话巧妙地封了门，怕他提出建房要求。这些套路高占福焉能不明白，他客气道："不用不用，这些我都自己想办法，不给组织添麻烦。"然后转移话题，"听说宝财在市里没少支持你们，我这个快入土的老者也要发挥发挥余热。"巧云点头，简短地道："确实如此，欢迎老书记加盟。"

金贵跑进来，急三火四地道："黄书记，乔总来了，说要见你。"巧云回复道："好吧，我就过去。"然后，对着高占福笑着说："老书记，您自己先参观参观，我去去就来。中午，您一定留下来，在村里吃个工作餐。"高占福摇头："巧云书记，你忙着，我去相熟的亲友那里转转，这出来一趟，一定要好好感受感受。"

乔总没带随从，一个人悄悄地进了村。阳光透过升腾的水汽，播撒在她的身上，有着暖暖的湿意。湿意里有暖，暖意里有湿，就像烧热的土炕，躺在土炕上面，烙着腰身，舒服畅意。湖边的石头房子里，就有一铺这样的土炕，她在土炕上面度过她人生的暗黑阶段。在那个亮亮的白日，黄老歪故意抱走巧云，留给她出走的空当。那一刻，她甚至怀疑黄老歪期盼她走，她走了，巧云留给他。她甚至没有仔细看看孩子的脸，更没有在孩子身上留下什么记号，就急慌慌地离开了，像打了败仗的伤兵，丢盔卸甲地逃回城里。回城之后，她比同龄人落下好大一截。人家衣着光鲜地上班休闲，她莫说工作，连个住处都没有。她是逃回城里的，善后诸项事宜都没有做好，户口和工作也没有个着落。哥哥已经娶了媳妇，让本来拥挤的住房更难容下一个闲人，她没工作没户口，吃着别人的口粮，多余得连自己都嫌弃自己。这种情形下，莫说休养生息，连存活都成了奢望。奇怪的是即使在最难的时候，她都没有再生出结束自己生命的想法。

　　失败的阴影笼罩着她，让她感觉到，生有时比死更艰难。她喜欢邓丽君的《小城故事》，一直听一直哼唱，期盼在城市中有自己的故事，可事与愿违，城里的故事不但没有喜和乐，甚至比坎村还不如。有时候，她甚至想回到坎村去，缩进那间石头屋子，回到那铺温热的土炕上，像鹌鹑一样地活着。这种情形下，她即使再卑微地求存，也会被伤得体无完肤。在这个家里，她甚至连呼吸都是错误的。她恨自己为何没有早早死在那片湖里。后来，她父母求了他们认识的所有人，把她安排在纺织厂，从此，她在纺织厂收发室有了她的一张小床。这张小床白天收起来，晚上拿出来摆放好，在不影响收发室白天工作的情形下，在那里暂时得以栖身。总算摆脱了家人的白眼，以为可以睡个安稳觉了，可还是睡不安稳，即使在最疲累不堪时，巧云的哭声还会在夜深人静的时候在耳边响起。这段时日，窘迫、羞愤、恓惶、一文不名、前路茫茫等元素叠加，成为她人生中最不堪的岁月，她恨不得把那段时日从生命中抹去。后来，即使日子向好，她有条件武装自己了，还是用一层层铠甲包裹自己千疮百孔的心。随着岁月老去，那段暗黑时光居然穿过暗沉，逐渐绽放光华，那包裹着水汽的村庄、蓝绿晶莹的湖、散发岁月光辉的石头房子、泥泞松软的土路、热气腾腾的土炕、纺织厂蓝格子单人床、辗转难眠的夜等等，在她脑海里浮出并渐渐清晰起来。

在秦书记办公室，她见到这个大胆执着、青春灵动、无惧无畏的女孩，她像极那个为了修小碱河，不眠不休、拼命挖土的男人。不论是青春热血，还是年过花甲，不论是一文不名，还是身居高位，男人始终锐意进取，永不言败。他胸腔里跳动一颗蓬勃的心，眼眶里闪烁一双熠熠生辉的眼，这样的他对于青春貌美的乔姗有着致命的吸引力，她如飞蛾以扑火之姿，直直地扑向他，即使一辈子就这样泥里水里，她也心甘情愿。为了照顾他的生活，她寻找他一切能吃的东西，学着当地农民的样子，做成饼子补贴给他。一有机会回城里的家，她会搜刮一切能吃的东西，咸菜、大酱、黄豆等，背回青年点，给他改善生活。干农活时，即使累得筋疲力尽，也强打精神打理他的生活，为他解除后顾之忧。粮食紧缺，饭都吃不饱，她忍饥挨饿，省出自己的一部分口粮，心满意足地看他吃下去。那段爱情令她疯狂，即使餐风饮露也在所不惜。后来，他顶替她的名额回了城，念了那所她心心念念的大学。尽管这事他做得不地道，可她相信，他念大学比自己念更有价值。她相信他一定会成功，一定会风风光光地娶她，一定会想法子接她回城。等男人一走，她就发现肚子里的孩子。那样的环境发生那样的事等同于直接要了她的命，天直接塌下来，压得她毫无还手之力！这要怎么办？她毫无章法，疯狂地给他写信，写了一封又一封，都给退回来。她蒙了，再次疯狂地跟家里求助，家里正全力运作让哥哥回城，要她等一等。她能等，肚子等不了啊，再过几个月，肚子就瞒不住了。绝望、崩溃、害怕、焦虑、失望等情绪一层层地压在她身上，终于压垮了二十岁的她。她疯狂地跑，漫无目的地跑，跑进无边的湿地，直到最后一丝力气被抽走，才颓然倒在地上。肚子里的宝宝牢牢地吸附在肚子里，没有一点松动迹象。

深秋的风吹得她睁不开眼睛，茫茫湿地没有她安身之所，她抬起头看天，蓝天如水，白云徜徉，没有一丝被风吹皱的痕迹，她羡慕地想，要是像天上白云一样多好啊，那么自在悠闲地遨游。低下头，看脚下一汪湖水，蓝莹莹、白亮亮，片片白云无牵无挂地游在湖底。她伸出手，伸向那片片云彩，一步步地迈进湖里。湖似伸出温柔的手，拉着她走向深处。她放松地想把自己安放在这湖水里，葬身湖里，也是挺好的选择。湖水逐渐加深，渐渐没过她的口鼻，她绝望地想，听说这里是龙门渡，是天下鲤鱼跃龙门的地方，就让她在风水宝湖完成轮回。"如果有下辈子，"她长叹一声，"哎，下辈子，我再也不来啦！"

回城之后，她一直寻找男人，想找男人当面问个清楚，可男人就像一尾游入大海的鱼，一点影子也寻不到。那艰难困苦的日日夜夜，她紧咬牙关苦苦地支撑。实在撑不下去的时候，也没有想过要放弃。在坎村的那片湖里，她完成人生的升华，人生只那一次放弃就够了，此生再也不用一遍一遍地回炉改造了。

改革开放以后，她仍然守着开不出工资的厂子清贫着，她离不开收发室的那张小床，因为离开那里，她再也无处可去。有一天，久不联系的男人主动联系她，她哆嗦着嘴唇似有千言万语，却一句没说出来。男人言简意赅，报出一个地址，让她两点钟准时赶过来，他只给她十五分钟，过时不候。她不止一次想过，男人如果来找她，她一定狠狠地呸在他脸上，痛骂一声："你这个负心汉，夜深人静的时候，你的良心不会痛吗？"等她见到男人时才发现，那人身份已今非昔比，那行动举止，均是高山仰止，她只在电视中见过。自己一身廉价衣裙，一脸风霜遮面，卑微到骨子里，再难撑起质问的傲骨。男人仍然眼神明亮，神采奕奕，他没有和她叙旧，没问她过得如何，也没交代自己的一切过往，甚至没有表示一丝一毫的歉意，他只是居高临下地鼓励她自主创业，活出一片新天地。

走投无路之下，他成为她唯一的救赎。她除了信男人，别无出路。她甚至都没有问问男人当初为什么那么狠心狗肺，也没有哭诉自己的悲惨遭遇，只是对着那男人淡淡地点了点头。

刚开始创业时，真是举步维艰，好几次都坚持不下去了，是男人在她身后，给了她莫大的支持。现如今，好日子终于来到了，哪儿哪儿都如意，她可以自如地工作与生活了，无人敢欺，吐气扬眉，虽然晚了一些，终于还是来了。她躺在自家席梦思上，不时想起纺织厂的小床，坎村的土炕，还有那个彩云满天的早上，她的巧云降生在湿热的土炕上。小小的一团，从她身体里剥离出来，响亮地哭着，向世界宣告她来了。黄老歪给她取名巧云，她没反对，她除了带她来到世上，没为她做任何事。

回城那年春节，万家灯火，烟花满天，只有她一个人被全家遗忘。她独自守着小小的收发室，喝白开水，吃冷蛋糕，孤零零地熬着。此后，在一个个被羞辱被践踏的日子里，她不止一次想到过死，只是再也没有当初的勇气。她决定创业时，全家没有一个人支持她，他们不是不愿意她出头，只是怕她从他们那里借钱。她咬着牙，全裸着跳进海里，存活或淹死全凭自我。等企业发展成一定规模时,她身边又聚集了一大批亲人,对她呵护备至的丈夫,与她荣辱与共的亲人,承欢膝下的小儿女。特别是大哥的小女儿乔丽,搬来她的别墅,陪她嬉笑,哄她开心,喊她妈妈,等等。她知道这一切都是假象,可她就是喜欢这些假象。当年,她一个人躲在纺织厂收发室,孤单单地看除夕烟火之时,可没有一个人愿意给她哪怕一点点笑脸。这些爱她的家人都怕沾上她一丁点儿晦气。现在都来围着她含情脉脉地说亲情,真是可笑。人生就是由这些可笑组成的,她就在亲人编织的可笑里笑得花枝乱颤。她愿意沉迷在这个假象里,觉得自己的人生繁花似锦。

她这一辈子就是个"苟且",苟且地接受了男人的资助,让他良心偏安;苟且地原谅亲人的背叛,假作从没看见过他们的丑陋。俗话说,水至清则无鱼,她愿意维持表面的繁花似锦。她想象不出巧云长成什么样了,每年她的生日时,她都买一个小蛋糕,再买一套公主裙子,点上蜡烛,许愿她健康成长。近几年,她不会买公主裙了,即使在梦中也想象不出她的样子。越想象不出,就越惦记,越惦记,越觉得应该为她做些什么。她隐隐地知道巧云成长得很好,她想做些什么无从着手。

在秦志和的办公室,她见到一脸倔强的巧云,就那样不管不顾地闯进来,一脸的无畏。一见面,她就知道,这就是她的巧云。她不止一次地想象,巧云长大了是个什么样子,可怎么也想象不出。那天一见面,她就知道,她就是自己一直想象的样子。在秦志和脸色发黑时,她想也没想地出言维护。论理一个招商引资来的企业,应该多看少说话,她一时没忍住,犯了这个大忌。犯了大忌又怎样,她作为母亲,总得为自己孩子做点事。巧云这一世非常不幸投生到自己的肚子里，在母亲千嫌弃万嫌弃的情形下来到人间，更是在她出生不久就遗弃了她。她作为亲生母亲没有为她做任何事。现在，到了她来守护女儿的时候，顺便回报帮助她们母女的坎村。

来了坎村才知道，虽然她已经低调打扮了，还是与坎村格格不入，坎村依然质朴，而她富贵逼人。她这样醒目地立在那里，想不被人关注也难。很快有人围过来搭话，问东问西，她越不愿意搭理，村民越热心。坎村一点都没变，还是那么八卦。她记得自己刚一清醒过来，就对上一张张殷切脸庞。"孩子，好死不如赖活着，你为什么这么想不开？""你这是遭遇了什么，咋就寻了死？""你肚子里有了孩子，你知道吗？""孩子的父亲是谁呀？"她刚刚从生死边缘被拉回来，根本不知如何作答。她满腔怨愤，一肚子苦水，不等倾诉就被村民迎面十万个为什么噎得再次昏过去。黄老歪从不问她来龙去脉，一次都不问，这男人像是没有好奇心一样。

有一夜，夜凉如水，弯月如钩，不知道是夜色太美，还是她憋得太久了，没来由地想跟他说说话。她拉开话匣子，说她的理想、她的家庭、她的爱情，以及她孩子的爸爸等等，她跟眼前这个结识几个月的男人讲她的初恋，讲男人明亮的双眸和强烈的进取心。初恋说，要她等着他，等他功成名就，给她人上人的生活。没想到，等来等去，等来了肚子里的孩子。她吓坏了，整日提心吊胆的，实在等不下去了，万般无奈之下，才沉了湖。说着说着，她哭了，哭得撕心裂肺。男人听着，既没有劝，也没有做什么，他静静地等着她，等她一点一点地平静下来。这个时候，巧云醒了，咧嘴哭起来，她掀起衣服给孩子喂奶。他起身出了屋子，灵巧得和猫一样。

在坎村的这段时间，她不用上工，不用起早，每日睡到自然醒，等她慢悠悠地打理好自己，黄老歪早已出门，饭菜做好留在锅里。这样的安静祥和让她生出留在此地渔樵耕读的想法。可心底那一丝丝不甘心，让她终于抛下这一切，挤入回城的洪流。

巧云迎出来时，她正一个人坐在湖边，阳光洒在她一身闪亮的装扮上，与寥落的湖相映衬，显得有些格格不入。巧云心下奇怪，这乔总来得莫名，对自己很亲热，难道是与自己有什么渊源？想了一会儿，想不出个头绪，只好先不去管她，且兵来将挡水来土掩吧。

湖水哗哗地往外流，把漂浮的杂质和垃圾沉淀在湖底，一圈一圈地积淀下来，好像是湖的伤疤。一身光鲜的女人与满身伤疤的湖，不知为何，却让人感到一股凄艳的不协调，好似旧上海的光鲜旗袍，对比强烈却美得刺目。她紧走几步，热情地寒暄："乔总，您怎么没打招呼就过来了，这是有啥事吗？"乔总眉头轻皱，答非所问地道："这个湖真是改变了好些，当初清丽婉约，现在满目疮痍，看着真让人心生怜悯。"这话让巧云有些抓不住重点："听您的意思，您早先来过村里，且知道这湖？"乔总不答反问："你爸身体还健朗吧？"巧云更蒙了："您还认识我爸？"乔总点头，嘴上却是回答她最先前的问话："今天我来是为了投资的事，你们先做好预算，草拟个合同，我尽快把钱打过来。"提到公事，巧云丝毫不敢怠慢："乔总，我们之前做过调研，预算早已经做好，合同也拟好了，等一会儿，您先看看，如果还有什么要求，请尽管提。"乔总笑道："要求嘛，先不着急。"说完顿了顿，用略略轻快的语气说："黄书记，你看都快中午了，也不说请我吃个饭啊?"巧云吃惊,乔总这个脑回路也太声东击西,她赶紧赔笑道:"应该的,应该的,看我这木讷性子,乔总,对不起,慢待了哈。这样吧,您先上我的车,咱去镇里的饭店。"乔总惊异地说:"你认为我想去饭店?"这回轮到巧云诧异了:"不去饭店,您去哪里呢?要是请您到家里,寒舍简陋,也不成个规制啊。"乔总不吱声,没说去也没说不去。巧云想这个时间,领个陌生人回家,事先没跟父亲说,总有些不好,她脑子灵光一闪,建议道:"这样吧,您要不嫌弃,咱去村委会,我亲手给您煮碗面。"乔总望着巧云,未置可否。巧云不知她葫芦里卖什么药,只好继续游说:"我煮的面老地道了,吃过的都说好。不是跟您吹,我从五岁起,就给我爸煮面,闭上眼睛都知道火候。每天早上,我都会给村委会全员煮面,他们都说我煮的面好吃。"乔总心疼地道:"你说你五岁就开始煮面?每天早上,还要给村委会这些人煮面?"巧云俏皮地答道:"是啊,我厉害吧。还有呢,我做的泡菜是出名的甜脆爽,等会儿啊,您一并尝尝。"

村委会是一溜小板房,一个大间是村务公开综合办公的场地,一个小间里面有几张办公桌,几把椅子,是她和金贵的办公室。顺着小间往里走,还有个小隔间,里面放一张小床,还有电磁炉和米面蔬菜调料等杂七杂八的东西。巧云脱掉外衣走进小隔间,洗手烧水,乔总也跟着走进去,在旁边饶有兴趣地看着。巧云赶紧往外赶人:"乔总,您去外间等着,我这一会儿就好了。"乔总却脚下生根般地立在一边,安静地看着,看巧云手脚麻利地煮面。巧云只好边煮面边找话说:"乔总,您看这玉米面条是去年冬天新玉米磨成的细粉轧制而成,煮起来有一股清新的玉米味儿。"乔总饶有兴致地俯下身闻了闻,点头说:"果然如此。"巧云一边双手灵动地刷锅添水,一边解释道:"这玉米是我父亲亲手种的,他每年都在湖边空地上种一大片玉米,收获了磨成粉,做成玉米面条,供我在这里'挥霍'。"乔总目不转睛地盯着巧云的动作,巧云介绍道:"这面要煮到八分熟,盖上锅盖焖一焖,然后,迅速地投水过凉,再停顿一小会儿,就可以出锅了。这样煮出来的面条筋道滑爽,味道鲜美。"说完就像变戏法一样,从橱柜拿出两只骨瓷碗,悄声说:"乔总,这是我的私藏,非贵宾我不拿出来。"乔总笑着点了点她的额头:"调皮鬼!"

巧云捞面条时也不忘炫技:"乔总,您看这捞面条也有门道,要伸筷,触底,然后转三转,一碗面就捞出来了。这捞面啊,还有首诗,我念念给您听听:'玉带锅里漂,金筷水中捞。缠住健康腿,前程步步高。'"乔总戏谑道:"这个小丫头,可真有你的。"巧云劝道:"您趁热尝尝,就着泡菜,味道绝对正宗。"乔总接过面,耳边响起男人那憨憨的声音:"吃点面条吧,玉米面的,味道绝对正宗。"她甩甩头,把往事甩出去。低下头去闻一闻,果然还是那个味道,遂笑道:"果然味道正宗,玉米面条是我有生以来吃到最好吃的面条。"莫名的熟悉感觉又来了,巧云不由得问道:"乔总,我怎么总感觉您和坎村有故事呢。"乔总一心吃着面,并不回答。等一碗面见底了,放下筷子,想一想,还是没正面回答:"回家去问问你爸爸,他知道我是谁。"

巧云全面梳理着脑海中储存的记忆,她是谁呢?巧云很确定自己没见过她。忽然脑子灵光一闪,难道是早年离她而去的她?怎么可能,这么些年杳无音讯,碰巧这个时段忽然回来了?一番细密彻底的梳理,巧云更确信,脑子里没有关于她的记忆。

乔总走后,巧云没有回家,直接去找了桂花婶。自从向阳回村施工,为了避嫌,她一般不会去找桂花婶,怕无端惹出闲话。陈千金还在陈家安装了摄像头,向阳回去晚了都会不依不饶。她要常来常往,那还不成了活靶子。这回为了求证那件事,也顾不得这些了:"桂花娘,您有那个女人的照片吗?"桂花婶正忙着灶台上的饭菜,嗔怪道:"你这孩子,天上一句,地下一句的,哪个女人啊?"巧云难得地扭捏一下:"就是我那亲妈,您有她的照片吗?"桂花婶笑着刮她的鼻头:"这鬼丫头,真是想一出是一出,那年月有啥照片,我这里就更没有了。"巧云低头想一想:"您记得我亲妈长啥样子吗?我怀疑那个乔总可能是我亲妈。"桂花婶恍然叹道:"哎哟,那天匆匆一看,还真没认出来,人胖了,更白皙了,现在细细想来,真有点以前的轮廓。不过不可能吧,她这是从天上掉下来吗?我不敢确认,你还是问问你爸吧。"看巧云蔫头蔫脑,桂花婶忽然想起什么,追着问:"对了,那个乔总叫啥名字?"巧云想起会上看过名单,山水集团总经理乔姗。"好像叫乔姗。"桂花婶一拍大腿:"对喽,你亲妈就叫乔姗。"巧云脑袋轰的一声,果然是她。这么些年了,人家都有妈妈,就她没有妈妈,小时候,有调皮男孩在背后骂她是丫头养的,一些婶子阿姨也对她指指点点。那个时候,她日思夜想地有个妈妈,能保护她,给她温暖。没想到,早也盼,晚也盼,盼了三十多年,天上居然掉下一个体面的妈妈,她却没有了想象中的悸动,或许是祈盼太久了,过了保质期。

回到家,巧云一屁股坐在床上就不想动。黄老歪给她端来饭菜,要她先吃了饭,再去休息。巧云盯着他的眼睛问:"爸,关于这个乔姗,您真不想和我说些什么吗?"黄老歪一如既往惜字如金:"对,就是你想的,她确实是你妈妈。"巧云追问:"她扔下我的时候,可曾说过什么?"黄老歪摇头:"她悄悄走的,啥也没留下。我知道她要走,就抱走你去镇上打预防针。等我回来,她就不见了。怎么,她和你挑明了?你准备咋办?"巧云笑了:"爸,你十万个为什么呀,她没挑明,只让我回来问你,想必自己也不好意思。对于认不认她,我还没想好。"黄老歪点头:"毕竟血浓于水,你认下她理所当然。"巧云应道:"爸,我会认真思考的。"

太阳刚刚露出头,就掉在满是泥泞的湖里,连水红色的圆脸都染上泥污。巧云伸出手,似想拂去它脸上的泥污,怎奈连一滴水都没触到,她怜惜地嘟囔:"还要委屈你些日子,等过几天,扩容疏浚之后,湖水清澈、鳞浪翻滚,你就可以继续在湖底遨游了。"

向阳的工程接近收尾,过几天会转战别的村。施工的铲车已经调集齐了,整齐地排列如阵,只等待一声号令,即投入一场决战中。大战前夕,俱是屏气凝神,巧云见惯大大小小的施工场面,几乎一上手就是最好的状态,这次让她心里直打鼓。等待的过程是煎熬的,她攥紧小拳头,直直打出去,嘴里呢喃:"对的,需要积聚力量,这样打出去才更有力量。"

乔姗打来电话,约巧云去锦城见面,地点在人民大厦。这相约时间恰是她进门入户宣传的日子,她本想借发放补偿款的有利时机,宣传宣传深度整治的内容。人手一份的宣传单已经备好,二丫文笔不错,措辞流畅,情真意切,看来这丫头可以专攻对外宣传文字了。巧云想留下来和村委会几人一起,挨家挨户做宣传。金贵劝道:"乔总是咱金主,她相约,再咋的都应该过去看看。"巧云想了想,深以为然。

等巧云赶到时,乔姗已经在等了,身边一个绅士气度的男人。她并不忙着介绍,抬手招呼:"巧云啊,那天你请我吃面条,所谓来而不往非礼也,今天我请你吃大餐。"巧云点头微笑,并不多话。乔姗想了想,还是介绍道:"这位是我爱人欧阳宇文,你可以称他欧阳叔叔或欧阳先生。"乔姗再次起身,点头致意。乔姗见两人都没说话,继续亲热道:"这里的厨师不错,点几道你爱吃的菜。"巧云笑道:"这里我不熟悉,真不知道什么菜好吃。"乔姗莞尔:"那我就越俎代庖了。"乔姗虽人到中年,仍然很有魅力,仅举手投足间的雍容就不是一般人具备的。

菜上得挺快,还有音乐伴餐,氛围不错,味道鲜美,火候也可以,巧云本着既来之则吃之的心态,一个人消灭了一份牛排,一小份比萨,一份鹅肝,一份鱼子酱寿司。欧阳宇文看她一扫而光的态势,笑道:"年轻就是好,我像你这个年龄的时候,却没有你这般好胃口。"乔姗嗔怪地瞪了他一眼,笑呵呵地把一个文件袋推给她:"你问过你爸爸了吧,是的,我就是你妈妈。"说完顿了顿,看看巧云的表情。她居然面色不变,继续饮茶。乔姗无奈,只好继续说下去:"这些年亏待你了,不是我当初狠心,是我自己都活得艰难,所以没顾上你。原想着,等日子过得好了,就回来接你,没想到这一等,就是这些年。"巧云继续不吱声,耐心地等待着她的底牌。乔姗心内暗暗佩服女儿的淡定,见她不语,只好继续道:"我在锦城为你置办了一套房产,还为你买了一台车。看看你还需要什么,只管和我说,这些年亏待你了,让我好好尽一尽家长的义务。"

巧云放下茶杯,伸手推开面前的文件袋:"昨天我想了好久,我父亲也希望我认回自己的亲妈,可能是因为期盼太久了,期盼值下降了，所以我不想认回您这个妈妈了。这个决定在将来或许会有所改变，现在却是我最真切的心声。"

乔姗泪如雨下："巧云，这些年我无时无刻不在想念你，午夜梦回，听见你哭着喊妈妈，我满头大汗地醒过来，却再也无法入眠。我不求你现在就接受我，就看在我期待这么久的分儿上，叫我一声妈妈吧！"

巧云站起身："对不起，在我嗷嗷待哺的时候，你不曾喂我一口；在我蹒跚摔跤的时候，你不曾扶我起来，给我安慰；在我被欺负，被嘲笑，哭喊着妈妈的时候，你在哪里？在我已经适应没有妈妈的日子，你却跑回来认我，你让抚育我长大、对我恩重如山的爸爸怎么想？所以，这些东西你自己留着，我不需要。你回来报答全村人的救命之恩，作为村书记，我代表村民们表示欢迎，如果想顺便认回我这个女儿，对不起，我拒绝。"说完起身离去，留下目瞪口呆的乔姗。

十八

全市招商引资大会轰轰烈烈地筹备召开，副市长孙成伟早早在大会小会上表态，这次招商引资大会要隆重、要重奖、要正式签约。隆重就是四大班子要悉数到场；重奖就是要真正拿出钱来，奖励一批对招商引资有贡献的干部；正式签约就是在会上，完成一些项目签约。本来市里筹备召开这样重要的大会，坎村人只能在电视上看看。这样的大事于坎村人而言，就如同发生在天上的事，坎村人只活在地上，过着自己柴米油盐的日子。然而，巧云被通知参会了，这个会就与坎村有关了。就像天与地之间本没有通道，有了龙门渡，就有了跃龙门的鲤鱼，有了越过龙门的鲤鱼，天地之间就有了阶梯。市里召开的大会本没有坎村啥事，巧云去了，这次大会就是坎村自己的事了。

巧云第一次参加市里的招商引资大会，还要代表坎村与山水集团签约。与山水集团签约的具体细节，她全程没参与，也不知道要如何做。她手里的盘子忽然扩大了，不知道咋变大的，也不知道谁帮她变的，这就好像她要在接下来的表演中担当重要角色，却不告知她要演谁，要如何演，等等。她不知道要问谁，连她都不知道，她周边的人更不知道了。

她不知道合约是咋谈的，更不知道具体细节，只知道山水集团要在坎村打造湖景五星级大酒店，首期投资2000万元。这是个大合约，市里各级领导都很重视，她这小斤两无论如何也hold不住。不是她谈的，却要她去签约，说明这签约只是一个形式，合同细节没人告知她，一旦有责任追究下来，她签的字，自然得她承担起来。

通知她来签约的同时还附送一套礼服，她不知道是谁的手笔，是山水集团还是市直有关部门。她问相关工作人员，均答曰，不知道。这套礼服一看就价值不菲，她想拒绝，又不知道给谁退回去。巧云实在无法，只好当即上交村委会，并交代楚算盘："等找到正主，一定给人家退回去。"楚算盘搓着手道："这衣服一看就价值不菲，咱能保存得好吗？"

虽然只是签字代表，却是众目睽睽，她也不想草率地登台，毕竟打扮美美的是对别人，也是对自己的尊重。她拿出压箱底的那套茜色百蝶裙，上身试了试，还是一如既往的修身贴合。这礼服是她为自己准备的婚礼服，每只蝴蝶都是她亲手设计，大大小小九十九只蝴蝶暗合天长地久的寓意，领口的蝴蝶盘扣暗合第一百只蝴蝶，寓意百年好合。桂花婶说："蝴蝶是飞的东西，绣作婚礼服，怕是兆头不好。"巧云急急地分辩说："蝴蝶是爱情的象征怎会不好，绣上百蝶，象征白头到老。"然而，桂花婶的这句戏言却被不幸言中了，最终一对青梅竹马的爱人连婚都没结上，更莫说白头到老了。她都怀疑这份爱情从一开始就长错了地方，到头来只是开出了一朵谎花，就被风吹散了，徒留压箱底的这件爱情残骸。有段时间，她不敢面对这件残骸，只是深深地把它压在箱底，没想到这场招商引资大会，会把这件压箱底的残骸抖搂出来，并让它重新焕发光彩。

　　向阳坐在电视机前，看着身穿茜色百蝶裙的巧云，长发编成麻花辫盘在头上，既压住裙子的明媚，又延伸了这身装扮的古朴。对于这身衣服，他可太熟悉了，巧云不止一次穿给他看。那时的巧云小女儿姿态十足，只一件衣服就包裹了她的全部憧憬。如今她穿着这身衣服，气质如兰，翩然若仙，站在全市瞩目的会场上，这身衣服已不能包裹她的全部憧憬，而是她轻松驾驭的一个道具罢了。反观自己，半生泥里水里地摸爬滚打，一段经营稀烂的婚姻，初心早已丢在路上。巧云打来电话，邀请他一起回村创业，开辟一个全新的工作领域。全市美丽乡村建设旗鼓大张，农村地下管线工程市场庞大，凭着商人的敏锐，他直觉这是一块大蛋糕。回到他当初一心想要逃离的坎村，他居然没有犹豫，直接点头同意了，似乎忘了自己为何逃离。当初，巧云一口咬定，坚决不留在锦城，回坎村延续祖辈父辈的守候。向阳觉得愤怒，甚至背叛。他认为，巧云背离了他们最初始的约定。他觉得难以忍受，又试图说服巧云，实在说服不了，就用分手相威胁。话说出去了，不能不兑现，就在他转身的那一刻，他多么希望巧云能喊住他，温柔地说，她错了，她离不开他，她要和他一起。然而并没有，她就那样看着他一步步地走出自己的生命。他失望极了，认为她心里没有他，或者说即使有他，却没有自己想象的那么重要。

后来，他遇到了千金，明媚张扬的千金，她用火热的心让他认识到，他没有那么不堪，还是有人愿意把他当宝的。这个飞扑而来的千金，在他看来，就是他的救赎。所以，婚后，他全心呵护，甚至纵容千金为所欲为，从没有正确引导她，以至于千金成为任性的大孩子。这些日子以来，他一直想："我为什么回来？是破除企业发展困境，还是想找回自己的初心？"他不知道，也没想好。在锦城的繁华里，他打拼过、沉浸过、骄傲过、迷失过，在企业发展的关键时刻，巧云把他拉回来，融入全市开展的美丽乡村建设。巧云告诉他："要跟上时代，要不断学习与思考，不但自己学，还要组织自己的团队学习，不会学习的团队是乌合之众，是走不远的，必将被时代抛弃。"他开始学习党的路线方针政策，原来一看就头疼的大部头，现在能一看就是大半天。怪不得田百旺都坚持学习，使企业不断转型发展。在改革开放之初，坎村的养殖大户，如雨后春笋般冒出来，然后都如昙花一现般零落成泥，而田百旺和他的企业不断发展，这种学习进取精神让他真心叹服。巧云和她轰轰烈烈的农村环境综合整治工程让他学会了思考，个人的前途命运怎样和时代相融合？这项工程没让他赚到什么钱，却让他找到除了南下之外的一条新出路。

这段时间，他也在反思自己和千金的婚姻，婚前了解不够充分，婚后又一味地包办代替，使得千金没有成长的机会。遇到事儿，不会理智处理，只会冒险蛮干。出事后，他一味地高压指责，没有很好地与之沟通，以至于她不但认识不到自己的问题，还满身委屈。婚姻里，不仅要有爱，还要共同成长，砥砺前行。不只是跟千金，跟任何女人结婚都可能会出现这样那样的问题。长胜说，一双鞋子淋湿了你就不要了，你想过没有，换另一双也会淋湿，难道都不要了？是的，既然都会淋湿，何不给自己和千金一个机会呢。或许明天找时间去医院看看陈天明，顺便和千金好好谈一谈。

乔姗身着新款紧身裙，大气温婉，风韵犹存，与巧云并肩而坐，执笔签署文件。她用眼睛瞄着巧云，发现没有穿她准备好的礼服，而是穿了件茜色百蝶裙，茜色古朴庄重，百只蝴蝶翩翩欲飞。巧云卷翘的长睫小扇子一样盖住灵动水眸，鼻梁挺直，唇角微弯，纤纤玉指握紧钢笔，在文件上签下"黄巧云"三个字娟秀的汉字。是的，她现在是黄老歪的女儿，姓氏是黄姓，连名字也是他取的。黄老歪把她培养得挺好，有担当、有能力、有主见、有激情。

签好字，两人同时起身，交换文件，然后握手合照。乔姗微笑着道："我是真想帮助你，你不用忙着拒绝我。"巧云回以微笑："我不会刻意拒绝，凡事只跟着自己的心。"两人同时面对镜头，再次握手。乔姗信誓旦旦地表示："我相信精诚所至，金石为开。"巧云但笑不语。两人的手再次握在一起，一起转头面对闪烁的闪光灯。

接下来，巧云像个牵线木偶，让上就上，让下就下，总算她机智，没出任何纰漏。等到市长念她名字的时候，她懵懂地走上台，从市长手里接过大大的支票，对着闪光灯，展示着上面大大的"捌万元整"。

巧云得了八万元奖金，这消息长了翅膀一样传遍全村。钱不多，也不少，关键却是白得的，这就有问题了，凭什么她黄巧云白得这么些钱？村里面貌发生变化不是她一人的成绩，招商引资也不是她一人的功劳，凭什么只表彰她一人？八万元，不应她一人独得，她应该学会分享。

巧云刚一回来，楚算盘就迫不及待地问："黄书记，你想没想过，这奖金你打算怎么花？"巧云想了想，诚实地说："我还没想好。"楚算盘不甘心，继续追问："村里老少爷们都挺关心这事的，你不打算请他们搓一顿？"巧云摇了摇头，迟疑地道："吃饭，还是不要了。"

巧云得了奖金，还想一个人独吞，这让本来没想觊觎的村民有些不开心了，纷纷阴阳怪气地发泄他们的不满。他们会时刻堵住巧云，阴阳怪气地发泄他们的酸气。巧云一笑置之，并不搭理。

巧云此时也正苦恼，第一次有了这么多可以自己支配的钱，钱不多也不少，可以好好孝顺孝顺辛劳一生的父亲；可以缓解村委会的财务危机；可以支助村里那几户贫困户；可以给自己和桂花娘置办点喜欢的东西；等等。这钱看着不少，可怎么也不够分。感情热络一些的乡亲都问："巧云，这钱你打算怎么花？"感情不太热络的乡亲则戏谑："得了钱，没给自己买点啥？"巧云的回答统一模式："这钱咋花，我还没想好。"

可没想好不行啊，亲友们比她都关注这个钱。好在有记者不停地深入采访，冲淡了一些她得奖的热度，这些八卦的记者也会追问这笔资金使用情况，弄得她挺尴尬的。一些稿子写出来，登载到媒体上,她和坎村的故事一下子成为公众关注的焦点。有了焦点,就有更多的记者纷至沓来,挖掘更有用的爆料。巧云说同期声,做深度访谈,说得口干舌燥,应付得心力交瘁。可记者们的关注点似乎不在工作层面上,他们每个人都有一套现成模板,只需将坎村和巧云的素材直接往上套就可以了。这样的坎村和巧云连她自己看了都蒙,要不是写着她的名字,她还以为说别人的事呢。做记者这行,也是功夫在诗外,结果与缘由都不重要,重要的是找对感觉。到后来,她一听到有记者来访就头疼。也不知道记者们从哪个渠道知道了乔姗和巧云的关系,如获至宝,非要深入采访,推出一个滴水之恩涌泉回报的故事版本。巧云赶紧摆手:"不行不行,咱们只谈工作,不谈别的。"记者们不依不饶:"黄书记,这些都和工作密切相关,听说您是乔总失散多年的女儿,能不能谈一下你们是如何相认的?"巧云无论如何也想不到,自己有朝一日会对记者用上外交辞令:"对不起,无可奉告。"

招商大会闭幕了,巧云的烦恼又多了好几层,原先只是工作上的烦恼,现在增添了新的薄云淡雾。她颇受诟病的私生女身份,如今转换为比较强硬的政治背景,还受邀参加市里招商引资大会,得市委重奖,与名流显贵把酒言欢,代表市里在上亿元的大项目上签字,等等。这些若有若无的光环让巧云有些不一样了,她似被赋予了某种神秘的能量。俗话说,龙行云,虎行风,她巧云的身上也有了传奇的意味。村民们没事的时候,再过来说话,都带着讨好的意味;不过来说话,离着老远儿,脸上就挂起殷殷的笑;有的还会今天送一把菜,明天送一个瓜地示好,巧云自然不会要,可对方扔下就跑,再见面时,就一副你我不见外的亲热模式。巧云的婚姻市场也开始热起来,认识的不认识的都给她介绍对象,有公务员,有记者,有央企中层,等等,都是青年才俊,让她的身价都跟着水涨船高。她以暂时不考虑个人问题为由,一一婉拒。还有人主动找上门来,进行自我推销,弄得巧云烦不胜烦。最后,连乔姗也坐不住了,给他介绍一个前途无量的青年才俊:"小伙子是你栾姨的儿子,留过洋,在市政府当秘书,马上就提正科了。"她说的栾姨是市审计局局长栾丽,果然是家世出身都配得上的青年才俊。乔姗见巧云兴趣缺缺的样子,恨铁不成钢地嘟囔:"你整日跑来跑去,个人问题不解决,终究还是不行。"巧云不假辞色:"对不起,我暂时不想考虑个人问题。"乔姗压了压火气,叹了口气道:"你是不考虑个人问题,还是不接受我这个介绍的人。罢了,过几天,我就要回总部,临行时,想见见你爸爸。"巧云犹豫一下:"我爸这些天在做湖祭的准备,恐怕没时间。"乔姗落寞地说:"没有你爸爸,就没有今天的我,我想当面表示感谢。"巧云点头:"我问问吧,那些形式的东西,他从不在意。"乔姗理解地说:"我知他的性子,那份感恩山高水长,原也不是嘴上说说的。"说完转头抹去脸上的泪,"我走之后,会派一名执行经理来推进项目,第一批投资一千万已经到位。"巧云提示道:"签约到现在,我还不知道项目细节,执行经理到位之后,我们有必要进行一下合约细节复盘,以便于了解双方需求。"

乔姗见她公私如此分明,苦笑一声:"从离开坎村的那天,我就在想,等我有能力了,一定要做一些事情,改变这个村屯的面貌。这些我女儿都帮我做到了,我现在要做的事就是锦上添花,在焕然一新的基础上,打造一个五星级大酒店。我的一个朋友,就读的大学在太湖边上,那个城市把一个宾馆建在湖上,成为该城市地标式建筑。每当华灯闪烁，湖上流光溢彩，宛若仙境。"见她陷入回忆，脸上苦笑转为会心的微笑，巧云并没有打断她。这些年，她也不容易，一个女人只身在外打拼，自己生存尚且不易，还能想着回来报恩，确属难得。如今她功成名就，也重新组建了家庭，那个欧阳叔叔一看就是个有素质的，想来两人相处模式一定不错，这样她也就可以放心了。"乔总，关于这湖的管理权限问题，合同里有没有约定？村里和企业的责权利方面还有必要明晰一下。这个湖调节碱河两岸水位，蓄水与泄洪作用明显，公益效用为先，营利作用其次，不管是招商征地，还是用作他途，湖的经营权一定要在村里。"乔姗脸上的笑容扩大，从眼角慢慢漾到嘴边："看你说的，招商引资该有的优惠政策用足用充分，政策红线这条硬杠杠确是连碰都碰不得的，这个道理我懂。"谈话进行得非常顺利，巧云趁机表态道："乔总，咱们大前提一致就好，其他的细节都可以谈。您为坎村投资，坎村一定不负您的投入。不出半年时间，坎村将发生天翻地覆的变化。您的投入一定有丰厚回报。"

十九

坎村108户人家，和梁山好汉的数量一样。梁山头领宋江，江湖人称"及时雨"。所谓及时雨，就是谁家有困难及时送去温暖，不知道他"及时"了多少位好汉，才赢得如此崇高的江湖地位。反正不管巧云"及时"了多少次，惠泽多少人，莫说路见不平生死与共，就是送上门做好事也得看人家心情。高占福曾说过，群体是不能做决策的。现在想来，果然如此。山水集团赞助的统一房顶和大门，这是一件纯纯的好事吧，还是有六家人不同意。对房前不要种高植物，院子要高低错落、疏密安排等宣传，更是充耳不闻。这送上门的好事，不但没有"纳头便拜"，还拒绝得彻底。平时村民遇到事儿，都习惯找村委会；村委会成员遇到事儿，都习惯推到她这里来，她身后已经没有人了。既然退无可退，只能挺身而上了。

老钱家早已脱了贫，房子翻了新，盖了六间大瓦房，亮堂气派。巧云一进门，钱家夫妻就迎上来："黄书记，我们知道你为啥来，不是我们不给黄书记面子，我家的房顶和大门都是刚刚翻修的，如果拆掉，这补偿款你打算给多少？这大门和房顶我们都修好了，你们还要再给修，脱裤子放屁费二遍事不说，也浪费资源啊。我们都是从苦过来的，最看不得浪费。"巧云坐下来，啧啧称奇，这老钱夫妻的口才真是进步不少。她不急不缓，等他俩都说完了，才淡笑着说："统一院墙和大门是全市招商引资统一行动，是政治要求，这是前提，不能更改。补偿款的口子更不能开，如果给你补偿了，别的家就会有更合理的理由讨要补偿。房顶和大门是山水集团赞助的，从材料到施工你不用费任何事。村里早早联系了二手材料收购商，你家拆下来的材料，根据新旧程度作价卖给他们，你家还有笔小收入，既不用你脱裤子放屁，也没有造成浪费，你何乐而不为？"老钱哑了口，直愣地看着巧云，不知道如何反驳。巧云冉接冉厉："统一房顶和大门让村子形象更好。村子形象好了，房价也会相应提升，你们参与全村统一活动，既给了我面子，顺便提升一下房子附加值，两全其美。"老钱家夫妻一合计，补偿款是要不到了，还可以有些收入，怎么也没有空手而归，于是点头表示同意。

搞定老钱家，巧云直奔李家，这个家庭最让她操心了。这家唯一的女儿李娜自小得了抽风病，说不定啥时间就抽，一抽就不省人事，时刻离不开人，这夫妻俩为了给孩子治病，陷入贫困。巧云刚刚走马上任时，还为这家联系了省里的脑科专家，也没有明显治疗效果。老李家夫妻见巧云走进来，站起身表示歉意："黄书记，又给您添麻烦了，统一房顶和大门是大好事，可我家这破败的房子，光换房顶和大门也不灵啊，干脆就别给村里添麻烦了。"巧云笑了："你家这个情况，我早有考量，我这不是刚刚得了奖嘛，你家的房子我出钱修了。"李家夫妻更不好意思了："黄书记，怎么好让您个人掏钱，您得的奖是您个人的，我们怎么好用这钱啊。"巧云笑得灿烂："谁花都是花，你要是不花，说不定过几天就给别人就花了。"老李见巧云说得这样真诚，就惭愧地道："那先这样吧，我们也说不上什么时间才能把钱还给您。过几天，我俩想带着小娜再去天津看看，一直也没筹集到钱。靠湿地那边祖宅也没时间打理，房子破败得不像样子，您看不如就把房子抵给您。"巧云想了想："房子不用抵给我，修房子的钱还是我出，西院的房子可以卖给我，当作给小娜治病的钱。你俩合计一下，看看多少钱？"老李思考一下："因为孩子的病，实在离不开人，房子早已荒败，只剩个马架子，多收钱也不是那回事，少收吧，小娜看病实在需要钱，要不就五万元，您看行吗？"巧云想一想，好嘛，修这破房子得两三万，西边马架子五万，得，八万元齐活了，谁也甭惦记了。老李不好意思地搓手："楚算盘也相中了这个房身，说要给二丫做新房，可他只出两万元，我觉得实在太少了，就没卖给他。"巧云小手一挥："签合同吧，一手钱一手房。"这回不用纠结了，孝顺父亲的钱和其他各种用途的钱都没了，八万元换回一个马架子，留着给父亲自己收拾吧。

剩下那几家虽有这样那样的问题，工作还是有办法做的。毕竟是村里主动送福利，做的是增量，所谓不要白不要，这福利还是巧云亲妈给的，看的是人家巧云的面子，小小地为难一下还可以，要是真这样那样的，就有点矫情了。

只剩下田百旺一家了，他家的问题就有点不好解决。田家房子建成古朴的四合院模式，不同于北方民房格局，如果用上田园式房顶，反倒显得有些不伦不类。田宅又位于街路正中，看着醒目且不合群。田百旺又是个内里极其桀骜的，一口咬定不参与村里统一行动，弄得几个村委会成员都摇头，最后只好请巧云出来，等她一锤定音。

巧云一进门，田百旺早早地煮好茶等着她了。巧云笑道："田总，一看这架势就是以茶会友的套路，但愿我的到来，没让您失望。"田百旺赶紧起身："哪里，哪里，黄书记，劳您跑一趟，是我不好意思才对。"嘴上这么说，语气里一点不好意思的意思都没有。巧云笑了："田总，实不相瞒，做统一屋顶和大门规划前，我就充分考虑你家了，你家情况比较特殊，不能做全屋顶，可以做些轻微改动，在纹路和模式上做一些连贯的设计，你家院门比别家的大，两项都需要专门做设计，整体预算上可能要多出一些。"田百旺不疾不徐："黄书记，不好意思啊，要不我家就不做了，省得您费心不是？"巧云淡笑："田总，如你搬去别村，自是不用做，可统一房顶和大门是政治任务，不是我黄巧云要求的，村里还要为你一门一户做专门设计，你本人是咱村多项工程施工者，这拒绝的话不好说出口吧。"田百旺立马接口："黄书记说得对,不拒绝,不拒绝。说实话,我是一直支持村里所有的工作,这个活儿,我的团队也可以干。"巧云认真地说:"田总,这个活山水集团有要求,要用指定专业团队来做,咱村还有很多基础设施的工程,你的团队都可以做。"田百旺诧异说:"向阳不做吗?"巧云轻呷一口茶,赞叹一句:"田总的茶,果然是好茶,这才喝出一点味儿来!"田百旺紧盯着巧云,也举杯喝了一口,附和道:"这茶味道果然浓郁。"说完,并不催促,静等巧云的下文。巧云再喝一口,放下杯子,才慢条斯理地说:"向阳做地下管道铺设和污水处理工程比较擅长,做完这个清淤疏浚的活之后,就要转战别的村。我一直说,咱村地上的工程以你的团队为主,有特殊要求的除外,比如山水集团的大门房顶工程。"田百旺愣了愣:"这么说,村里其他工程还有我的份?"巧云微笑饮茶,轻轻地点头。田百旺挑起大拇指:"黄书记,是我小人之心了,您大人大量。"巧云也不客气:"您以后少些小人之心,我这小女子就继续大人大量啦!"田百旺哈哈大笑,笑出过去的事情一风吹、团结一致向前看的味道。

　　巧云一出门,金贵就点赞道:"黄书记出马,果然手到擒来。"巧云摇了摇头:"这都是毛毛雨,真正难啃的是湖葬的事。现今湖水基本放干了,清淤疏浚万事俱备,村民工作没做通,真是有点逼上梁山的味道啦。"金贵为难地说:"前期做了一些铺垫,村民不同意移葬,如果清淤疏浚打扰到已故湖葬的先民,那是要拼命的。"巧云想到站在铲车前的黄老歪,那一副舍生忘死的模样,头又生生地疼了。父亲那里自己能用命拉回来,这些村民与自己非亲非故,她就是死八回也不干人家毛线事。这是个死结,不但得解决还得在短期内解决,问题是如何解决。巧云愁得连牙也跟着疼起来了,连着脑神经,疼得一揪一揪地蹦,一口引以为傲的糯米牙,生生疼成了大板牙了。

全村的人都在看她,看她用什么方法解决这个问题。此时此刻,谁都能往后退,独独她不能退。村民习惯这个事解决不了,去找书记啊;那个事解决不了,去找书记啊。人人都能找到她,她只能挺身而上,如果她后退半步,整个坚守的阵地就丢失了。299口人,299双眼睛,直直地盯着她,她不但不能退,还要向前再向前。如果她拿不出好办法来,村民就会伤心失望。任职前,父亲和她说,每一颗心,都是比湖还大的一片海啊!

严镇长说:"办法总比困难多。"他当然有资格这样说,因为他的实践远比有些人的想象还要丰富。去年,市里大力推广省盐碱地研究所新推出的稻种盐丰3号,新稻种抗盐耐碱,不仅高产,且口感甚好,在一些地方试种,取得良好效果。市直相关部门与研究所联手在全市推广新稻种。严镇长曾建议,把新稻种与老稻种并用,先试用一年,等效果好了,再逐渐替代老稻种。卢书记不同意他的保守做法,批评他"墨守成规,不敢大胆尝试新事物"。无奈之下,严镇长只好在全镇推广新稻种。不知道是气候变化的原因,还是水土不服,新稻种居然长势不好,产量照往年比下降近三成。农民全指着稻田收入,一见这样的结果,心态都崩盘了。很快,受了损失的农民在有心人的诱导下,群起上访,在诉求不能得到满足的情况下,互相"串连",大着胆子围了镇政府。镇里联系县里,县里联系市里,市直有关部门脖子一缩,把问题抛回给县里。无奈之下,县里和镇里一商量,干脆推出一颗人头去平民愤吧。这颗人头就是当了十多年镇长——上不去,也下不来的严二白。等免职的文件下发镇里时,严镇长早已率领团队北上，拿着新稻种的检测报告，把减收的大米卖出了翻番价。农民不但本年度没受损失，还看到第二年的希望。能种出翻番价的种子，不让种也得种啊。农民不但撤了围，还连夜做了几面锦旗，把镇会议室都挂满了。

严镇长再次绝处逢生，把卢书记都看傻了，这个严二白，还真有你的！严镇长并不纠缠谁是谁非，拿着免职文件，一声不响地闷回家。自此，闭门谢客，谁都不见。

严镇长解决了镇里的烂摊子，他自己又成了一个烂摊子，他用一招釜底抽薪，把县委组织部的脸打得啪啪的。县委组织部的蔡部长硬着头皮给他打电话。他早已关机，不接也不回。他把园子里的土全部翻一遍，施上农家肥，把种子一颗一颗按进土里。平时，他一有时间，就愿意折腾这个菜园子，有什么精细菜品，都自己先试种一下，自己动手记下其中关窍，然后才放手在镇里推广。他这个农学院的高才生，对土地有着天然的感情。他刚把从农科院引进的丝瓜种子，按进泥土里，院外来了一名不速之客。他不急不慌，把种子往土里推一推，不深不浅，直到正正好的尺度，才满意地笑了。县委书记秦志和一见面就调侃道："你小子这行市见涨，还得我老人家亲自来请。"严二白拍了拍手，把手里的泥土拍掉，才起身让座："秦书记，您还亲自来了。"秦志和瞪眼："我不来咋办，你小子这是给我摆烂啊。"秦书记还真给说着了，他是真的不想干了。像这样被推出去堵枪眼不是一回了，县委组织部下的文，他秦志和能不知道？他实在是不想这样下去了，只想守着这个院子过完后半生。

秦书记不跟他废话，只扔下一句："明早，回镇里上班，要是晚一分钟，我要你好看。"说完，转身就走了。

严二白与秦志和是大学同学，又是多年同事，因为职级不同，两人境遇早已不同。严二白不止一次跟秦志和表示不想在镇里干了。秦志和只告诉他一句话："没到时候，等到时候了，自然会调你回县里。"到时候，到什么时候，这个时间表历来掐在秦志和的手中。他要严二白回到岗位上，这话就是个钉，自然是不能更改的。严二白无奈，只好收拾东西，回到镇长岗位上。这次事件，严二白虽然没有升官，却让他声名鹊起，受到全镇农民的爱戴。他一受爱戴，就掩盖了一些人的风头。这样一来，他在镇里就比较尴尬了。好多事，明明简单，却莫名其妙地被磋磨；好些人，不知不觉间，面临是站三楼还是站四楼的两难选择。聪明的人纷纷脚踩三四楼，两头讨巧。而巧云初来乍到，不了解内里的弯弯绕，稀里糊涂地站在了四楼。不是她主动选择的，相比较而言，四楼更能解决她的问题，所以她不自觉地跑四楼，让人认定她是站位四楼的村书记。卢书记不止一次苦口婆心地点她，她却充耳不闻，继续往四楼跑，跑得还挺勤快的。巧云遇到问题，不是她不想找卢书记，实在是跟卢书记汇报，除了被说教，没有一点实质性帮助与支持。她不管什么三楼四楼之争，能解决她的问题才是硬道理。

这一回，她又陷入一个死局，实在没有办法了，只好来找严镇长。严镇长安慰说："这世上没有所谓的死局，只是没想到办法。不是没办法，只是你没想到而已。"

严镇长的语言开解没见效，她继续鼓着腮帮子，跟青蛙一个样式。严镇长轻轻地笑了，这小丫头干活有股子冲劲，解决问题能力强，能难住她的问题，说明难度系数不低。这次全市范围开展的农村环境综合整治活动，市里动员会一开，坎村立马行动起来，小丫头三项整治工程并举，短短两个月，让全村大变样。其他十四个村有的还没有行动，有的刚开始打扫卫生，有的根本不知道从哪个方向开始整治，而小丫头领衔的坎村已经做出样子了。他抓全镇农村综合整治工作，也想抓坎村做个样板，让其他各村看看整治效果，毕竟喊破嗓子不如干出样子。特别是冰陷湖的整治工程，功在当代，利在千秋，仅仅完成一半整治工程，坎村漫灌式泄洪的生涯就一去不复返了。

他三言两语打发走了屋里的人，招手喊巧云过来："说说吧，这次遇到什么难题了？"巧云苦了脸："这个问题有点大，坎村不是有湖葬的历史嘛，冰陷湖疏浚扩容，势必惊扰先民骸骨，村民们不同意。当初做规划的时候，对于湖葬这方面考虑得不是很周到，现今万事俱备，村民的工作做不通了。"

严镇长并没有急于批评她，循循善诱道："你之前的思路是啥样的？"

巧云赶紧解说："之前有这样一个思路，坎村湖葬历来有固定方位，把这些骸骨迁移至公墓，无主的骸骨集中安置，避免先人与垃圾长眠在一起。没想到事到临头，一番摸底之下，村民们纷纷表示不同意。工程方面已经万事俱备了，东风却遥遥无期。您说让我上哪儿去借这东风去？实在没法子了，只好厚着脸皮求上门，求您点拨一二。"

严镇长陷入深深的思考中，也托着下巴，也做牙疼状："不见得都用借东风吧，多借几个风火轮也照样能大破天门阵。"

巧云点头："对的，我就是缺个由头，要解决这个难题得有由头，把这个由头做大，顺便解决了这个难题。这就是您说的不能囿于这个难题，跳出这个难题来解决这个难题的道理。"

严镇长笑着说:"巧云哪,做什么事不能一味向前冲,也得有曲折和迂回。"巧云直直地看着严镇长,显然没完全明白严镇长的话中意。严镇长见她没明白,就笑着说:"不如咱也学一回古人,把想到的办法写在纸上,然后一起展示出来,看咱俩能不能想在一起。"巧云立马响应:"好啊,这也算是佳话一桩啊。"两个人各拿一张白纸,背对背,迅速在纸上写字。然后,巧云大喊一二三,两人一起亮出手中白纸。两张白纸上都写着两个字——"文化",一个铁画银钩,一个娟秀清丽。两人相视大笑,一个豪放,一个清脆。

巧云的笑没等完全展开就草草收了:"严镇长,用文化这个由头好是好,可做不大、做不好、做不精,也没有用啊。"

严镇长点头道:"你顺着文化这个思路,展开来想一想,先做个活动方案看看。"

巧云迟疑道:"搞个冰陷湖文化节,把村里的民俗、非遗等项目拿出来展示展示?"

严镇长摇头,点拨道:"那样和解决你眼下难题有什么关系?我怎么听说芦湖叫冰陷湖,也称龙门渡呢,把湖葬和鲤鱼跃龙门的传奇故事结合起来,再设计载体让村民参与进来。"

巧云眼睛一亮:"筹办个龙门渡文化节,设计一个鲤鱼跃龙门的传说。有一尾普通的鲤鱼,怀揣着成龙的梦想,自五湖四海而来,等待风云际会的一跃。"

严镇长赞同地点头:"这个思路可以延展开来,你们做一个方案,把民俗和文艺演出结合起来,我拿着方案去县委县政府汇报,然后再去市文化旅游局问问,尽可能地给你们提供支持。"

碱河裹挟着上游的泥沙和浮游生物冲破桎梏,迤逦而行,行至入海口处，势头转弱，河面宽展，把碱河的留恋、犹疑、阻滞充分演绎，河与海各种辗转、纠结及牵连。社会发展的洪流越过高山与平原，进入湿地，遇到稻苇红滩禾草阻滞，流速减缓，牵绊负累，砥砺前行。巧云三项整治举措实施以来，没有泄洪倾泻而下的速度与力度，而是缠绕纠结阻滞牵绊。到今天，作为本次活动策划者，巧云还将开启一段自下而上寻求支持的苦旅。俗话说，吞山难，求人更难。自环境综合整治以来，她碰的壁已经够多了，如今还要从头再来。"贼老天，你这是要玩死我呀！"她抬头望天边的云，把泪逼回眼眶，滚烫的泪烫得心都热辣辣的。

高宝财主动打来电话："巧云，我听说咱村要策划龙门渡文化节，你咋不找我呢？我熟悉文化旅游局的付局长，这事儿你跟严二白说有啥用啊？"

巧云热情回应："高哥，我知道你资源丰厚，可严镇是我的领导，这事还得按照程序，一层一层地来。"

高宝财语气有些不悦："咱村的事我没少帮忙吧，我拼着自己的资源给村里争取专项资金，还不捞个好啦。"

巧云迅疾接口道："高哥，我代表全村非常感谢你的付出。这个事我已经汇报到镇里，也只能按照严镇的要求来。"

高宝财有些出其不意的点子，有的确实见效很快，能迅速联络感情。巧云还是想走正常渠道，中央八项规定不是摆设，她不想领着全村人走到投机钻营的路上去。

高宝财也是无语了，上赶着帮忙，还被嫌弃了。他非常沮丧，看来自己离坎村是越来越远了。刚参加工作时，他相信组织，只管埋头苦干，不曾抬头看路。等一拨一拨的干部提拔起来，都没轮上他，才惊觉自己已经游离于领导视线之外了。他幡然悔悟，使出浑身解数，及时挽回人脉，和领导、同事、有用的人建立广泛的联系。等到人脉资源都握在手里，业务又好久没有提升了，年龄和业务水准都尴尬成二流了。当初和自己一样傻干那批人，因业务精深而纷纷提拔了。他有种四面够不着的惶惑感，渐渐生出"老大徒伤悲"的憾恨。这次市委选派驻村第一书记，他想出任村第一书记，一来摆脱单位尴尬，二来利用手里的资源和人脉做点实事。可就是天不遂人愿，你想要的东西偏偏得不到，坎村第一书记也不是啥好活，但还是被人截了和。在科里摸爬滚打十几年，提拔无望，想换一换工作环境，做点实事，又没做成。坎村进行环境综合整治，他想做一些事证明他的实力，偏偏没有实质性进展。而黄巧云却真刀实枪地干起来，还得了市里重奖，这黄巧云咋就这么好命，什么好事都赶上了。

被羡慕好命的巧云正苦哈哈地起草实施方案，她决定给全村人画一张大饼，一张够全村人吃的大饼。没等她画完饼，楚算盘和胡兆花来了，这夫妻俩很少一起出门，从来都是一个一个地单独行动，这次居然一起来了。巧云诧异地问："什么情况，怎么两人一起来了？"平时含蓄的楚算盘直接问："黄书记，你买了老李家的房子是几个意思？"巧云诧异了："没几个意思啊，老李家夫妻想修房子，也想出去给孩子看病，可手里没钱啊，我这不是刚刚得奖了嘛，就都给了他家，他不好意思直接要，把房子抵给我了。"胡兆花可不像楚算盘这样单刀直入，她含蓄地拉了拉楚算盘，好言好语地解释："巧云书记，这不是二丫处男朋友了嘛，我和老楚想给她买房子，相中老李家的房子。"巧云恍然大悟地点头："哦，原来是这样啊！"她思考一下，继续道，"二丫和向东的房子我是有考量的，想在湖扩容疏浚后，建一批文化创意工作室，向东的碱地柿子基地也得有个销售中心，我想把二丫的直播间设在那里，这样一来，小两口既有工作间也可以做新房。"楚家夫妻的眼睛一下亮了，胡兆花殷切地说："巧云书记，您想得真周到！"楚算盘见事情是这样的，立马恢复了含蓄，犹犹豫豫地问："巧云书记，这工作室的价钱方面是咋样的，村里有没有啥说法啊？"巧云一笑："价钱方面嘛，咱村'两委'班子集体商量，可以租也可以买，到时候，你这个大管家还能不知道？"这下楚算盘可美了，连走路都有些飘了，他是村里的大管家，原来在村里还是有位有份的，怎么他到现在才体会到。出了村委会，仍然没有从飘中缓醒过来，迎面遇上高占福，他不再像以前那样伏低做小了，而是老朋友式地打招呼，因为心情格外好，就平起平坐地聊起来。从环境综合整治到农村产业发展，从党中央1号文件到乡村振兴，一直滔滔不绝地谈。谈得胡兆花都目瞪口呆，原来自家男人这么有才，这些年真是白瞎了。高占福配合着他的思路，一路聊下去，颇有些"指点江山，激扬文字，粪土当年万户侯"的态势。楚算盘谈兴大发，高占福并没有表示不满，还是一直和他聊着，楚算盘发现，他高占福的点子不比他高啥，他这个坎村第一高人，也不过如此。他不知道自己当初那么怕他，怕的究竟是什么。

　　高占福买回自家住宅，多花了十几万，这要搁在别人身上，早上大火了，可高占福一笑置之。他是个有格局的人，有格局的人从不在小事上计较，是要把握大方向的。房子问题解决后，他就找巧云商量，要在村里组织一支老党员服务队。这支服务队参与村屯环境整治的全过程，每件事都热心参与，不计报酬，活跃在工地、田野、村屯，还对养殖区、种植区规划提出独到意见。

叶瞎子挑起大拇指："不愧是高占福，不论何时何地，总能迅速找到切入点。"黄老歪难得表示赞同："嗯，不得不说，高占福真有他高的地方。"

高占福找到巧云，自荐道："我们老党员服务队坚决支持冰陷湖整治，你不用有所顾虑，只管放手去做，我们会帮着村里，挨家挨户做宣传。"巧云感谢道："老书记，谢谢您！"高占福惭愧道："冰陷湖整治早该做了，你做了我们没做到的事，应该是我谢谢你才对！"

高占福的鼓励让巧云内心充满感动。自从回村，她几乎是没日没夜地操劳，这一路上，遇到太多的指责、挑剔、制约和掣肘，一颗通透玲珑的心被现实磨砺蹂躏得鲜血淋漓。是的，她自认自己做的事上合政策，下顺民心，是顺应大势而为，她亲手推动的三项整治工程本该深入人心，所向披靡，成为潮流。可施行之下，居然磕磕绊绊，村民各种不满，自己劳心劳力不说，问题也层出不穷，真真是按倒葫芦起来瓢。然而，终究是她亲手搅动了这池湖水，干的、看的、一边站的、骂的、反对的、支持的等等，都将被裹挟着前行，虽不知前路如何，总得一路向前行，像高占福这样的老党员都在挨家挨户做工作，她还有什么不能放手而为呢？

二十

付轻舟最近焦头烂额，这个护工又没干满一个月就走了。家里外头全靠他一个人，实在是心力交瘁了。

爱人早年遭遇车祸，高位截瘫，常年卧病在床，脾气阴晴不定，偏偏要求还高，谁干都干不到她的心坎上。这腰腿按摩，怎么按都按不到位。他亲自上手，爱人也不满意。爱人越数落，他的火气越高，很快就顶到脑门子了。"单位不顺心，家里一片乱，这日子简直没法过了。"

忽然叮咚一声，门铃响起来。这个声音成为付轻舟脾气爆发的导火索，他怒气冲冲地拉开门，见门外立着两个女子，他没好气地问："你们找谁？"巧云一见付轻舟凑到一起的眉眼，就知道自己这霉头触的，正在点子上。后退已无可能，她只好硬着头皮搭话："付局长，我是坎村的黄巧云，来给您推荐个护工。这位是我表姐夏盼，学过中医按摩，想推荐给您家试试。"付轻舟的眉继续皱着，没好气地指责："黄巧云，你咋找到这儿来了？"巧云笑容灿烂："付局长，所谓伸手不打笑脸人，您家需要护工，我表姐需要工作，我赶来做个好事，怎么就这么不受欢迎？再说了，我俩都是小女子，您这样疾言厉色，真的好吗？"付轻舟想了想，也是了，人家上赶着做好事，自己是有点不地道。想到此，他的眉头慢慢舒展开，果断地领人进门，简要介绍一下家里的情况，然后，交代夏盼给爱人按摩试试。夏盼二话不说就上了手。一番按压、揉搓、捶打之后，付夫人虽没说多满意，却点了点头，算是同意把夏盼留下来。付轻舟的脸色一下子和缓下来，他歉意地请巧云坐下来："黄书记，请坐，详细地说说你们的方案吧。"

事情果然有了转机，怪不得严镇长曾说："你们要想成事，须打通付局长的爱人这个最直接的突破口，只要打开这个突破口，付局长就会设身处地为你们筹谋。"

付局长的女儿在外地工作，爱人又常年卧病在床，家里全靠护工支撑。爱人因卧病在床，脾气暴躁易怒，请了很多护工都磨合不好，把个付局长愁得头发都白了。这年头，啥东西都好找，就是人不好找。特别是有爱心、踏实肯干的护工不好找。

巧云发动亲友撒网找护工，捞了半天，如大海捞针，连个瓦砾都没捞上来。她又走访了几家有名的中介，那里人倒是有，不是价位高就是服务质量低。好不容易找到有两者兼顾的，又性格不稳定，不合适长期做服务工作。正无计可施间，齐文盛主动找过来："黄书记，我这里有个合适的人选，能破解你的难题。"巧云顿觉眼睛一亮，急切地说："别卖关子了，直接说。"齐文盛稳当地坐下来，薄唇吐出两个字："夏盼。"

夏盼倒真是个好人选。性情温和办事稳妥，如能说动夏盼出来工作，既能解决付局长家的难题，又能增加其家庭收入。可夏盼一肩挑着新旧两个坎村，是矛盾的焦点。况且夏盼家庭复杂，赵锁匠一家都不是好相与的。最主要的，夏盼没经过专业培训，不符合付局长家的需求。齐文盛淡定地笑道："培训问题好解决，我可以教她，你别忘了，我可是中医药大学毕业的。至于其他问题，都是鸡毛蒜皮，敢不敢用，就看你的政策定力了。"齐文盛是在用言语激她，希望她起用夏盼。齐文盛能教她自然是好的，只是齐文盛和夏盼的事全村人都知道，她还要确认一下齐文盛的真实想法："你和夏盼的事全村人都知道，你们这样走在一起，会引起不必要的麻烦。"齐文盛没回避这个问题，他直截了当地回复道："我不会破坏夏盼的家庭。"看着他坚定的眼神，听着他真心的表达，巧云明白了一切，她乐观其成地说："我的原则是'宁敲金钟一下，不敲破鼓三千'，我的宗旨是别把自己放在无理的位置上。"齐文盛郑重点头。巧云继续道："跟你这明白人谈话，我就点到为止了。"齐文盛举手敬礼："黄书记，请放心！"

巧云迈进夏盼的家，低矮的房梁差点撞着她的脑袋。她躬着身子，迈进下窨的堂屋。屋里黑黢黢的，摆满工具锁头等杂物，东屋住着赵锁匠老夫妻，西屋夏盼小夫妻，屋内摆设简单，但整洁干净。看到巧云来了，夏盼迎了出来，用眼睛询问："黄书记，你有事吗？"赵锁匠老两口热切地搭话："黄书记，您咋找到这里来了？"巧云微笑一下，和一家人坐下来拉话："市里有个领导家，需要找一个好护工，来照顾生病的爱人。这个领导对坎村多方关照，村里想帮助他解决这个难题。"巧云的话没说完，赵锁匠夫妻显出兴趣缺缺的样子："黄书记，你这个忙我们可帮不上。"巧云暗自一笑，没接老夫妻话茬，继续道："这份工作薪资优厚，基本工资就有五千多，节假日还有双薪待遇。"老两口一听薪资优厚，眼睛都瞪圆了，能有这么多啊！巧云假作没看见："可护工标准高，夏盼本不符合条件，鉴于赵家生活条件，村里决定优先考虑夏盼。为此，村里还得请专业人士对夏盼进行培训。去与不去你们自己决定，我只是过来征求一下你们的意见，后面还有好几家等着呢。"说完起身就要往外走。赵婆子一听就急了，赶紧上前拉住巧云："黄书记，等一等，我们去，当然要去了。"赵锁匠也跟着点头："谢谢黄书记！"巧云把眼光转向夏盼，她怯怯地抬眼，与巧云对视一下，赶紧低下头去。赵婆子怕她不愿意，好工作被人占去，就伸手推了推夏盼："你赶紧同意呀，村书记介绍的人家，人品可靠，收入又可观，确是再好不过的。"夏盼还是有些犹豫，去一个陌生的家庭，从事一份全新的工作，对于她来说，是个不小挑战。这些年，她习惯于窝在这一方天地，不愿意尝试新领域。赵锁匠和赵婆子一听就翻了："你有些啥事啊，赶紧同意得了。"赵铁不知哪根筋搭得不对，咿咿呀呀地表示反对。夏盼耐着性子，用手势和他交流，却怎么也安抚不住赵铁的情绪。她对巧云摇头："黄书记，家里离不开人，我就不去啦。"赵婆子怕到手的钱飞了去，急急地表态："家里的小生意实在用不到这么些人。再说了，早先夏盼也是出去打工的。"赵锁匠见赵铁不停地纠缠，对着他厉喝一声："住嘴！"赵铁看他爹铁青着脸，抱住头，不敢咿呀了。赵锁匠转头对着巧云说："黄书记，你带着夏盼去吧，家里的事，我们能忙得过来。"

夏盼跟着巧云走出低矮的房门，迎面遇上灿烂的阳光。她微微眯了眼，任由阳光洒满全身。岁月无情，总是悄悄夺走人世间的一切美好。夏盼的明媚鲜嫩早被时光侵蚀得干瘪瘦削，肤色像缩水一样粗黑，连个头都似缩了些，只一双眼睛依然如湖一般沉静。

夏盼就那样沉静地看着文盛，眼睛莹莹润润的。她张了张嘴，似想说些什么，却什么也没说出来。或许长期不用语言交流，有些生疏了，她居然对他做个"你好"的手势。文盛的泪一下就来了，猝不及防，打湿了他的衣襟。这些年了，他以为自己早没有泪了，没想到，不但有，且有淹没夏盼的势头。文盛这猝不及防的泪濡湿了夏盼的心，让她的心泛起层层涟漪。他们彼此对望，眼前的夏盼是历尽千帆的中年女人，再不是最初那个轻灵如湖的女子了；眼前的文盛两鬓斑驳，再不是意气风发的少年。

上课走神是初为人师者常犯的错误，资深老师文盛却也犯了这样低级的错误。他赶紧摒弃杂念，回归业务指导上来。两个人开启纯纯的教学模式，一个认真教，一个刻苦学，认穴位，学按压，掌握力度与反复次序，如是循环往复。夏盼很聪明，文盛只要说一遍，她就能准确领会，在实践上也做得有模有样。文盛没想到，夏盼学东西这么快，一双枯瘦的小手不厌其烦地做着相同的动作，像复制机一样精准。文盛劝她歇一会儿，她充耳不闻，继续着手上的动作，像从来没有语言功能一样。那个小麻雀一样，喊他文盛哥哥的女孩，在上花轿那天就走失了，再也寻不回来了。

巧云进来的时候见齐文盛正在发愣，诧异地问："怎么，夏盼姐学得不像样？"齐文盛努努嘴："你瞧，学疯了，一会儿都不肯休息呢。"巧云笑："那好啊，这样是不是可以早结业了？"文盛笑道："看组织需要，依着夏盼这个勤奋程度，我看今晚就可以上岗。"巧云利落地表态："既如此，咱们今晚就出发。"

坎村的外貌轮廓日益分明，街路整齐，屋舍俨然，村民们也由最初的兴奋好奇变得见怪不怪，就像坎村生来就是这样的。人的适应能力实在强，短短几天，就像这样走过几百年。然而，毕竟不是生来就这样，那蜿蜒而出的路像是刻意去接通人们心下的好奇。这黑油油的路面，似坎村延伸的臂膀，不断地去探寻、去拥抱外来的一切。这些年，坎村之所以养在深闺，是因为路一直很烂，烂到打个喷嚏就能趴窝的程度。现在，居然从村里探出一条路来，蜿蜒地伸向后街，这不是打瞌睡有人送枕头吗？于是，人们沿着路寻过来，溜达着去看湿地、看农家、品农家菜，然而，光看光品怎么能满足，总顺手要买回一些东西，也不拘什么，玉米、萝卜、野菜、泡菜、农家酱等都在待选之列。村民们一看有商机送上门，这可不能错过，纷纷在路边摆上自家的农产品，等着客人选购。这些年，坎村人虽活得自在肆意，甚至有些摆烂，那是上天没给他们机会，一旦得了机会，他们可是勤勉得很，做起买卖来，从来都是驾轻就熟，仿佛他们一直都是这样子。

大多数来坎村的人是奔着碱地柿子来的。坎村是退海之地，土质碱咸，碱地柿子味道最正宗。坎村虽早早建有种植基地，因为交通不便，碱地柿子只好在网上销售，可配送成本相对比较高，价格也就相应不低。这样一来，坎村的碱地柿子"酒香也怕巷子深"。如今，来到坎村，怎么能不亲眼看看坎村碱地柿子的种植基地，再亲手采摘采摘，尝一尝鲜呢。于是，向东的碱地柿子基地成为游客重点光顾对象，二丫称之为网红打卡地。她把网销的包装和篮子都给向东拿过来，等客人采摘完，一并打包带走，带不走的，直接发快递邮走。网销加上采摘，让向东碱地柿子销路暴涨，一对年轻人乐呵呵地来找巧云，要求扩大种植面积。巧云代表村委会坚决支持，直接扩建了两栋大棚。两个年轻人干劲十足，他俩铆足劲儿，来年一定赚他个盆满钵溢。

这天，一个衣着普通的游客溜达着来了。会做买卖的坎村人热情地迎上来："客人，想看看啥，想选购点啥？"村民的重点不是看啥，而是问客人选购点啥。

客人摇头道："就是随便看看。"这世间，啥都好弄，就是"随便"二字不好弄。既然不好弄，大家又都忙，就忙着自己手头的事了。

客人却是不依不饶，拉着村民问这问那的，环境整治好不好啊，村民收入增加了几成，等等。古人都知道，农村闲人少，这种聊天客人比较不受待见，好在村民多纯朴，对这个闲聊客人勉强维持着起码的礼貌。客人走走停停，一路观光，忽然看见这洼没有水的湖,像一尾巨大的鲤鱼搁浅在湿地上,鱼头这边铲车隆隆,鱼尾那里冷冷清清。客人就奇怪了:"这边咋不施工,在等什么呢?"村民瞥了他一眼,没好气地说:"不知道。"村民这脸像坎村六月天气,说变就变,刚刚还笑脸盈盈,这回像话里有话似的。客人更奇怪了,刨根问底:"到底怎么回事?"村民转头不搭理他了。这里面就像是有些弯弯绕绕了。这客人也是个倔的,搞不清楚这些弯弯绕绕,心里不舒服,非得搞清楚不可。接下来,他不废话了,索性直接问:"村委会在哪里?"村民瞟了他一眼,随手往南一指。客人顺着村民的指引,一路往南,走了大约半里路,见一排小板房映入眼帘,在簇新的村屯中,这排小板房显得陈旧且矮小。门前一棵大柳树,枝繁叶茂,遮天蔽日,把这排小板房牢牢地呵护在羽翼之下。

巧云正微微侧着脸打电话,阳光在她的脸颊上涂一层光晕,她娇笑着跟一丁说:"你赶紧回来,我这里需要你。"接着含蓄一笑,温柔地轻哄道,"是的,我遇到问题了,你快点回来吧。"

客人轻轻叩门,巧云微微仰起脸,阳光跟着她移到笑颜上。她放下电话,抬头看了看面前的人。来人身着普通夹克衫,戴着金边眼镜,看起来有些眼熟,又实在是不敢确认,她只好含糊地打招呼:"您好!我是黄巧云,请问您有什么事吗?"

客人上下打量着黄巧云,"你就是黄巧云?我问你,一边施工,一边闲着,这是个什么情况?"

巧云听这语气,一副兴师问罪的模样,心下诧异极了,这位是谁呢?完全想不起来,客人又不给提示,她只好试探地问:"您是?"

客人有些不耐烦地挥手:"别管我是谁,只管说这是为什么。"这语气，越来越像个领导了，实在不知道是哪一位，万一是个骗子呢，可就成了笑话。她不确定地问："我虽不知道您是谁，在回话前，还是得问问清楚。这段时间我正满世界求领导呢，我想看看您是哪个级别的领导，看能不能解决我的困难。"

客人笑了，严肃的脸有些生动："你这个村书记还挺会看人下菜碟。你说说看，得多高级别，才有资格解决你的困难。"

巧云见他满身上位者的气质，渐渐与心目中的那个领导重合在一起。那位领导来的时间不长，她没有机会近距离接触，可在电视上经常看，电视总归是平面，把立体的人摊开在电视屏幕上，咋看都失真。想到此，她在心里果断做出判断，试探地问："我听说，孙市长有暗访的习惯，不知道今天我有没有运气跟孙市长当面汇报呢？"

客人笑了，脸上线条柔和很多："嘀，眼光不错嘛，你猜对了，我就是孙成伟，如果你认为我的级别够了，那就开始你的汇报吧。"

果然是孙成伟副市长，真是应了那句俗话，踏破铁鞋无觅处，得来全不费功夫啊。巧云瞬间来了神，她正满世界求领导呢，既然孙成伟自己送上门，就别怪我说困难啦。有准备的汇报可以事先理一理思路的，这在路上碰到的，要怎么汇报，要怎么组织语言？巧云脑袋飞速地运转，最终决定说话实说："孙市长，一半一半施工不是东边日出西边雨，实在是因为坎村有历史的原因。坎村自古以来就有湖葬的历史，西边邻近湿地的大片地方是村民湖葬区，那里长眠着村民的祖先，也有甲午末战抗日军民的骸骨。早先筹备方案是动员村民迁葬，无主坟统一安置。现在，村民不同意迁葬，清淤疏浚遇到阻碍。我找到镇里、县里，都没有一个妥善的解决方案，实在无法了，我们打算用一个文化工程项目牵动，推动迁葬工作，现在正像没头的苍蝇似的，瞎撞呢。"

孙成伟皱着眉头，认真地听着："你具体的实施方案拿出来了吗？"

巧云硬着头皮道："我们做了一个初步方案，具体想法是以文化为先导，全面引导村民，然后一家一家做工作。"

孙成伟皱眉："如果村民还不同意呢？"

这尊佛还真不给面子，巧云咬牙道："那就继续做，直到做通为止。"

孙成伟点赞道："果然是初生之犊！"他停顿一下，建议道，"小黄，你不妨换个思路，划定一个湖葬区，上面建个龙门渡公园，再种些花草，与湿地湖泊相连，那样既快速推动工作，又美化环境，还利于招商引资，这样三全其美的好事，咱何乐而不为。"

巧云苦了脸："这当然是最便捷的方案，可是资金无处筹措啊。"

孙成伟看她皱成一处的包子脸，笑得开怀："这不是还有我吗？"

巧云茅塞顿开："哎呀，我一直在借东风，借东风，原来孙市长您才是东风啊！"

孙成伟笑得豪放："哈哈哈，你个小丫头，还真拿自己是诸葛亮了！那就这样吧，有什么困难给我打电话。"

巧云调皮地举手敬礼："遵命，孙市长！"

孙成伟从村委会出来，就被村民围上了，他们看了一辈子又一辈子的八卦，从没见过这么高级别的领导暗访。叶瞎子曾说，早先，乾隆皇帝曾来过坎村，还吃过村里的渔家菜。可那只是传说，连地方志都没有记载。这回在家门口见到锦城副市长，村民自然围着不肯散去。孙成伟一见村民，心情大好，索性和大家聊起了天，他和蔼地问："大家说说，咱村这个综合治理工程好不好？"有个嘴快的妇女答道："好是好，就是太麻烦了，今天修这里，明天修那里的，把我家庭院都弄乱了。"孙成伟没想到会是这样的答案，反问道："那年年泄洪，年年搬家不麻烦吗？"这个问题没落地，就有好几个妇女抢答："那不同啊，搬家是麻烦，那不是还有补助嘛。"孙成伟简直哭笑不得，也失去谈天的乐趣。这就是我们可爱的农民，遇事不问全村预期收益，只问自己这一趟有没有收益。

孙成伟来过之后，巧云开始拿着方案一层一层地求领导，碰得头破血流。市直部门领导没接到文件，自然不予支持。无奈之下，打电话给孙市长求助，对方接了电话才想起来坎村的事，他说会和相关部门沟通。有人说，一方水土养一方人。坎村这方水土土质碱咸，植物的根子都扎不深，都在土质表层盘根错节着。不管土质表层的植物如何妖娆，根子要是扎不下，总是难以长久的。只要扎下根子，无论再浩荡的风，只会留下痕迹，怎么也不会连根拔起。连片的芦荡红滩留下连绵不断的风痕迹，远远望去，芦荡红滩之上，风的形状尽显。有风就有传播，有繁衍，可狂风肆虐，村民生产生活还是很受影响。村民们学着芦荡红滩的样子，抱团取暖，守望相助，谱写好多好多爱之歌。像对于巧云母女得救这样的事，他们都习以为常了，顺手帮助是骨子里的血脉传承，像黄老歪给予巧云最无私的爱，在他们看来也稀松平常。

改革开放大潮的涌入让习惯群体作战的村民有了个体化大展其才的环境和机遇。他们中率先冲出几匹黑马，然后越来越多的人摆脱贫困，奔入富裕行列。因为常年筹谋发展，精打细算，村民各自的小算盘都打得分外响。他们看人看事的眼神不再纯粹，不时掺杂各自的谋算和利益，最初精心呵护的一些传统和底线不断被突破，人心变得隐晦如海，由眼神搅动起的旋涡逐渐扩大，渐成一股暗潮。

付轻舟一早来到办公室，没等他召集班子开会研究坎村的方案，忽然接到上级指令，他接完电话都蒙了，上级要他全力帮助坎村办好龙门渡旅游文化节。接完电话，他还在暗暗地想："黄巧云这个小女子的能量真不小，不只做自己的工作，还做通了他上级领导的工作。"

他干脆带着队伍去坎村现场办公，在那里，遇到了相关部门的同行，走马灯一样，都是来现场办公的。挺热闹的，哪个部门都有，大家坐在一条板凳上研究坎村的事，没个主事的，也没个统筹的，研究得这通乱啊！每个市直部门都想体现自身价值，都想标新立异，谁也不服谁，怎么也不能统一起来。县里、镇里、村里哪能协调动这些部门，把个巧云急得团团转。哪个部门都对村里提要求，这要配合，那要配合，一旦没配合好，上来就是一通训；就是配合好了，也是一通挑剔。整个过程，没人问问村里都需要什么。巧云都被训蒙圈了，受气包一样，谁逮着谁训。

好在文艺演出这块只归文旅局管，别人插不上手，付轻舟和巧云得以坐下来细致研究。巧云建议采用情景表演模式，先进行湖葬仪式模拟展示，表现一条有成龙梦想的鱼，多少次死里逃生，多少次风风雨雨，历尽千山万水，来到龙门渡，等待那风云际会的一跃。然后，雷电交加，大雨滂沱，鲤鱼一次次被雷电击倒，再次迎难而上，最后飞升失败，沉入龙门渡。它没有消沉，继续修行，等待新的风云际会。

付轻舟一听这创意，连头都跟着疼了："黄书记，这样一场演出，全部节目编排乃至音乐舞蹈场景等都得新创作，花费自然不小，年初又没有专项，文旅局自己如何支撑这样一场演出？"

巧云满面含笑："付局长，咱要做，就做到最好。"

付局长想了想，还是为难道："黄书记，局里没有专项经费，所有项目都是年初定好的，不是我不想这么做，实在是做不到啊。"

巧云赶紧给他戴高帽："付局长，您策划这些活动是专业的，我就是给您提供个思路，剩下的还得您一锤定音，您说怎么样，我们都有听您的。"不等付局长反驳，她赶紧转移话题，"哦，对了，我表姐干得咋样？"

付局长真心地点头："夏盼干得真不错，让我省了不少心。"

巧云诚恳地说："付局长，坎村的事给您添了好些麻烦，我们做不了别的，做点小事给您解忧。我表姐是农家女，为学按摩，练得手都起泡了，您就看在我们一片赤诚上，还请多多支持！"

付轻舟想了想，还是郑重地点头。

城乡一体化办公室、农业农村局、林湿局、生态环境局等各自为战，互不沟通，把各自的意愿直接倾泻到村里。村委会的人全体总动员，每一个都恨不得分身有术，一个个跑得马不停蹄，光配合都配合不过来。秦志和看巧云满嘴大泡，就戏谑道："你说你，整日盼望有好机遇，现在好机遇来了，看你有没有本事接得住。"巧云无话可说，苦笑着摇头。城乡一体化办公室通报说，依据专家综合测算出的方位，已经划定湖葬区域，以甲午末战清军将士墓为主体，建湖葬群。其他的事都可商量，湖葬的事巧云一定要论证。专家组不同意，认为村里小题大做，可巧云一定坚持，专家组不情不愿地给她这个面子。没等坐下，农业农村局那里又有问题，巧云只好起身去处理。这边专家组刚刚报出方位，黄老歪一下子就翻了："据传统算法，这里距湖葬龙穴位至少偏移了二十米。"专家组组长贾文轩不屑地说："这测算是专家团队集体做出的，你那个传统算法是没有依据的。告诉你，这个工程是全市重点工程，工期已经定了，你耽误不起。"黄老歪大怒："你们这些假专家，这样胡乱指个位置是要断送龙脉的。"假专家这个词严重伤了专家团队的自尊心，他们拍案而起，一个个对着黄老歪同仇敌忾起来。黄老歪是谁，岂会被他们吓住，他毫不退让，一个人直接对上了整支专家团队。

　　巧云听到消息赶过来，室内正吵得不可开交。她拦住黄老歪小声地劝："爸，你先不要吵，我来和他们交涉。"她安抚地对专家团队道："各位专家，对不起！我父亲言语上有不敬之处，我这里向专家组诚挚致歉！"几个专家组成员从鼻子里"哼"了一声，并没有表示原谅的意思。巧云不管他们原谅不原谅，出言解释道："湖葬一直是我家祖上主持的，这点上我父亲还是有发言权的。"她瞄了瞄这些专家，见他们气色不好，赶紧把话往回拉，"咱们在座的每一位专家都见解独到，是公认的专家团队。古人说，兼听则明，咱不妨听一听村里的意见。"贾文轩一听就不乐意了，他一分面子也不想给巧云，他不但不收敛，反而更大声了："讽刺谁是假专家呢，这是专家组给出的综合意见，你黄书记要是能自己做主，还请我们做什么。说句不客气的，你就是想请，我们也得来才算哪。"巧云碰了个大钉子，并不好意思发火，她明白，自己就是发火也无济于事。她伸手拦住要撤走的专家们，对着领头的贾文轩道："贾主任，所谓有理不在声高，又说道理越辩越明，咱听一听村里的意见，再论证论证如何？"贾主任翻了翻白眼，和别的专家碰了碰头，不耐烦地点头："好吧，我们就给你黄书记这个面子吧。"见专家组这伙老顽固总算同意继续商谈，巧云劝黄老歪先回家："爸，这伙人油盐不进，不行咱先退后一步，明天再和专家组谈。"黄老歪笃定地说："他们就是假专家，什么都不懂，真正的龙脉根本不在那里。"巧云安抚说："爸，您别急，我再和他们交涉交涉。"

第二天，黄老歪早早来到村里，在会议室等着专家组开会。左等没来，右等也没来，直等到铲车的轰鸣声响起来。几十台铲车一起施工，湖与岸转眼间变了样。黄老歪狂奔着，就要扑上去。巧云拼死抱住他："爸，你不要做傻事！"黄老歪大喊："你们这样做会毁了龙脉的，你们这群蠢货！"贾文轩和他的专家团队鄙夷地看着他，一脸的得意。这伙专家骗了他和巧云，暗地里组织施工，这伙断送龙脉的假专家！黄老歪冷冷地望着施工的铲车，脸色铁青。

巧云小心地劝："爸，是他们不讲信誉。"

黄老歪长叹一声："别说了，坚守了六代，结果什么也没守住。这帮该死的假专家，真是害人不浅！我没脸见祖先了！"

这一刻，巧云觉得无限苍凉！她抹了一把脸，居然有泪滚滚而落。

冰陷湖终于是见了底，捂着盖着这么些年，终于揭开了它神秘的面纱。在戴着面纱的时候，人人都觉得它很神秘，又是芦湖，又是冰陷湖，又是龙门渡的，传奇的故事都传到天边去了。如今揭开面纱一瞧，哪有什么伤人的獠牙，找替身的水鬼，更没有什么金银财宝和水晶宫，除了一些农具杂品，人和动植物骸骨，就是锅碗瓢盆，然后是一车又一车的湖泥，这让期盼捡漏儿的村民这个失望啊！失望过后，他们还得动手帮着清理这些垃圾。巧云号召大家，人人动手，出一份力！要是不响应，这捡漏儿的心思就太明显了，爱面子的坎村人丢不起这个人！都说人多力量大，很快湖就对全村人敞开胸膛。村民们一锹泥一筐土的，累得跟狗似的，还啥也捞不着。他们就像看傻子一样看黄老歪："就这些个破烂，还守护了六代，这黄家先人怕不会是一个个都是傻子吧！"

铲车下去，铲出一铲又一铲的垃圾与杂物。毕竟沉积多年的垃圾，果然味道酸爽，不同凡物。本来等垃圾一挖出来，巧云一早联系了垃圾处理厂，他们派车来拉。没想到，等垃圾一挖出来，人家就是不乐意接收这额外的垃圾啦。巧云赶紧打电话求这个找那个的，比三孙子还低，好不容易求人把垃圾拉走了。村民们又不乐意了，指责说，垃圾车落下的垃圾，污染了环境，说要到垃圾处理厂去告状。好不容易才求人拉走的，再去告状可就把人都装进去了。无奈之下，巧云只好自掏腰包，雇人把路上的垃圾清理掉。垃圾是清掉了，可清垃圾时，碰倒齐家门前马兰花，齐家老太并不急着把花扶起来，而是剁着菜板子一通骂，齐老太虽年老，却中气十足，她一通骂爆豆一般，骂得脆且快。巧云听说这件事，二话不说，去到齐家，亲自扶起门前的那盆花。有人问："多大点事儿，值得这样大动干戈？"齐家老太把身子更深地靠近软垫子，笃定地说："我就是要这个劲儿。"是的，这个劲儿就是坎村人要的症结。村书记代表着党，村书记亲自把我这花扶起来，我这门楣都比别家光彩。以前高占福遇到这样的事一定不会像巧云这样亲自动手来扶正这盆花，即使一定要扶，他一定不会亲自动手。而巧云则事事亲力亲为，还亲自动手给大家做早餐，实在是比往任村书记少了官气与威仪。巧云是吃百家饭喝百家奶长大的，从她扎着羊角辫到梳着小马尾，大家都是看在眼里，巧云比往任村书记多了自然与亲切。

等到垃圾、杂物，还有湖泥都清除了，湖就像一个赤子，向全村人袒露它赤裸的胸膛。村民们第一次见到赤裸的湖，他们好奇地围着湖，找财宝，寻水晶宫，还有的在垃圾里翻找，看看能不能找出成用的东西。巧云看着这个疤痕一样的深坑，觉得这样的湖尴尬极了，也柔弱极了，它再也不是盛产鱼虾河蟹的聚宝盆，不是泄洪灌溉的功勋湖，更不是张开巨口，吞噬亲人的怪兽，它只是褪掉所有依仗的可怜湖。巧云呆呆地看着它，说不上心里是个什么滋味。

第二天，早起的坎村人惊异地发现，太阳依然游弋在湖里。前一天，还是全裸的湖，仅仅经过一晚，奇迹般地穿上一条羞涩的裙。这水是从哪里来的？谁也不知道，看来冰陷湖连着五湖四海还是有些依据的。

黄老歪一夜之间白了头，他一直坐在那里，眼巴巴地看着汩汩而出的水，不吃不睡，跟着了魔一样。巧云怕他熬坏了身子，就赶紧劝："爸，您先回去休息一下。"黄老歪指着那水，悄悄对巧云说："那水下就是龙脉，可惜被这些假专家压制了。"巧云柔声地劝解："爸，龙脉的事咱尽力了，您也别太自责。"黄老歪望向巧云，定定地道："你答应我，等这工程完成之后，就离开村子，去过自己想过的生活吧。"巧云一下子愣住了，"爸，不是你让我回来的吗？为此还……"巧云说不下去了，她想说，为此还失去了向阳。黄老歪闭了闭眼睛："巧云，此后，你愿意在哪生活就在哪生活，愿意选择何种方式过活就选择何种方式过活。自从他们压住这条龙脉起，这里已经没有要你守候的东西了。"巧云一时之间不知道该说些什么，她直接蒙掉了。

金贵进来，见一对父女都傻傻地对视，他直接上手推了推她："黄书记，挖出来的湖泥经省蔬菜研究所鉴定，土质碱性并富含多种矿物质，对植物生长非常有利。"

巧云立马来了精神："就利用向东的碱地柿子基地做做宣传吧，让向东和二丫好好策划策划。"

巧云一声令下，可把向东和二丫忙坏了。俩人头对着头，抵在一起研究方案。向东说："拍一个写实的片子，把红红绿绿的碱地柿子拍得剔透晶莹，再好好润色润色解说词，让大家走过路过，不要错过。"二丫一听，连连摇头："不行不行，这样的片子遍地都是，太一般了。"向东继续想："太一般了，那怎么弄？就把文化元素糅进来，弄点文艺背景啥的，想点小资词汇。"二丫还是摇头："硬加入文化元素，与碱地柿子的创意格格不入。"向东凑近二丫，轻啄一下她的唇："那就把爱情的创意加进来，标题就叫作爱情的味道。"这个创意让二丫睁大眼睛："聪明，这个创意好！"

过了几天，网络上一个宣传片火了。画面里一片广袤的湿地，丰肥的湖泥一层一层地铺在黑土上，一株株稚嫩的柿苗从湖泥里伸出头来，随风摇曳，慢慢长大。然后，一株株结出一个个青红的果子，一只只，一对对，剔透晶莹。一双白嫩的小手，摘下一个青红的果子，轻轻地掰开，饱满的汁水顺着白嫩的手指流出来，小手的主人微微低下头，咬上一口青红的果子，惊喜道："坎村碱地柿子酸甜适口，就如同爱情的味道。"

《爱情味道》这个简短的宣传片从内容到策划都一般，就是火了，还火得一塌糊涂。不知道是片中的爱情打动网友，还是里面的湖泥元素别致，反正这个片子就是火了，不仅带火了向东碱地柿子，还带火了坎村湖泥。来买湖泥的种植户一个接着一个，湖泥价位一涨再涨，把邻近村羡慕得牙都酸了："你们看看人家坎村，连泥都值钱。"

巧云借着向东碱地柿子基地的火劲儿，又扩建了几栋大棚，以湖泥做由头，扩大坎村碱地柿子知名度。二丫趁机扩大直播时段，自己干不过来，又雇了几个小网红帮着直播。一时间，坎村碱地柿子大火，邻近村民也冒称自己的柿子是坎村碱地柿子。自此，坎村碱地柿子打出品牌，坎村也成为著名的碱地柿子村。

短短十几天，龙门渡湖葬墓群和龙门渡公园初现规模，大大的广场披满绿植，从花圃中移植过来各色花朵点缀其中，公园中央采用专家创意，以中国龙为主题，用稻草和钢丝编织成巨型金龙，每片龙鳞上都开满鲜花，远远望去花团锦簇。

真是众人拾柴火焰高，巧云日夜焦虑的难题就这样轻而易举地解决了。孙成伟的一句话让巧云省去东奔西跑的辛劳，问题解决得如此轻易，巧云就跟做梦一样。孙成伟打电话问工程进展情况，巧云兴奋地汇报："孙市长，真是火箭速度啊，我就跟做梦一样。"

电话那边低低地笑了："小黄，你的龙门渡文化节暨冰陷湖大酒店奠基仪式，我争取抽时间参加。"

巧云兴奋地说："您能参加，简直太好了！"

短短几个月，坎村以黑马之姿，创造了坎村速度，打造了坎村样板。对于这样的政绩，巧云自己都有点迷糊了，感觉自己领衔的坎村就像唐僧的取经团队，虽历尽艰险，却一路开挂似的，叫天天应，叫地地灵。她躺在床上计算自己的魅力，怎么算，也达不到倾城支持的程度。难道是自己的坎村实践打动了孙成伟，让这个身披光环、擅讲能干的副市长感动了？巧云知道，这个孙副市长不是那么容易被打动的，他的标准很高，高到近乎苛刻的程度。孙副市长上任以来，几乎没有人能达到他的标准。他理论功底深，平时注重学习积累，就是专业的理论工作者也辩不过他。锦城很多干部都说听孙市长讲话是一种享受。这样一个嘴一份、手一份的干部如何能轻易被打动？既然没被打动，他又为何这样支持坎村？难道真如流言所说，他只身一人在锦城，据说还是个单身，是在对自己示好？想到这里，她自己都失笑了，这个显然不是。他看自己的眼神只有和蔼，没有爱意，这点女人的直觉她还是有的。

黄老歪说："别想那么多了，每个人来到人世之前，就拿好剧本了，你照着演就行了。"

巧云偏偏不信这个邪，坚定表示："命运掌握在自己的手中。"

黄老歪见她不信邪，就嘀咕道："板板倒，尖尖脞，什么人什么命。"

对于父亲的说法，巧云嗤之以鼻。父亲举例说："冰陷湖和黄家六代人的命运证明，冥冥之中，一切自有定数。"

叶瞎子翻着白眼道:"哪有什么神龙,就是一截枯木或一个落水的人托举了他,黄家六代人都是榆木脑袋。"

巧云自从来坎村之后,虽千难万难,却从没被困难真正击倒过。她相信,上有组织,下有群众,任何难题都能克服。孙成伟副市长甚至举全市之力开展美丽乡村建设,坎村因为行动早,被打造成美丽乡村样板。那么,她两年多的兢兢业业,半年多的不眠不休,又换来了什么?确实如父亲所说,冥冥之中自有定数?

窗外的月亮通过湖水过滤,似张明媚的网,水灵灵、蓝莹莹地倾泻过来。她一直认为,与太阳相比,月亮更贴心,也更含蓄。坎村的月亮隔着湖,与她脉脉地相望着。她望着月亮,想着层层叠叠的心事。忽然,似听见哗哗的水声,有什么东西自湖内而来。是的,她没看见,就是感觉有东西自湖内而来,裹挟阴潮之气。那阴潮之气自湖内升起,很快直扑窗口,而后贴着窗口,顺着缝隙缓缓挤入室内。巧云的身子完全不能动,却感觉到一股腥咸的潮湿之气笼罩着她,紧接着是冰凉凉滑腻腻的触感,紧紧地贴着她的肌肤,牢牢地缠住她。一阵窒息的感觉涌上来,她感觉自己要晕了,触感却异常敏锐。她记得自己是穿着睡衣入睡的,这东西怎么能一下子就贴上她的身?她清楚地记得,整个过程中,没有脱衣服这个环节。这次,这家伙的脾气明显不太好,似要勒死她一样。她惊恐地想尖叫,却叫不出声来,恐惧牢牢地抓住她,让她无所遁形,她努力想躲开,却完全动弹不了,仿佛经历了一个世纪,又像短短的一瞬间,她尝尽无边无际的恐慌和任人鱼肉的无助。梦中,似乎被怎么了,似乎又没被怎么,连她自己都不知道这是怎么了。

等那东西倏然离去,她才睁开双眼,是的,那一刻,她才睁开双眼。原来与月亮对视，直面那个怪物，身体不能动弹，冰凉的触感都是一场梦啊。窗外夜凉如水，明月高悬，那么清晰的触感原来却是场梦。一个怪诞的梦，又像是，怎么说呢，又像是一场春梦，这是什么意思？她不知道，它是来告别的吗，还是表达不满的？难道真的如父亲所言，因为失去了龙脉，它也要走了吗？

她抬头望向无垠湿地，只见夜风如梦，大湖粼粼。她想了许久，没有想出个所以然。索性不想了，世人愚钝，又如何能参透这一切？

等她把这个梦告诉黄老歪时，刻意隐去梦中春梦的成分，她怎好意思和父亲说这些。她只说，那个怪物对她有恶意："它紧紧地勒着我的脖子，似要掐死我一样。爸，您说它是来告别的吗？"

黄老歪大惊失色，沉吟了好一会儿，才断然道："应该不是告别，倒像是来寻仇的。"

巧云哑然失笑："寻仇，来找我寻仇？这怎么可能？"

黄老歪冷笑："怎么不可能，你们截断了龙脉，让它再无成龙可能，它焉能不恨？"

巧云脑子有些转不过来："我扩容了这个湖，让它的生存空间改善；我让湖连上河海，为它提供飞升泅渡的路径，它还恨我，这怎么可能？"

黄老歪阴沉着黑脸："那是你们一厢情愿，事实是，你们压住了龙脉，断送了这个湖的风水。"

巧云无语了，怔怔地望着黄老歪不说话，黄老歪也不搭理她，两个人相对无言。过好一会儿，黄老歪从齿缝挤出几个字：

"要安抚它的怒火，恐怕得生祭。"

巧云诧异极了："啊，什么是生祭？"

黄老歪挥挥手："这你不用管，该干啥干啥去，我知道怎么安抚它。"

龙门渡文化节暨冰陷湖大酒店奠基仪式在紧张筹备中。巧云没时间考虑生祭的事，光配合市直相关部门，就忙得像个陀螺，连吃饭时间都没有。一丁却轻松下来，他赶回来是帮助策划龙门渡文化节的，没想到现在连手都插不上了。他闲着没事，索性把巧云花八万奖金买的马架子打造一番。以前不管接什么活儿，总得听听东家的意思，现在巧云这个东家没时间考虑这些，就扔下一句："你自由发挥吧。"在一丁从业这些年里，第一回遇到一个这样的东家，终于可以为所欲为了，一丁还是挺兴奋的，可惜就是没钱赚。他充分发挥艺术家的想象力，把马架子像玩具一样地握在手里，左打磨，右打磨，各种创意齐上阵，搞得巧云都不忍直视了："一丁，你这哪是给我装修，是给自己打造工作室吧。"一丁傲娇地甩头："要不黄书记你自己干？我还不愿意受这个累呢！"巧云赶紧举手投降："哎呀，一丁大师，我错了，您继续。"

疏浚清淤过后，冰陷湖湖水清澈，鳞浪翻滚，湖和村的面貌焕然一新。湖岸被剪裁整齐，岸上的蒲草、芦苇、水葫芦等修饰得整齐飘逸。污水处理区域已然被水覆盖，与湖相连，水下栽植的荷花种子已经发芽，来年就会荷香满湖域。

黄家的石头房子孤零零地立在孤岛上，四处漏风的木船旗杆一样立在门前。专家组发现这个房子，协商一番，给出意见道："这个房子放在这儿，显得不伦不类，必须予以拆除。"巧云不同意，她的意见是不拆除，依托这个湖，在人工岛上打造湖文化工作室。黄巧云解释说:"石头房子是坎村人的根,如果连根拔出,会伤了村民的感情。"黄老歪这回倒是没有太坚持,他反过来劝巧云:"拆就拆吧,反正你已经有了新住处。"巧云惊喊:"爸,那怎么行?"黄老歪摇头:"龙脉都已经断了,还有啥不行的。"巧云张了张嘴,什么也没说出来。黄老歪状似无意地问:"对了,你和乔姗的关系修复没有?毕竟血浓于水,她也算你一个亲人。"巧云拥住黄老歪,抽噎地道:"爸,您才是我唯一的亲人。"黄老歪抬起手,抚了抚巧云的长发,苦笑着说:"真是个傻孩子!"

　　巧云站在锦城人民大厦,讲述她和坎村的故事。她几乎不用怎么准备,就是一个故事一个故事地说下去。在讲到黄家六代人的守望,讲一家一户做说服工作的艰难,讲夜以继日的施工、一点一滴的谋划、日夜不息的工作,讲村民的种种不理解,等等,讲到动情处,几次潸然泪下。她身上穿的西装早已洗得发白了,还是大学毕业时,向阳用他的奖学金买的。如今穿着有些瘦了,肩也紧了,扣子也系不上了。不是她经济有多困难,实在太忙了,以至于没时间去买件新的。向阳看着她穿着这身西装,眼睛热热的。想起陪着她参加面试考核的种种经历,仿佛还在昨天,没想到,这一晃,十多年过去了,两个人都已走过茂盛的青春,走入相对平稳的中年期。坎村的环境综合整治,他几乎参与了全过程,从全市的下水道到现在诗意栖居,坎村人走过太多坎坷,历经了太多艰难。坎村人的成功秘诀在于一个早字,一个快字,在别人还没采取行动时,坎村率先三项工程并举,红红火火干起来。在别人纷纷行动起来时,这里已经打出了样板。坎村一直秉持规划严细,生态、美丽、健康、幸福的理念,探索出一条符合镇情、村情和民情的城乡一体化新模式，打造一个诗意栖居的现实样板。

讲着讲着，巧云忽然发现自己好像在讲别人的故事，在讲别人的甘苦辛劳，讲别人的喜怒哀乐。她的灵魂站在高处，俯视着这片土地和人民。那个愣头青一样一头扎进来的女书记，一心一意完成上级交办的每一项任务，想方设法向上争，对外招，凤兴夜寐地拼命干。自从三项工程同步推进，她一路被误解、被猜忌、被嘲笑、被刁难等等，每每午夜孤寂，她一个人舔舐伤口，独自疗伤。现在，总算是干成了一些事情。可算干成了吗？她干成了什么？干丢了父亲的龙脉，干丢了黄家六代人坚守的家园。她知道，要想做成事情就有得有失的道理，这般疾风暴雨般的变革，势必带来泥沙俱下的实际效果。难道是自己太心急了些，需要慢下来，等一等落下的灵魂吗？组织上早说了，时不我待，要敢为人先！她一旦停下来，不但等不到谁的灵魂，还会把坎村和自己的事业葬送了。

总结表彰会之后，市里、县里来了一拨一拨的拉练小组，明面上都是来学习考察的。巧云只好戴上耳麦，变身导游，站在队伍前列，一一介绍情况。村民看西洋景儿一样地跟在队伍后面看光景，看来看去，居然发现其中蕴含的商机、人脉和资源。他们发现来的人越多，商机越多，他们得吃饭、住宿、购物等，头脑聪明的坎村人立马腾出自家房子，开民宿、开客栈、开特色渔家菜、卖土特产等等。很快，有人从中获取了收益。榜样的力量是无穷的，身边人的成功最能引发群起效仿。不长时间，村上接连开了好几家民宿、客栈、特产品商店等，很快同类竞争，各种矛盾也跟着来了。尽管存在这样那样的问题，村民更加忙碌起来，相应地，他们的生产生活也发生变化。村民们相信是自己用勤劳的双手开辟新生活，这些利好与党的好政策有关，与村里环境综合整治有关。

坎村的"烂泥包"问题彻底解决了，粗暴泄洪的方式一去不复返了，坎村299口人彻底改变了自己的生活方式。但期待中的欢天喜地没有到来，他们的生活依然充满矛盾，往往旧矛盾解决了，新矛盾产生，循环往复。村民们并没有因为生活便捷了，日子过得好了就满意了，他们还是天天找村委会表达自己各种不满意的诉求。

不管村民满意不满意，坎村发展的步伐依旧不停，不断奔向新的起点。备受瞩目的龙门渡旅游文化节暨冰陷湖大酒店奠基仪式在各级组织支持下，在全市各级干部的期待中，隆重开幕了！锦城的大小官员、社会名流、演艺界人士均受邀参加。人流从四面八方泄洪一样地涌向坎村，很快淹没了碱河、冰陷湖、村路、房屋等等。人们汇聚在一起，等待这一历史性时刻的来临。沉寂多年的坎村沸腾了，似万马奔腾齐聚，等待着风云际会的一跃。

孙成伟副市长站在冉冉升起的高台上，庄严宣布：龙门渡旅游文化节暨冰陷湖大酒店奠基仪式开幕！彩球升空，鞭炮齐鸣，近百艘花船从四面八方破水而来，乘风破浪，聚集到湖中央，形成一个万众一心谋发展的壮观场景。船到湖心，自动列成一个矩形方阵，彩旗飘飘，花香怡人，灯火辉煌。

随着咚咚咚一通鼓响，花船迅疾变阵，由矩形到箭头形排列，黄老歪一船当先，立在最前头。他的船上装饰着满满的鲜花，连裸露在外的船板都用鲜花装饰。有人看见唱戏一样的黄老歪一脸严肃，遂哂笑道："黄老歪还真舍得下本，把船装饰得这样花哨，说不定想在他女儿那多领份工钱呢。"黄老歪听到当作没听到，丝毫不受影响，运桨如飞，乘风破浪，一跃来到最前头。

在演出开始的前两天，黄老歪居然托二丫从锦城定了满船的鲜花。看到的人都诧异极了："这节俭惯了的黄老歪，莫不是疯了，那可是一整船的鲜花，得多少钱啊！"黄老歪只顾埋头干活，对谁的质疑都不搭理。叶瞎子围着花船转了好几圈，越看越觉得像他祖父湖葬时陪葬的花船，他低声问："黄老歪，你这船装饰得咋像沉湖的花船？"黄老歪扭过头，根本不搭理他。叶瞎子不依不饶："黄老歪，你不是要想不开吧，社会在发展，每个人都得有舍有得，连我都能想得开，你这是想干什么？"黄老歪冷冷地道："谁想不开了，别在这絮叨，我烦！"

叶瞎子见黄老歪不稀得搭理他，他心里又没底，就想去村委会找巧云说说。等到了村委会，居然没看到巧云。大活动开启前夕，巧云忙得连人影都看不见了。他想去找桂花婶，她也不在，去给向阳的团队做饭去了。叶瞎子是这样的，有事放在心里会憋出病来，非得跟人交流才行。他的智慧只有在交流中才能得到升华。实在找不到人交流了，他只好去找一丁。一丁倒是一直都在，正喝着小咖啡，和艺术家们聊天呢，见叶瞎子进来，还奇怪呢："爸，你咋来了？怎么，检查我的工作呢？"叶瞎子跟一丁思维不在一个频道上，历来是鸡同鸭讲，反正来都来了，他只好跟一丁说："我觉得黄老歪有些异常，他装饰的花船和你太爷爷沉湖时的花船一个样式。"一丁一听就笑了："爸，你瞎想啥呢，黄叔不但没有想不开，还没事来指导我装修。听巧云说，他还要领诵祝祷词呢。你说你没事时，寻思寻思正事，能不能别老跟着瞎担心。"

叶瞎子被一丁抢白,不但没生气,还长长地出一口气:"没有就好,看来是我多想了。我想也不至于,所谓好死不如赖活着。"

咚咚咚,再一通鼓响,箭头形船阵一字排开,一艘花船压着水花,冲出船阵,立于阵前,黄老歪手执火把,立于船头,高声祝祷:"茫茫沧海,乏龙怎渡;风浪求存,非龙岂获。祈福四海龙王、九江八河之神灵;慈航普度,艨艟沐德,星槎被光,送子民一路平安;泽惠滨海,海酿丰饶,水中捞金;滩遍甲介,泥中捧金,再赐我,飞升泗渡,跃龙门!"

黄老歪声音洪亮,如是者三遍,声震寰宇。他的话音一落,全村人齐声高喊:"飞升泗渡,跃龙门!"这声高喊,喊出天下普通鲤鱼的心声。

咚咚咚,第三通鼓响,船阵再变形,围成一个巨形圆圈,点点火把,围成一个如梦似幻的水世界。水中央冉冉升起一个金碧辉煌的舞台。舞台上,出现一尾有着成龙梦想的鲤鱼。它自小与其他鲤鱼不同,虽是肉身凡胎,却要生出翅膀,褪去凡身,飞升成龙。这条有成龙梦想的鲤鱼,从五湖四海而来,历尽千辛万苦,来到龙门渡,等待风云际会的一跃。黑云笼罩,电闪雷鸣,鲤鱼沐浴风雨,飞身而起,咔嚓一道惊雷打在它的身上,它缩小身子,落入湖里;此时,它已经身受重伤,却再次腾身而起,不幸再次被雷电击中;它只剩下最后一口气了,还有第三道天雷,只要抗过这道天雷就会成龙入海。它迎着雷电,勉力而起,第三次被雷电击中。鲤鱼完全动不了了,眼看缓缓下降的天梯,再无力跃起。忽然,天崩地裂一般,天地巨变,辽河口升高,龙门渡天梯缓缓撤去,身受重伤的鲤鱼奋力一跃,只想抓住半空中的天梯,没想到,天梯没抓住,只抓住雷电的尾巴,瞬间被击打得心神俱碎，从近千米高空，跌落湖中。时光荏苒，日月如梭，被打回原形的鲤鱼继续隐忍修炼。它心怀成龙梦想，日夜修炼，等待河、湖、海相拥，龙门渡再次成为飞升泅渡的道场。村民们看着这样一条有理想有抱负的鲤鱼，身受重伤，依然怀揣梦想，隐忍修炼，以待来日。如此一出励志剧，一条有理想的鲤鱼，看得观众泪眼汪汪，像是看遥远天边的传说。

乔姗没有关注舞台上鲤鱼跃龙门的励志剧，她出神地望着花船上的男人。他立于花海当中，不动如山，白发在风中凌乱。这个男人是她暗黑岁月里唯一的一道光，引领她走出黑暗。要是没有这个男人，她和女儿早已成为湖葬墓中的一捧黑土。他含辛茹苦抚养巧云，为此终身未娶，他待她们母女恩高义厚，却不求回报。尽管他多次表示不愿意当面接受她的谢意，这一次却私下里邀请她见面。

这么些年了，再次见面，黄老歪明显老了，满面尘灰，一头白发。她嘴唇嚅动，想说些什么，却什么也说不出来，她缓缓矮下身子，双膝着地，头碰在地上："黄大哥，谢谢！"

黄老歪扶起她，淡淡地摇头："不必谢，万事皆是缘分，不必过分纠结。"奇怪，不善言谈的他说起话来，居然像个看破红尘的世外高人，她不记得他有这样的口才，在石头房子里的那几个月，她几乎没听到过他讲话，没想到这一开口，言辞却是这样有哲理。

乔姗泪流满面："黄大哥，我要不说出这句'谢谢'，这一辈子都不会安心的。要不是您，我早已葬身湖底。更何况，您还把巧云培养得这样好。"

黄老歪浑不在意地说："每个人生来都自带风水，她欠别人的，别人欠她的，都得还。如果没有我，也会有别人做这事。"黄老歪停下来，递给她一条崭新的毛巾，让她擦擦眼泪。等她完全平静下来，才继续说："巧云这孩子不容易，你以后，要多多关爱她。"乔姗泪眼朦胧地频频点头。黄老歪还不放心，继续叮嘱道："这孩子有些倔强，你一定要多一些耐心。"那一天，黄老歪似说了好些话，又似啥也没说，他翻来覆去一直拜托乔姗要多多关照巧云。等她出来时，还觉得奇怪，这个黄老歪，她自己的女儿哪能不多多关照呢。

现在回想起来，黄老歪那天的举动有些奇怪，看似云淡风轻，似乎看开一切，又似万般不舍，殷殷叮嘱。事后，乔姗常常想，人和人的相聚离散，就像天空中无意间聚合的云，缘起缘散，听凭命运的安排。就像那个让她怀上巧云的男人，声称用全部的生命在爱她，她感动得一塌糊涂，轻易地把自己的全部交付给他，甚至为了他，让出了自己上大学的指标。没想到，那个声称爱她生生世世的男人，为了青云直上，一脚踢开了她，没有一丝犹豫。她和肚子里的孩子在走投无路之下，投湖自尽。要不是遇到黄老歪，她们娘儿俩早已化为湖葬公园下的一捧白骨。回到省城以后，她在社会底层辗转，尝尽人间冷暖。

转运后，嫌弃她的父母亲人都忙不迭赶来巴结她，侄女乔丽甚至不和父母生活在一起，专门跑来陪她生活。她在这个家里有了从没有过的话语权。钱这个东西真好用啊，能扭转世间一切善恶美丑。可惜不能让时光倒流，如果时间倒流，她坚决不会和这个男人在一起，她靠自己的双手，去开创美好生活。她的心在滴血，她的面上堆起微笑，所谓人生如戏，全凭演技嘛。她的心越来越不平静，午夜梦回，不时被巧云的哭声惊醒，那孩子的哭声吵得她日夜难安。于是，她决定回锦城投资，对巧云和黄老歪做出金钱上的补偿。然而，这两人的拒绝让她的良心得不到救赎，她终于活成了自己最不喜欢的模样。

　　人这一辈子，遇到什么人，遇到什么事，恨也好，爱也罢，都将随风而逝了。黄老歪的淡然与她报恩的隆重形成强烈反差，她的报恩在这对父女面前不值一提。黄老歪不接受她，巧云也没有接纳她，她在这两人面前，没有买到心安。巧云与她见面时，像陌生人一样客客气气的，可一旦遇到事时，言辞犀利、分毫不让。乔丽下沉到坎村项目部以后，不长时间已和巧云争讲了好几次。乔丽回总部告状，说坎村完全不配合她。早先的谈判方案，巧云已经一一复盘，所有细节都记录在案。乔丽不管做什么，只要没记录在案的，都得重新协商。乔丽认为坎村单方面生事，自己受到了限制，这样干实在憋屈，她几次提出要回总部，说黄巧云对这个项目有成见。乔姗本来想，借奠基仪式这个机会，和巧云好好谈一谈，可巧云说："好啊，咱照规矩来。"巧云所说的规矩就是正式谈判，企业所有的要求都得摆在明面上。这样的操作无疑会让企业的自主空间受限。

　　这次龙门渡公园建设，最初也不在方案之内，现在出现了这个公园，坎村或锦城方面事先也没有和企业通报。锦城忽然来这么一出，山水集团总体规划也要相应做出调整。乔丽说："村里就是州官放火。"巧云对此的解释是："当初村民的工作没有做通，才出此下策。这次旅游文化节活动是锦城市委为宣传山水集团这个项目，量身打造的。虽然事先没有报备，因为事出意外，可总体实施过程中，算是事中有沟通，事后有弥补。"乔姗知道，村民的工作不好做，从他们的主观上来说，村民们总想和企业产生联系，好揩些企业的油。但村里是全力支持这个项目的。乔丽身上有些大企业高高在上的骄气，等回去后要好好研究研究，看看指派谁担任这个项目经理比较合适。山水集团现在运营状况也是内忧外患，很多董事认为，她为个人恩怨斥巨资建这个大酒店是盲目的。为此，不止一次发起倒乔事件。这个项目如果进展不顺利，对企业发展极其不利。

今晚的星星格外明亮，与地上的璀璨灯火交相辉映，很有天上人间的感觉。巧云斡旋在客人中间，落落大方，风姿翩然。船阵上最醒目的花船上，白发黑衣的男人一直把殷殷目光投向她，里面全是为人父的骄傲。

忽然，男人的花船缓缓驶离船阵，恋恋不舍地游向大湖深处。乔姗想，男人是不喜在花团锦簇中缠绵，或许是提早回去了。听巧云说，男人对于湖葬墓群设置很不满意，说"假专家"破坏了龙脉。一句"假专家"激起万千波澜，让男人成为众矢之的。她想在走之前找机会和男人好好谈一谈。

二十一

事后，乔姗总是想，那次见面的时候，黄老歪已经想好了归路，要不怎么如此郑重地叮嘱她好好照顾巧云呢，怪不得对于她给的一切，连眼皮都不撩，原来他早就不想活了。对生活有欲望的人怎会对改变生活的各种元素不屑一顾？她当时为什么没感觉到呢？为什么没跟巧云说呢？看见巧云直接蒙掉的痴痴样子，她的心抽痛抽痛的。

巧云一直不敢相信，父亲把她领上路，自己却先去了，把她扔在半路上。她知道父亲一个人坚守了这么久，一定很苦很累了，而自己不但没帮上忙，还成了压倒父亲的最后一根稻草。不论是龙脉也好，还是石头房子也罢，都没有保住，是自己亲手把父亲推上绝路。

在请父亲做领诵的时候，他就说过："你们不是在祭祀神龙，你们是在犯罪。"这时候，她就该醒悟，她犯了父亲最大的忌讳。她仰仗着父亲的爱，肆无忌惮地伤害着他，还嬉笑着说："正所谓，心到神知，上供人吃，神龙是不会挑剔自己子民的。"父亲长叹一声，疲惫地说："既然你需要我去诵读，那我就去做吧。"父亲果然是爱她的，只要是她需要，无论什么，他都会去做的。可这个时候，巧云哪里知道，这件事却是父亲为她做的最后一件事了。她为父亲买来一件金龙纹饰的唐装，父亲爱不释手，当即换上身，叮嘱巧云："多给我照点相，或许能从中挑出一张用得上的。"用得上什么，自然是用得上做遗像。那时，父亲就在暗示，他要去了。可蠢笨的自己竟无从察觉。父亲不忍苛责她，又不能容忍无知的人们糟蹋他的龙脉他的湖，故而选择在灯影璀璨、锣鼓喧天中，一个人悄悄地沉了湖。沉在鳞浪翻滚的新湖，并把自己精准地放在龙穴的位置上。父亲为别人主持了一辈子的湖葬，没想到，自己的湖葬没人主持。直到这时，她才明白，父亲说的生祭是什么意思，他在用自己的生命安抚神龙的怒火。她应该说清楚的，那条鲤鱼不光有怒火还有爱怜的意思，或许那就是一个啥也不是的春梦，她为什么要多嘴地告诉父亲，说那怪物紧紧勒住她的脖子。父亲说："或许我有办法平息它的怒火。"父亲所谓的办法就是把自己献祭给神龙。

那次领诵是他为自己主持的一场湖葬仪式，天地欢腾，万众瞩目，却只有他一个人默默离去。彼时彼刻，他是否感到孤独？父亲曾亲手教给她罗盘定位，教给她念："您的子民黄品三来了，请神龙开门！"她怀抱遗像，对着那片水域，大声念了好几遍。不知道神龙最终开没开门，她想一定是开了，一定是的。

父亲把自己沉在心心念念的龙穴。临行时，还抽走了石头房子的承重石墙。等石头房子轰然倒地，巧云才慌了，慌得心几乎都蹦出胸腔了，她还以为父亲被埋在石头下了。等她慌里慌张地找人搬开石头，才发现父亲不见了，装饰一新的花船也不见了。

矗立六代，历经风雨的石头房就这样倒了。父亲说："这个石头房子一直矗立，就表明黄家世代守护冰陷湖的决心。"如今石头房子倒了，表明黄家不再守护冰陷湖了。巧云声嘶力竭地哭喊："爸，您什么意思，到底当不当我是黄家人？"

父亲说，他要把旧船装饰一新，好好参与活动。她就信了，还利用业余时间帮着父亲装饰。父亲说："将来我死了，你就把这船，连同我一起沉在湖里。"她诧异极了。"木船怎么能沉下去？"父亲狡黠一笑。"这你就不懂了，这船装上石头，抽掉底板，让船与石头一起沉下去。"父亲看她懵懂的傻样子，神秘地说："咱家的木船就是这样设计的，你爷爷告诉我，木船就是我的归宿。"

父亲的话言犹在耳，巧云万念俱灰，声嘶力竭地大叫："爸啊，您这是让我悔愧一生啊！"

巧云悔得肠子都青了，这世上为啥没有后悔药，她哭喊："爸，当您被冰冷的湖水覆盖，一定后悔收养了我！"

送父亲走的那天，她本想低调地进行，没承想，全村的老老少少都出来了，连不能下地瘫痪在床的老钱头也被推着出来，患病的小李娜也被家长领了出来，全村整整299个人，一个也不多，一个也不少。田百旺低着头跟在队伍后面，走一步，深深地叩一个头，头上早已鲜血淋漓。

巧云茫然地抱着遗像走在前，过往的一切过电影一样在脑海中回放，父亲背着她去上学，哄着她睡觉，黑着脸为她赶跑流言，等等。父亲走了，全村都出来相送，身后这支七长八短的队伍，没有发出一点声音，就这样默默地跟着她。

坎村自建村以来，只有两人，得到全村倾村相送的殊荣。一个是三百多年前水中救人的无名老驾掌。据说，明末清初的一个秋天，一场暴雨连降七天七夜，河水漫溢，房屋倒塌，一片汪洋。灾民流离失所，衣食无着，乃至饿殍遍地。一位须发皆白的船老大偕子驾舟，循声救人，将灾民运至河沿唯一一处高坡地。把这船人安置登陆，又驶向茫茫天外。从清晨划到深夜，又从深夜划到清晨，一连三日，当他把最后一个人救上岸时，自己竟累死在船头。等水退之后，幸存者感其恩德，在高坡上埋葬老驾掌。送老驾掌那天，全村一个不落地出来相送，不能动的被背出来，有病的被扶出来，幼小的被抱出来，全村都出来送老驾掌。后来，村民感念其德，为其立碑并撰碑文铭记。另一个则是黄老歪。这个一家六代，默默守护冰陷湖的黄老歪。他在世时，连黄品三这个大名都没叫，大人孩子都称其黄老歪。为了这个湖，他经年累月驾船行驶湖上，捞垃圾、拆渔网、阻止占湖地等；一路被误解、被呵斥、被嘲骂、被踢打等；他收养巧云，含辛茹苦，终身未娶。最后，更是为了安抚神龙怒火，以身祭湖。

这支沉默的队伍缓缓绕村而行，行至艺术街区那边，忽然，里面传出响亮的音乐声,既响亮又嘶哑,既粗犷又温柔,如狂风掠过湿地,似暴雨击打禾苗。大湖奔流,滚滚向前,淘尽多少生命,历经多少风霜!岁月流过,持久留香,音乐家隋子根据坎村生产生活,创作了一首歌,"岁月留香,山高水长,风一程,雨一程,总能看见你的模样,挺起脊梁……"这首歌像是专门写给黄老歪的,也像是写给坎村所有人的,每个人都能从中找到自己的影子。如今,这个风雨中挺起脊梁的人再也不会回来了,他去了,在锣鼓喧天的龙门渡文化节上悄悄沉了湖;在冰陷湖综合整治初见成效时葬身湖内。他跟谁都没打招呼,也没留下只言片语,默默担当身前事,死后不留功与名。

跟随《岁月留香》歌声,走出一支队伍,领头的赫然竟是严二白,身后跟着巧云的同事、朋友、同学、入驻的艺术家们,他们佩戴白花,也赶来相送。

岁月留香,山高水长,风一程,雨一程,总能看见父亲挺起的脊梁。父亲走了,巧云的心一下子掏空了,等她泣不成声高喊:"神龙,开门!"全村人都哭得不能自已。

送走黄老歪,一丁推起板车,把石头一块一块地搬回民宿,即使找了村里最好的瓦匠,也不能将石头房子还原。当初用了怎样的力学原理,才建成那样的石头房子。最后,连叶瞎子都亲自上手了,众人合力,好歹搭建成一间石屋。与当初的石头房,自然不可同日而语。石屋建好后,巧云一有时间就坐在里面,她呆呆地抚摸着每一块石头,默默地流泪。一丁见石头房子小而奇特,遂保留石头屋的原貌,打造了一间咖啡屋。此后,巧云就经常坐在咖啡屋喝咖啡了,越喝越苦,越苦越喝,经常喝得泪流满面。一丁劝道:"巧云,你这样不放过自己可不行,时间长了,你会生病的。"巧云迷茫地问："如果我不回来，父亲是不是还幸福地活着；如果我不蹚这趟浑水，父亲就不会因保护我而束手束脚；如果我坚持修正那些'假专家'的说法，父亲会不会就不死了？你说，我为什么就这么懦弱？"

一丁心疼得无以复加，他痴痴地望着她，一时也无法回答。

巧云已经陷入半疯魔状态，父亲给了她全部的爱，她没有回报一分；她没有守住龙穴，父亲替她以死谢罪，而真正有罪的人是自己，自己还有啥脸活着？如今，那个全身心爱她的男人默默地走了，临了没给她添一点麻烦。父亲走了，她的心也空了，她都疑惑，自己坚持的一切有什么意义？换句话说，自己这样拼命是为了什么？

有一次，她和父亲说："等一丁装修完了，您也住一住咱家的大别墅。"

父亲高兴地说："那敢情好，我可得了女儿的济了。"

然而，父亲就这样走了，走得无声无息，却是那样决然。送别父亲那天，巧云按照湖葬的规矩，大叫三声，神龙开门！父亲的魂魄皈依到他心心念念的湖葬区域。小贵天真地问："黄爷爷是去找他的神龙了吗？"巧云的泪又流下来，很快模糊了视线。

一丁见巧云总也走不出来。就安慰道："巧云，咱扔下这里的一切走吧，去看看外面的世界。"巧云苦笑了："这恐怕不行，我已经站在台上，不演完这一场，怎能下得来。"

乔姗也劝道："你爸爸去了，你一个人回家来吧，山水集团永远是你的家。"

巧云流着泪摇头："我走不开，等我安置好这里的一切，或许会去山水集团看看。"乔丽脸色冷然地看向她，眼里闪着护食动物的狠毒。

乔姗拍拍巧云的肩："这次回来，我准备把乔丽调回总部，说实话，我的企业最缺的就是像你这样的人才，我一直属意你亲自来做这个大酒店项目。"

巧云摇头："我不会加盟山水集团。如果有一天，我离开村里，我会好好休息一段，再考虑别的。"

乔姗哽咽道："你父亲虽然去了，可你还有我。"

从血缘上来讲，确实是的。父亲去了，她还有乔姗。可巧云觉得，她在这世间再也没有亲人了。再没人抢着扫帚替她赶走谣言；再没人无原则地力挺她；再没有人拿命来保护她。她成了这世上最孤零零的一个人了。

湖水浩浩，随风起伏，就像湖从没向人袒露过胸怀，就像人也从没看过湖赤裸的胸膛。人们坚信被水覆盖的湖神秘，没有水的湖只是湿地的一个疤罢了。此时的巧云只是一个被遗弃的孤女，身世可怜却也孤立无援。尽管刚刚送别黄老歪，不耽误村民们八卦巧云，他们或许真的没有恶意，就是嘴巴闲不住。他们的日子全靠嘴巴支撑，一张嘴，两层皮，上够天，下着地，两片唇一刻都闲不下来。一闲下来，连身子都会失去方向。什么东家长了，西家短了，南家高了，北家低了，这些都与他们的生活质量无关，却无时无刻不活在他们嘴里。巧云既然站在排头领跑，自然也不能幸免。有的说她和副市长孙成伟乱搞，说得有鼻子有眼的，还说孙成伟独自来坎村那一次，就是来找她约会的；还有的说她和严二白不清不楚，严二白为了她，在镇里和卢书记拍桌子瞪眼睛，把全镇的人都骂了；还有的说她和杨向阳旧情复燃，到处帮着他争取项目，为了给他拉项目，都喝成酒精中毒了；更有甚者，说她玩弄一丁的感情，踩着一丁给自己博上位。这些都是人们背后说的，黄老歪黑着脸往那一站，他们就溜溜地闭了嘴。现在黄老歪倒下了，他们的嘴巴没管没束了，开始泛滥了，反正是流言嘛，无根无蔓的，就算她黄巧云知道了，又能如何？随着村民嘴巴的开开合合，无根的流言四处蔓延。桂花婶先坐不住了，她拉着巧云道："巧云哪，外头那些乱嚼舌头的，你得管管哪。"

巧云不在乎这些，她的注意力也不放在这上面："桂花娘，谁愿意说就让他们说去，听蟋蟀叫，还不种地啦。"

桂花婶气得直跺脚："这帮满嘴跑火车的！"

一丁从民宿出来，听到一些花样流言，他那个火暴性子，哪受得了这些，实在气不过，和他们正面硬杠起来。一丁这下子，直接炸了！本来，流言淤积在一处，没有找到出口，在暗处涌动，根本发泄不出来。一丁主动送上门去，不但没解决问题，反而更像坐实了一些什么。流言传来传去，一定引起系列连锁反应。县纪委监委和组织部门相继发文函询，甚至找黄巧云进行过谈话核实。县纪委监委还派出调查组入驻坎村，对专项资金使用等情况进行审查。后来，当然就没有后来了，因为谣言毕竟是谣言，毕竟没有真刀实枪的杀伤力。事情就这样卡在那里，不上不下。人就是这样，不管什么事，只有上半部，没有下半部，总是让人惦记。围绕坎村和巧云，就如被水覆盖的湖，总觉得水下面有一些故事和说法。特别是巧云曾被组织上质疑过，要不落实点什么，总不能顺了所有人的意。

坎村的秋有些萧条，秋草枯黄，秋叶萧索，接天连地的红滩绿苇，都显出妖娆过劲儿的颓败。往常这个时候，村民都比较忙，要储备冬日用的一切物资，特别是要预备过冬的柴火了。小小的炕洞几乎能耗尽所有禾草，备得再高的柴垛也赶不上消耗。今年却完全不用了，家家户户安上了壁挂炉，既便捷又干净，再也不用到处拾柴了。村民像城里人一样，不急不慌地坐在湖边休闲娱乐。叶瞎子坐在人群中，白着眼睛指桑骂槐："我家一丁是从北京来的专家，和巧云处着男女朋友，谁他妈的再嘴欠，我就上手撕了谁。"一丁硬杠这些村民吃了瘪，叶瞎子总得找回场子，他白着眼睛，指着那些碎嘴的人，气场全开，一通开骂，骂得他们抬不起头来。村民们暗想，怎么死个黄老歪，叶瞎子还被他附体了呢。这叶瞎子还是不依不饶，乘胜追击道："巧云是我未来的儿媳妇，谁再敢编派她，我就上谁家去骂！"叶瞎子越说越来劲，抬手做出痛打落水狗的态势，骂得碎嘴子村民溃不成军。

叶瞎子眯着白眼往远看，由远而近，来了三个陌生人。是陌生人，叶瞎子眼睛不灵，心却明白，这三人脚步幅度和手臂摆度都和村里人不一样。这个时候，三个陌生人来村里干什么？叶瞎子心里咯噔一声，看来，是工作组进村了。

之前，听田百旺说，县里要派巡察组入驻坎村。他的心里慌慌的，早些年，上头也派过工作组，工作组一来，就有干部要倒霉了。很多报纸上才能看到的大人物，都下放到了这里，他们和坎村村民一样笨手笨脚地泥里水里混日子。他们活在高处的人和坎村人不一样，身在泥里心在高处，他们教坎村的娃们睁眼看外面，他们干完活读书创作，带给坎村人更高的生活追求。

这次工作组一来，就有人要倒霉了，当下情形，谁要倒霉显而易见。他家一丁全程参与了村环境整治，他知道巧云没有贪污村里一分钱。没贪钱可不等于不被陷害，现如今是政治清明，没有整人这一说法，可坏人还是无处不在。田百旺说："你看着吧，巡察组马上入村了。"这话他根本不信的，因为他心里有底。没想到，工作组竟然来了。这是怎么回事？他睁着白眼，怎么也看不明白了。周边的人都跑到村委会看热闹了，只有他呆愣愣地坐着，一直坐到两腿发麻才慢慢起身，他自嘲地想："得了，发昏当不得该死，看来，我应该找一丁好好谈谈了。"

近些日子，他和一丁的关系缓和不少，特别是黄老歪死后，一丁像开了窍一样，给了他很多好脸。这个良好的开端没等维持多久，就发生这样的事，不行，他一定得和一丁好好谈谈。他拖着坐麻的双腿，气喘吁吁地奔向石头咖啡馆。他有一肚子话想和一丁说，他要问问一丁："巧云要是出了事，你怎么办？快别一个心眼等了，找个好女人，成个家，过过普通人的日子吧。"

推开门，见到端着咖啡和艺术家闲聊的一丁，那样清风明月，闲适淡定。他这样急吼吼的，实在有些上不了台面，他定了定心神，稳稳地走过来："一丁，我有事和你商量。"一丁笑着起身："爸，啥事啊？"他看了看周边艺术家："我想单独和你谈。"一丁笑了："好吧，那咱进里屋吧。"

开局不错，一丁愿意和他谈。他深吸一口气："一丁，我刚刚看到工作组进村了。"一丁做个不在意的手势："那不是工作组，是巡察组，来村里进行政治巡察。"叶瞎子急了："一丁，你听我说，历来工作组进村就是有人要倒霉了，巧云估计保不住了，你要早做打算。"一丁一听就翻了，直接撂下脸子，坚定地驳斥："你说的那些，我永远做不到。"

叶瞎子一肚子的话都堵在嗓子眼里，把他憋得差点没过去。"这个死犟种，从小就这样，浑身上下只长一根筋。"

211

巧云倒没有像叶瞎子那样想得那么多，她也没时间理会这些，巡察不巡察的都一样，常规巡察就是一次政治体检，是防止生病的常规检查，用不着太紧张。金贵和她说："这段时间，村里谣言四起，村民又历来轻信谣言，因此，这次政治巡察不能掉以轻心。"巧云点头道："不用太紧张，政治巡察以后得常规化，咱正规迎检就好。至于村民们，总是空穴来风，他们爱咋想咋想，咱们问心无愧。"

早饭后，楚算盘隐晦地提示："巧云书记，这次巡察咱得重视啊！"巧云点头道："必须重视啊，有问就答，知无不言；没问不答，该干啥干啥。"楚算盘侧面提醒道："巧云书记，听说这次巡察不同一般，别让巡察组的人认为咱态度不好，转而针对咱们村就不好了。"巧云不在意地笑笑："你以为人家巡察组同志都像你呢，针对咱们做什么？"楚算盘张了张嘴，却没再说什么。金贵插话道："黄书记，算盘说得在理，我也觉着这次巡察，来势汹汹啊。"巧云脸上笑容淡淡："不用担心，咱不做亏心事，不怕鬼敲门。"金贵还想说什么，好巧不巧地，高宝财的电话打进来："巧云，巡察组的刘组长是我一个哥们，要不要哥给你说说？"

巧云淡淡地说："高哥，不用了，那样反而不好。"

高宝财觉得自己一拳头打在棉花上，心里这个憋屈啊，主动给人提供服务，人家还不领情。可一贯出组合拳的他，如何能简单收兵，他继续游说："我知道你心里有底，可总有些小事小非的问题拎不清，就比如咱争取资金的事，咋说也不算是正常手段啊。当然了，这些事我都可以做证明的。"

巧云依然淡淡地说："谢谢你，高哥，有些事过犹不及，还不如咱啥也不做。"

高宝财连续两拳都打在棉花上,再打第三拳,估计也是遇到棉花,他只能收了招式,准备尴尬地看着热闹。

金贵暗暗挑起大拇指:"巧云,还是你厉害!"

巧云微微笑了笑:"我说了,咱问心无愧,还是不用这些外援的好。"

二十二

锦城的步行街熙熙攘攘,行人往来络绎,陈千金和孙倩姐儿俩好地提着大包小包从大厦购物出来。一出门,陈千金就把购物袋一股脑塞给孙倩。孙倩笑得眉眼弯弯,这个陈千金果然够意思!陈千金逛街和别人不同,她几乎是看上啥就买啥,有时连价格都不问。往往买回来,连看都懒得看,拆都懒得拆,就扔在一边去了。

这些天,一向精致的陈千金从来没有这么邋遢过,有时出门连脸都不愿意洗。以往向阳在家的时候,家里总是纤尘不染,她也永远千娇百媚。这样的她自信、神秘、悠然,让向阳永远充满新鲜感。如今,家里只剩下她一个人,家里外头形单影只,她还要美丽给谁看呢?她是忠贞如大雁,却落得孤影向谁诉的下场,那种凄凉不亲身体会很难理解,当初那个发誓宠她如公主的男人不知道在哪里盘桓,她还需要继续美丽吗?

孙倩微微偏头,接起一个电话,刚刚"喂"了一声,惊得连手里的东西都掉在地上。她看都没顾得上看,就头也不回地跑了。千金诧异极了:"这是出了什么事了?"跟个没头苍蝇似的,这个一贯优雅自持的孙倩，也有这么不淡定的时候。从认识的那天起，孙倩就一直像个师长，孜孜不倦地教诲她这个不成器的学生，特别是对于家庭的把握上，哪怕夫妻间的琐事，都有独特的理论支撑。展开任何一个点，她都能说得头头是道。能让这样一个泰山崩于前而气色不改的人如此失态，看来发生的事情一定大于泰山之崩。

有道是，好奇之心人皆有之。陈千金一时也起好奇之心，决定跟上去，瞧瞧发生了什么事。陈千金拾起地上的包裹就往前赶，咦，前路被人拦住，"谁呀，真是讨厌！"她浑不在意地伸手拨拉，嘴里连连说："对不起啊，请让让，我赶时间。"那人继续挡在前面，一动不动。哎呀，千金这小暴脾气上来了："哎，我说你这人——"她一抬起头，天啊，自己眼花了吗？日思夜想的男人正似笑非笑地看着她。

她惊喜地扔下包裹，飞扑进他的怀抱，紧紧地揽住他的脖子，把脸儿贴上去，连他满身的土腥味儿都顾不得了："向阳，你终于来了，你终于想起我了。"

向阳垂下眼眸，温柔地道："傻丫头，我一直都在想你。"

千金有些蒙，一定是想他想得久了，才出现了这样的错觉。向阳怎么会这么温柔，怎么会如初识一样温柔，如什么都没发生一样。她掐了掐大腿里子，疼得自己一个哆嗦，是真的，是她的向阳真来看她了。泪像断了线的珍珠一样滚落在他的胸膛上。是的，她又是他的傻丫头了，他没有不要她。真好，她愿意做他一辈子的傻丫头，其他的什么都不追究了，有他这句话就足够了。

千金又哭又笑，好一会儿才平静下来。向阳一手温柔地揽紧她的腰身，一手提着她买的东西，细心呵护的样子，让她刚刚止住的泪又流下来。他伸手抹去她脸上的泪，柔声说："傻丫头，咱不哭了，我要让你有生的日子都充满欢笑。"千金流着泪，深深地点头。

向阳回来了，青灯冷灶的家顿时充满生机。她弯下身子为他换上合脚的拖鞋，脱去他满是灰尘的工作服，扔进洗衣机里，向阳又是那个她一眼万年的男人了，一样的龙精虎猛，一样的蕴含无限魅力。

暖暖的灯光打在千金的侧颜上，散发岁月静好的柔光。她就在暖暖的灯光下，为男人洗手做汤羹，连平常厌烦的油烟味儿都升华成温暖的烟火气息，她把满腔的爱意融入荤素配的四菜一汤中。等她摆放好杯盘，起身去叫男人吃饭时，他已经发出轻微的鼾声，显然，男人是累极了。她没舍得叫醒他，轻手轻脚地偎进他的怀里，听着他沉稳的心跳声，幸福地睡过去。

太阳暖暖地升起来，照得满室金光。男人已经走了，她身边被窝早就凉了。枕头上，男人留下的字条笔力充沛，似蕴含无穷力量："傻丫头，我去给你打江山了。"男人总说，要亲手打江山送给她。他这样说的，也是这样做的，除了创业初期，男人一直努力给她最优渥的生活。如今男人又出去打江山了。男人打江山，且为了她，她却一直不知道他在干啥。男人一直在打拼，她什么都帮不上，以至于生出自卑、猜忌等不安情绪，这些不安情绪积累在一起，一个小小的挑拨就能让她做出那些不理智的事。

夫妻之间要走的路很长，路上会遇到各种困难和挑战，女人要学会自我成长，与男人一道应对困难和挑战。要学会自觉过滤婚姻中的不良因素，要是没有这段时间的冷静沉积，她一定不会接纳像什么都没有发生的向阳。太阳每天都是新的，她也要做一个全新的自己。母亲说，学会遗忘是女人自我涅槃的过程。向阳能成长，她也要做一些什么，好配得上男人的努力。她要学着亲手打理这个家，筑牢家的根基，等待打江山的男人归来。

江山是男人的前院，家庭是男人的后花园。在前方打江山的男人苦了倦了累了，就会回到她的后花园休养生息。所以，她要等男人回来休养生息的时候，给他一个稳定的大后方。她知道自己不善于分析问题，她就学会相信男人说的每一句话。哪怕心里会有所怀疑，表面上装作深信不疑。所谓人生如戏，全靠演技嘛。男人说："巧云和一丁才是一对，我不会破坏他们。"男人又说："我也马上要转战别的村，与巧云再无交集。"她相信男人说的是真的，并没有骗她。可孙倩分析说："表面越是风平浪静，内里越是蕴含着风险。"她的心跟着忽悠一下，什么风险？她怎么看不出？越看不出心里越想，越想越想不出头绪，越想越心神不定。所以，在无聊的时候，她就愿意找孙倩，两人在一起分析分析。孙倩说："我家你大哥，把什么东西都摆在明面上，我看着就一目了然。可如果在水下，就不一样了，你看坎村那个湖，内里暗流涌动，湖面上，你能看出什么？"确实是啊，什么也看不出，别说平静下的暗涌，就是男人的喜怒哀乐，她都没有充分感知。孙倩看她一副傻愣愣的样子，继续爆料道："我大学同学乔丽，是山水集团总经理乔姗的侄女，她作为山水集团的首席代表，就亲耳听乔姗说，黄巧云正在到处举荐向阳。"陈千金的心忽地抽痛，男人说，为了她出去打江山，自己却什么忙也帮不上，而那个女人却能给他机会、人脉和资源，要是自己会如何选择？她第一次失礼地没有告别就往回走，边走边掉眼泪。远远地看到自家别墅围栏上怒放的凌霄花，在阳光下鲜艳夺目，她的心莫名地揪在一起。

送小阳上学后，她打电话给孙倩，想着把昨天购买的衣物给她送过去。电话铃一响再响，却是没人接听，她索性直接跑到校长室去找。结果孙倩也不在，校办主任告诉她："孙校长家里有事，今天请假了。"不知为什么，她就是觉得校办主任今天的态度与往日不同，具体怎么不同，她也说不上来。联想到孙倩昨天接的那个奇怪电话，她忧心地问："孙校长是不是发生了什么事？"校办主任摇了摇头，淡然地答道："不知道。"这个语气太过官方，也太过淡然，和她平常浅笑盈盈的人设完全不符。这是咋回事呢？千金有些担心，孙倩可能真是出什么事了。

等孙倩赶到时，高宝财已经被送进医院了。是的，他被人家打了，且打得满头都是包。孙倩见到他时，还是鼻青脸肿的，完全没个人样子。孙倩居然没有咋伤心，按理说，听说这事，是个女的都会伤心得不知道咋办好，她居然没咋的。这不奇怪，她的男人她了解，那可是什么事都干得出来的，做出这样的事来，根本不奇怪。大白天的跑人家家里去偷情，真是没底线！被人家男人打，是他自己活该！一想到他的所作所为，她都想揍他，咋不打死他呢？高宝财急急地解释："老婆，是有人陷害我。"孙倩觉得特没意思，刚刚她和陈千金还说呢，高宝财的好处就是自己能把握，自己一眼能望到底，这会儿直接打脸了，这脸打得还啪啪直响。高宝财还在那儿含混不清地解释："老婆，你一定要相信，是有人陷害我。"孙倩闭了闭眼睛，无语地摇头。是的，自从和他走在一起，她一直在听这男人解释，有时明知他撒谎，她也假作没听出来，就一味地附和他，几乎男人说什么，她就信什么，简直是夫唱妇随的典范。她是个没什么理想的女人，尤其没有事业心，只想好吃好喝地混日子。她信奉男主外，女主内。女人只要打理好家庭就好了。可高宝财说，女人不能只围着家庭转，要干出一番事业来。于是，她就出去干事业了。这个私立学校的校长是男人运作来的，连请客带送礼的，还附带使用一些见不得人的小手段。她原本对这个事也不咋上心，由于一直听他的，都听习惯了，居然就勉强自己当上了这个校长。没想到，这一当还当了这么久，每日迎来送往地赔着笑脸，一点都不像她了。她一直认为，自家男人是有本事的，即使有些小坏小聪明，无论如何是有底线的。殊不知，他就是个败絮其中、坏到底的货色。这一次，她没惯着他，也不想惯着他，她冷冷地反问："你不去，谁能陷害你？"一贯顺风顺水的男人这回碰到铁板了，他知道那是一个女人的底线。他无语了，脸上慢慢显出羞愧的神情。对于男人难得的羞愧神色，她选择视而不见，转身出去了。向阳本来很好，比高宝财不知好多少倍，她听了男人的挑唆，还违心地说人家坏话。这就是报应，报应到她自己身上。

在护士站，千金拎着大包小包，在打听高宝财住哪个病房。孙倩在一边看着千金，听她着急地打听自己，她一个没忍住，直接扑上去，紧紧拥着千金，哭得肝肠寸断。她始终没有和千金说起这件事的起因，不是她想隐瞒，实在是开不了口。即使她不说，高宝财挨打的消息还是不胫而走。周边人都在热议他上门偷情，被揍成猪头的事。同事们毫不避讳地议论："你说咋那么寸，刚刚脱了裤子，人家男人就进来了。"另一个附和道："我听说啊，被打得抱头鼠窜，直给人磕头求饶，你说他咋好意思来上班呢？"

大家议论得要多难听就有多难听，这一点高宝财心里明镜似的。就像高占福说的:"想偷吃就要有被抓的觉悟。"对的,父亲说得很对,可难堪的感觉还是无所不在,他想克制,就是克制不了。即使克制不了,他也得去上班。这时候他才明白,上班才是他的主业,原先苦心经营的那些个外挂,等遇到了事,连个屁都算不上。高宝财实在是挺不住了,躲在家里不敢出门。孙倩指着他的鼻子骂:"这样你就不敢出门了,早先那能耐都哪去了,今天你要不出这个门,就一辈子别出去了!"这会儿,高宝财的气焰完全灭下去,像被抽了筋的癞皮狗。孙倩的气焰却日渐高涨,出来进去挺胸抬头。实在被逼无奈,高宝财还是咬牙,出了门。表面上谁也看不出什么,该咋样还是咋样,比穿着新装的皇帝还神气,内心却惴惴不安,恨不得有个地洞钻进去。孙倩骂道:"这点小事就被打回原形了,你就这点出息,还每日叨叨地说教。现在,装不像也得端住了,这叫虎死不倒架。"

高宝财崩溃道:"真是装不住了,打回原形就打回原形吧,里子面子都受不了。"

高宝财的心气散了,孙倩却强硬起来,她见高宝财全线崩溃,转而理智地分析道:"现在,不好受也得受着,脚上的泡是你自己走的,就是跪着也得走下去。这会儿还不是最难的,马上就有人惦记你了,惦记你现在拥有的一切。"

这话还真说对了,果然接下来,有人惦记他的科长位置。他被记过处分,科长位置也被撤了,成为主任科员。科长、副科长都是他以前的手下,如今他这个老科员,还得听命行事。孙倩的日子也不好过,直接被校委会罢免了,理由是别人得票比她高。三年前,她也是因为得票比较高而坐上校长宝座的。风水轮流转,这也转得太快了,昨天在自己面前低三下四的办公室主任,今天就对着她吆五喝六了。

高占福摆手道:"都退出来也好,此后,要低调好长一段时间啦。好好体会陷入绝境的感觉,记住了,人若不死,终会出头。"

高宝财抱着头痛苦地说:"我忍不住了,千日打柴一日烧了。"

千金总想安慰安慰孙倩,约了她好几次,孙倩并不给她这样的机会。新校长倒是约见她好几次,还寻了小阳的错处,把她叫来学校。新校长在孙倩手底下做事时,别的能耐她不知道,磋磨人的招法倒学了个十足十。

这样来来回回地总用一个伎俩,千金就是再糊涂也品出些味儿来。她当天就给小阳办了转学,转回了到原来的学校。她在办转学手续时才发现,向阳保存了小阳在原学校的学籍。千金给向阳打电话,痛心地道:"我当初就不应该给孩子办什么转学,还是你说得对,只要好好学习,哪里分什么贵族平民啊!"向阳在电话那边淡定地"嗯"了一声。

孙倩脸色讪讪的:"你要好好珍惜向阳,他值得你珍惜。"孙倩终于不再说向阳的坏话了,往常她会很欢乐,现在只能默默无语了。

好一会儿,她问孙倩:"你有什么打算?"

孙倩淡淡地说:"现在没想好,走一步看一步吧。"

二十三

袁秀芬心里苦啊,自从嫁进了这个家,就背负了夏盼的人生和幸福。夏金贵整日不说一句话,婆婆躺在床上以泪洗面,这日子过得要多憋屈就有多憋屈了。她咬着牙想，既然嫁进来，就是这个家的人，要靠自己的努力，改变这一切。可是，改变不了啊，她做得再好也无济于事，男人仍然苦大仇深，婆婆依然以泪洗面。

自从男人当了这个村主任，更是忙得看不见人影。她担负了家里的一切重担，他根本看不见，可能即使看见了，也依然不在意。实在累得受不了的时候，她经常问自己：这样坚守到底是为了什么？胡兆花给她出主意："你这样不行啊，得让他知道你也是有需求的。"胡兆花眼睛骨碌骨碌转，"秀芬，不行你先回娘家住上一段，把这个破家扔给他，让他也知道知道这个滋味。"结果，她真听进去了。在一个蚱蝉鸣叫的午后，她扔下家里的一切，悄悄回了娘家。结果，她前脚刚回了娘家，后脚就担心孩子作业没人检查，婆婆没人照顾，家里的猪没人喂，鸡下了蛋也没人收，等等，没等屁股坐热，她就转身往回跑。等跑回家，一阵子忙碌，替婆婆把尿倒了，猪喂了，鸡蛋收了，房前屋后打扫了，晚饭备好了，孩子接回来了，一阵忙东忙西，把损失全部补回来。等男人回来，根本没觉察到她在闹脾气。胡兆花恨铁不成钢地骂道："你这个不成器的，就知道心疼男人，却不知刚柔并济的道理，夫妻两个要砥砺互进，一味地刚，一味地柔，都不行，像你楚叔当初也是百炼刚，不也让我调教成绕指柔了。"她知道胡兆花说得有道理，全村谁不知道楚算盘最疼胡兆花，一点活儿也不让她干，顶着怕歪了，含着怕化了，全村女人谁有人家胡兆花有福气，整日打扮得漂漂亮亮的，只需动动嘴皮子，保媒拉纤就好了。虽然人各有命，袁秀芬还是决定和男人谈一谈，哪怕是没有改进，也让男人知道，她也是有需求的。要不然，他以为她是泥捏的，没火气。她又想，男人累一天了，她不能干谈哪，咋的也弄上几个菜，倒上一盅酒，就着酒谈才有滋味。于是，等男人回来了，她不动声色地拾掇出一桌酒菜，主动给男人倒上一盅酒。男人用眼神询问："这是为什么？"她心里嗤笑："还能为什么，无非是想借着酒劲，好好说道说道罢了。"男人似工作不顺心，心事重重的，嘟噜着脸，没滋没味地喝着酒。她只给男人倒了一盅酒，不能让男人喝多了，如果喝多了，话就不好说了。两人吃着喝着，男人的眉头舒展，嘟噜的脸也恢复正常，这个时机刚刚好，她把残羹剩菜端出去，顺便洗把脸，扑点粉，等再回屋时，男人已经倒在炕上，睡得像个死人。她抬起手想推醒男人，和男人好好说道说道，手举在半空，最终没有狠下心。哎，下不了狠心，就得自己坚持，可她坚持得好累啊！

这些个日子，男人更忙碌了，而且越忙碌越开心，居然还笑出声了。男人笑得很好听，笑得湖水都泛起层层涟漪，她的心儿也跟着泛起层层涟漪。正如胡兆花所说，她就是个没出息的，对这个男人几乎一眼沦陷。

本来都是没指望的事儿，如今出现转机，她都不知道要不要给全天下的神灵上一炷香。夏盼说，她要择机回来看看。为了这句话，男人哭了，对着湖哭的，哭得湖水震荡，她的心也跟着震荡。可她假装不知道男人的情绪变化，从头到尾默默地陪着男人。叶瞎子说："这湖是坎村男人流出的泪。"这话说得真哲学，她听不咋懂，可她知道自家男人的心比海更深，自家男人的泪只有湖才懂得。如今，湖与海连通，河与湖相依，那层层涟漪你追我赶，赶劲得很。她看着层层叠叠的涟漪，就是不知道：它们在笑，还是在哭呢？

夏盼终于回来了，她虽然第一次见，可就是知道那是夏盼。照片里莹润的女孩已经瘦得脱了相，她一个人静静地立在那里，看着她微笑。夏广生出来了，一眼望去，身子抖得似筛糠，喉咙里发出咯咯响声，嘴唇翕动了好一会儿，才讷讷地说："妮，你回来了！"一句话，说得自己泣不成声，他大叫一声："老婆子，你看到了吗？妮回来了，你终于可以瞑目了。"

夏盼扑进夏广生的怀里，呜咽道："爸，是女儿不孝！"

夏广生抹了把泪，颓然捶着自己的头："不是的，不是的，不是妮的错，是爸没本事。"

袁秀芬在一旁不知怎么劝才好，只好等他俩平静下来，才劝道："妹子，快进屋吧，我去找你哥。"

夏盼擦了擦眼泪："嫂子，不必去找，我哥一会儿就回来了。"

夏广生哭得像个孩子："要是你娘能看到这一天，看到妮好好的，得多开心啊！"

袁秀芬赶紧劝："爸，妹子回来多开心的事，您快别哭了，一会儿血压又高了。"

夏盼对着袁秀芬道："嫂子，这些年，你辛苦了。"袁秀芬闭了闭眼睛，逼回夺眶而出的泪水："没有呢，妹子，你能回来比啥都强。"

夏广生抽噎着抹眼泪："妮，快过来看看你的房间。"说完领着夏盼，磕磕绊绊地往西院走。推开门，嗬！妥妥的一间公主房，全室的粉红扑面而来，粉红色的窗帘，粉红色的床帐，甚至座椅和床头柜都是粉红的。这粉红是全家人的粉红泡泡，是对她的爱意拳拳。从出嫁那天起，她就没有家人了，要不是哥哥十几

223

年来不断地唤醒，她都想不起自己还有家人，更何况家人的宠爱。想到此，夏盼久凝于睫上的泪终于落下来。

忽然，门外传来咿呀啊啊的声音，是赵铁追过来了。他一进门，不管不顾地揪起夏盼单薄的身子，一个巴掌就落下来。夏盼歪了歪头，别开脸，被拍在肩头上。夏盼一个趔趄险些摔倒。赵铁不依不饶，又抡起了巴掌，金贵及时赶到，一把截住他的巴掌，紧接着，用力一甩，甩开赵铁，举起铁拳，就要揍下去。夏盼拦住他，哭得泣不成声。袁秀芬一点没犹豫，掏出手机，就报了警："妹子，咱不惯着他，用法律手段保护自己。"不一会儿，警车来了，拉走了啊啊怪叫的赵铁。赵锁匠、赵婆子随后就赶到了，见赵铁被抓，那能答应吗？赵婆子本就是泼辣货，一番撒泼打滚，鸡飞狗跳之后，夏盼对这一家子正式提出离婚。赵家二位先是一愣，然后，赵婆子立马号啕，他们就怕夏盼提出离婚，一直都怕，没想到这一天终于来临了。

夏盼第二天就向法院递交诉状，她要离婚，堂堂正正地走出赵家。赵家二位见夏盼来真的，没别的招数，只好耍赖："娶你时，我家可是花了半个家当，你想要离婚，必须赔偿。"

夏盼弱柳一样的身姿站得直直的："法院咋判，我就咋接着。"

赵家赔偿的要求法院自然不予支持，很快判处两人离婚。夏盼恢复了自由之身。可赵铁不甘心，和赵家二位一起围堵夏盼，有一次，居然撵到付家去闹。气得付局长直接报警把他们赶跑了。夏盼非常不好意思，吃过晚饭之后，怯怯地提出辞职。付夫人都气笑了："他们闹，你就辞职，你也太拿他们当回事了吧。"

夏盼红了眼眶："我了解他们，他们不会甘心的。我怕干扰您和付大哥的正常生活。"

付夫人冷笑："他们干扰，我们就不正常生活了？真是给他们脸了，明天你推着我去，我倒要会会他们。"

自从那场车祸，付夫人的人生就囿于这一方天地，从来没出去过。明天，她居然要出去挑战赵家，付轻舟开心地说："玉萍，你这是想开了吗？"

付夫人点头："原以为我的人生够倒霉，没想到跟夏盼比，我的遭遇根本不值一提，我至少还有幸福的家庭，爱我的男人，优秀的女儿，她什么都没有，却活得比我坚强。"

话音没落，赵家三人又来砸门，玉萍轻斥一声："真是不长记性！"夏盼推着付夫人开门，面对胡搅蛮缠的赵家三人，付夫人气场全开："你们再敢闹，我就报警，告你们私闯民宅，把你们都抓起来。人家好好的姑娘，无怨无悔地付出了半生，你们不知道感恩也就算了，还要人家一辈子，我呸！下次再看到你们一家人纠缠一个弱女子，我就找人打断你们的腿。"三个色厉内荏的厌货，见到气场全开的玉萍，不敢造次，灰溜溜地走了。

夏盼哭了，哭得肝肠寸断，为她委曲求全的前半生。付夫人等她平静下来，才劝道："夏盼，文盛等了你这么些年，也该有个结果了。"夏盼讶异地望着付夫人，神情有些蒙。付夫人一瞧，恍然道："文盛没跟你说过吗，他在锦城有个表姐的。"是的，文盛是曾说过的，可她没在意，没想到在这儿遇上，她抱歉道："真没想到是表姐。"付夫人调皮一笑："这就叫上表姐了，好吧，也不枉我助力这一回。"夏盼一跺脚，害羞地跑走了。

文盛再见到夏盼时，她还是那样沉静，只是两颊上微微有了些肉，人也白皙了一些。文盛恨不得把人儿紧紧搂进怀里："夏盼，这一刻我等得太久了，你能不能不叫我等了？"夏盼羞涩地笑了笑，没说话。文盛急了："夏盼，我会给你最大空间，你选择在城里，我辞了工作追随，咱俩一起开个按摩店；你愿意留在坎村跟亲人们在一起，我继续做我的村医。你要是没想好，咱们在城里，在坎村都有家，你可以自由选择。"夏盼从没想过，日子还可以这么过，她有一天，可以自由地选择幸福，左也是幸福，右也是幸福。目之所及都是幸福，她被幸福包围了。只是这幸福来得太快，像梦里一样不真实。

赵家三人实在找不到人了，又来找巧云。一进门就又哭又闹，告文盛勾引有夫之妇。巧云含笑起身，热情招待："大叔大婶，您先别哭啊，不管怎么说，夏盼在您身边生活了那么久，您二位摸着良心说，如果夏盼是您的女儿，您还会如此吗？"赵家二老哑口了，夏盼的好一点一滴地显现出来，再慢慢堆积在胸口，让赵家三人心里都有些紧。"老实蛋"夏广生泣不成声："当初，我们不知道赵铁这个情况，这些年，她吃了多少苦，受了多少气，老天！你说说这都怪谁呀？说到底，都怪我这个做父亲的无能啊！"金贵也红了眼睛，他握紧拳头，瞪着赵家三人道："你们不放她自由，我就和你们拼了这命。"夏盼沉静地走进来，对着赵家二老，深深地鞠了一躬。这一躬身，有尊重、答谢、礼让、告别等种种情愫，赵家二老的泪腺像被捅破了一样，哭得稀里哗啦。夏盼慢慢直起身，对着赵铁做了个"保重"的手势。赵铁瞬间红了眼睛，再也没有咿呀嘶吼。

从夏盼进门的那天起，他们就一直怕她有一天会离开，一直都严加防范，在心里早早筑起高墙，小心防范，风声鹤唳的。今天，她终于离开了，那深深的一躬，让他们坚硬的心软化如棉。

是的，人心都是肉长的，还能咋样呢，不就是接受吗？坦然接受上天赐予的一切，就像接受赵铁残疾，接受夏盼离去一样。

　　袁秀芬等的第二只靴子终于落了地，她高悬着的一颗心咣当一声归了位。自打嫁进这个家，就等着这只靴子，等得她心力交瘁的。因为等靴子，心里总是绷着一股劲，她告诫自己，你是花高代价换来的，不同于街边寻常村妇，你要干啥得像啥。因为要强，她不知不觉承担了家庭重担，照顾老人，抚育幼子，洒扫烹饪样样都来得。自从农村环境综合整治开展以来，她还不自觉地承担了村里的工作，什么打扫卫生，清除垃圾，端茶倒水，帮忙做饭菜，等等。这些都还不算，村上有任何没人干的事儿都落在她头上，像民宿总代理这个活，她都不知道咋落在她头上的。一丁的民宿装修好了，开门、打扫、做饭菜等的活儿都得有人干，巧云没时间，就说："嫂子，你替我吧。"于是，她就替上了，而且一替就下不来了。原先只是替开门，替打扫，替做饭，现在是替协调，替结算，替购物，等等。这些客户要买东西，一时买不到，她还得动手做一些，什么泡菜、酱菜、辣椒酱、韭菜花、农家酱等，这些东西还挺畅销的，有时候做得多了，就在二丫的直播间代卖，卖着卖着，还卖出了些收益。她原想，自己动手做一些东西，能费啥事？没想到，这样一做下来，自己就干不过来了，干不过来就得招人干啊，招着人了还得有地方干，她索性在自家的空地上，开了个酱菜厂。刚运营一段，把她忙得啊，手脚都到不了一块，她想让金贵抽时间帮帮她，没想到，他还指着她帮忙呢，实在忙不过来了，她想到在村里找些人来干。第一个到她这儿报名的居然是胡兆花。胡兆花一辈子都没干过活，干起活来就像个秧子，老了老了，还要找点活干。她没敢直接提，就试探说:"姨,你先试试,干不了,咱就放下哈。"胡兆花是啥人,眼睛毛都是空的,立马明白秀芬的顾虑。她并不废话,直接点头答应下来。真正干起来才知道,人家胡兆花还真不是个秧子,干得像模像样的。人家家里不差钱,就是要找点事做。人啊,就是个怪,年轻时,让她做啥,她都不爱做,现在不用做了,她还闲不住啦。接下来,李家嫂子也来了,她家有个特殊情况,小李娜生着病,李嫂子上班得带着孩子。袁秀芬点头:"带着孩子就带着吧,谁家还没个困难,大家伙都帮着看呗。"袁秀芬的性格就是这样,能将就着,就将就着,这样将就来将就去的,将就了别人,自己的天地也宽起来。

她的面前摆着好几条路,开民宿、开饭店、开酱菜厂等。日子虽然过得累,却是越过越有盼头。巧云说:"秀芬嫂子的性子坚韧,硬是把一个'烂泥包'家庭拖上了小康生活轨道。"那是人家书记过奖了,她坚韧啥,就是苟且,没想到苟且来苟且去,还过上了富足的生活。

说真心话,秀芬挺佩服巧云呢,不仅有文化,且聪敏能干,凭一己之力,改变了村屯面貌。巧云整日在村里呼啸来去,连走路都带着风呢。她常说的一句话叫"机不可失,时不再来",为了抢抓机遇,每日都急吼吼的,不停地干干干。秀芬却觉得巧云就是太急了,稳当一些不好吗?常言道,水到渠自成。资源抢不着能怎样,抢着了就都是好事吗?

夏盼最终选择在锦城开家按摩店,她没想好怎样融入村民中,她怕人家问她的过去,也怕问她的现在,文盛是放在心尖尖上的存在,她不想心目中的文盛被亵渎了。文盛自然依着她,领着她一家一家地寻位置,经过比对,选择在中医院斜对门开家按摩店。刚开业那会儿，大家都笑话："把按摩店开在中医院边上，这不是棒槌吗，这样干还能挣钱吗？"文盛不急不慌，小火慢炖，咱慢慢来。

文盛的中医理念和按摩技法是科班出身，夏盼的手法是文盛手把手教的。所谓行家伸伸手就知有没有，从中医院出来的病人出于好奇，也过来体验体验，没想到，这一体验，就离不开了，既解乏又舒坦，还能治病，最主要是手续简便且收费低。慢慢地，按摩店的口碑就出来了。

付轻舟和玉萍经常去捧场，玉萍也离不开夏盼，白天基本长在店里，晚上两口子关了店，再把她送回家。生意稳定了，两人招了几个学员，边营业边教习。文盛有个小心思，想等她们都出徒了，就带着夏盼把分店开到坎村，这样一来，夏盼就能经常和亲人在一起了。

文盛和夏盼在坎村的家也交由袁秀芬打理着。夏盼喜欢鲜花，齐文盛索性就不种蔬菜，只在房前屋后都种满鲜花。齐文盛读过书，自然有独特的品位，连庭院花朵的摆放都呈现一种别出心裁的造型，他还设计出一种独特的花墙，让这个门庭与别家不同。胡兆花自告奋勇打理这个庭院，不管两人回来还是不回来，都打理得干干净净。胡兆花不主动和这小两口沟通，遇到有客人，就让秀芬和他俩沟通。秀芬说："事情都过去，别总纠结了，还得往前看。"胡兆花小心地道："总觉得亏欠了这两孩子。"有时民宿客人多，实在住不过来，胡兆花就把这个花朵民宿分为两个，各住各的，东院马莲盛开，西院太阳花争艳，住过的人都说这个院子打理得好。

齐世全在文盛按摩店门前徘徊两天，没好意思进门。他和文盛算是撕破脸了，从文盛知道夏盼的事那天起，就不再和他说话了。他想往回找补，怎么也没找到机会。和他同龄的老伙伴，哪一个不是含饴弄孙的，他这里连儿媳妇的面都不敢见。

文盛辞了工作之后，说啥也不找对象了。他心里急呀，和老伴嘀咕，给他做心理疏导，找人给他介绍对象，等等，这些都无效，正所谓皇帝不急太监急。这回可好了，兜兜转转，又和夏盼在一起了。夏盼是个二婚女。这些都不管了，俩人愿意在一起就在一起吧。可家里不管了，你倒是回家呀，还是不回家啦。齐世全开始还以为，他俩要结婚，咋也得过家长这道关，到那时，还可以摆一摆家长的谱儿。没想到，两个人绕过家长，悄悄地领了证。他还是听别人说"你儿子结婚了！"才知道这回事，这家长当的，真是憋屈呀！

他气冲冲地走出去，围着小区转圈，转了一圈又一圈，发现连个说心里话的人都没有。最后，他想起了高占福。对了，找他去，和他唠唠。他转了好几趟公共汽车，才来到高宅，没想到，高占福不在家，他带着一家人回了坎村。坎村，就是坎村，当初一个人人想逃离的地方，如今就像一个旋涡，吸引越来越多的人深陷其中。他也算是一个被吸引的，索性也回去看看。

这些年，金贵的心气总算顺畅了，整个人一放松，就一下子堆下去，像他爹一样，佝偻着腰，眯着眼睛打盹，越看越随了那个"老实蛋"。袁秀芬心里这个气呀，折腾了大半生，日子顺心了，他倒好，躺平了，也可以说是摆烂。她遭的这些罪没人管了，那可不行。她和祖祖辈辈坎村妇女一样开始"翻小肠"："我这一辈子亏得哟，可别提了，如果有下辈子，我可坚决不把自己绑在这个家!"正打盹的男人忽地睁开眼睛,眼里金光四射,似要把她吞吃入腹一般。她赶紧安抚:"乖,快点睡,我啥也没说。"男人剜了她一眼,缓缓闭上眼睛。她抚了下自己的心,再也不敢随意挑衅男人了。被挑起兴致的男人龙精虎猛,她这小身板可招架不住,还是做点让自己放松的事吧。

那个搞音乐的隋子又过来取民宿的钥匙了,说要去湿地采风。看着他获奖似的兴奋表情,她的心情也跟着好起来。袁秀芬自小生在湿地,除了浩瀚与泥泞,还真不知道这风有啥好采的。不过隋子创作的音乐她是能听明白的,表达的都是坎村的生活,那些水流声、鸟鸣声、风掠过声,甚至庄稼拔节长高的声音,都声声入耳。庄稼长高的声音一般人听不到,也不知道是啥声音,可一听那音乐,她就知道,就是那个声音。她在做姑娘的时候,干活干得疲累极了,躺倒在田埂上睡去。睡梦中,她的五感格外敏锐,似听到一种声音冲破阻滞,一点一点地伸长,这种声音特别美妙,让她于疲累中生出一种希望。在心情不好的时候,就听上一段这样的音乐,感觉身心融入音乐,心情格外平静。隋子取了钥匙,叮嘱袁秀芬,晚些把饭菜送进屋里。这帮艺术家干起活来,没黑夜没白日的,可得把他们的生活安排好了。他们是不计较钱,可他们挣钱也不容易,所以在价钱方面,她都记得关照他们。自从一丁打造了这排民宿,这帮艺术家就一个拉着一个地入驻了。随着艺术家队伍的扩大,这里形成一个艺术街区。和隋子住邻居的是从北京来的画家方程,听说以前一直在医院里画病床,用床这个特殊符号表达他对社会的感受。她看到过他的一幅画,密麻麻的楼群中一张床,那白色床单像受伤的鸟儿,在钢筋水泥森林中休憩。一丁邀方程过来的时候,方程并没放有在心上，等一来到这片湿地，他一下子就喜欢上了。原想在这里休憩一段时间，再回北京，没想到这片湿地让他直接放飞心灵，他在大湿地中找到治愈心灵的良药。他放弃心心念念的病床，全身心投入湿地的博大包容之中。他画的湿地，那么美，那么空灵，有一股震撼心灵的穿透力。还有那个摄影家叫蓝墨的，一个月一个月地蹲在湿地里，恨不得把湿地全部收入镜头中，看了那样的湿地，才知道什么叫人间仙境，什么叫辽河口秘境。在那样广袤无垠的大湿地中，人真的不算啥。小孩子们愿意去艺术街区玩耍，小贵和小芬也经常去，跟别的孩子一样在里面疯跑。她在心里呀，可早合计好了，俩孩子要是喜欢哪个艺术家，她就把孩子送过去学习，多贵都愿意。要是能让孩子在家门口学艺术，那可是几辈子修来的福气，以前是连想都不敢想的。当初，一丁跑北京搞什么艺术，村里人都认为他是不学好，叶瞎子还曾抡着棍子追打一丁，号叫着让他永远都别回来了。刚开始那会儿，有谁提起一丁，老两口都会难堪好一阵子。还有人说，一丁的妈不学好，她生的孩子也不学好，真是报应！害得叶瞎子把宝珍好一顿捶，捶得嗷嗷直叫，全村人都听见了。现在，人家一丁出息了，在北京挣了钱，学到了真东西，成为各级领导的座上宾。叶瞎子整日喜滋滋，连白眼都不翻了。闲下来的时候，袁秀芬也去艺术街区溜达溜达，感受一些新理念，熏陶一些艺术的味道。

叶瞎子也去往艺术街区，在那里溜达，连他都有品位了呢。那一日，他刚溜达一圈，迎面就遇上齐世全，他还以为自己眼花了："天啊，你来了咋也不打声招呼？"齐世全眯起眼睛打量这棵曾经的高草，年龄长了，头发白了，皱纹多了，精气神却好多了。齐世全含蓄地说："想你们了，跑来看看你们。"叶瞎子一把拉住他："来来来，咱俩好好喝点酒，聊一聊。"齐世全幸福得直掉眼泪："我是真想你们这帮老哥们！"年轻的时候，那么不着调的叶瞎子，没想到老了老了这么靠谱。

叶瞎子和齐世全就在民宿摆上桌子，开启推杯换盏模式，这酒喝得有滋有味的，喝着喝着就多了。叶瞎子白眼泛起红丝，肆无忌惮地数落起了齐世全来："文盛是多好的孩子啊，让你祸害成这样！"这样的话，齐世全也跟叶瞎子说过，原话是："一丁是多好的孩子啊，让你祸害成这样！"如今，叶瞎子把这话原封不动地送给了自己。他低下头，猛地灌一口酒。叶瞎子翻着白眼不依不饶："现如今，文盛总算和夏家丫头破镜重圆，你还做啥苦大仇深的样子？"

齐世全苦笑一声，调侃道："咱俩半斤八两，你不也是，把一丁逼走那么些年。"

叶瞎子手指竖在唇上："嘘，我和你不一样，我和一丁早和解了。"他翻着白眼炫耀，"一丁啊，也要有好讯息了，他和巧云的事有眉目了。"

齐世全诧异："真的呀，太好了！那黄老歪同意啦？"

叶瞎子的泪忽然流下来，他握着齐世全的手，哭得呜呜咽咽："你还不知道呢，黄老歪死了。"

咣当一声，酒杯落地，齐世全颤声道："你说什么，黄老歪死了，他咋死的？"

叶瞎子哭得更厉害了："他自己死的，就是不想活了。"

是的，黄老歪死了，和叶瞎子对头多年的黄老歪死了。他死了，论理叶瞎子可以肆无忌惮了，没有人和他对着干了。可没想到，叶瞎子不但不再作天作地，还成为村里各项试点工作的笃行者。村里进行厕所革命、垃圾分类、清洁能源取暖试点,他都第一个报名,等邻里邻居们过来看时,他还不厌其烦地展示。这要是搁以前,没等咋的呢,他就先作起来。他对一丁的态度也改变许多,不再一味地约束,有了贴心贴肺的关爱。对巧云也不再挑刺,时不时地送上贴心的照顾。

一丁闷头打造这间咖啡屋,直接利用石头房的年代感,打造出原创艺术气息。巧云坐在一丁身边,不动也不说话。等咖啡屋打造好了,她就泡在咖啡屋里喝咖啡,喝苦咖啡,喝那种时尚人叫作清咖的东西。这种东西好啊,乍一喝,苦如黄连,细细品,苦中带香,这种苦过之后的香味,就同生命的回甘,让她倍感珍惜。起初,把老房子的石头搬回民宿,她想打造一间工作室,可一丁不同意,坚决建议要做个咖啡屋。她没坚持,这辈子妥协得够多了,不差这一回。等打造出了样子,她笑着调侃道:"看看,你一坚持,我就随过去了,我的初心是不是一直在变?"一丁看她又恍惚了,长叹一声,心疼极了,他放下手里的活计,想说什么,一时间不知道说点什么才好。

叶瞎子不时地过来看她,语重心长地劝:"巧云,你爸去了,我原想和你爸商量来的,没想到他走得那么急。"巧云都气乐了,他和父亲啥时候商量过,两人几乎对立了一辈子。然而就是这两个对立了一辈子的人,却是最了解彼此的。"你和一丁年龄也不小了,你知道的,从小到大,他一直都等着你,要不然,你俩把婚事办了吧。"

巧云沉吟一下,选择迂回的说法:"叶叔,一丁很优秀,跟我在一起,会限制了他的发展。"

叶瞎子难得地严肃一回,他义正词严地说:"你这话一听就是推托之词，限制发展不限制发展，他自己乐意就行呗。巧云哪，你年龄也不小了，如此推托难道真的如流言所说，是为了谁吗？"

叶瞎子就是叶瞎子，即使披上好人的外衣，这毒舌之术还是无人能及。巧云头疼地揉了揉额角："叶叔，我真的是没时间考虑这些事，您让我想想行吗？"

叶瞎子这才咽下毒舌，改回好人面孔："巧云哪，事业总是人生的点缀，你真要为了这些点缀，而放弃大好人生吗？"巧云暗挑大拇指，叶瞎子真是坎村第一哲人啊！

叶瞎子一回到家门口，一丁就殷勤地接出来，亲手把他让到炕上，再把酒给他满上。这太阳打从西边出来了，多年对峙的两父子，仅用一杯酒就融化心内多年坚冰。叶瞎子心里美得啊，鼻涕泡都出来了，面上还故意翻着白眼不搭理一丁。一丁看他爹的样子，心内都无语了，只好主动开口问道："爸，巧云怎么说的？"

叶瞎子一听他心里没底的样子，气得差点一口气没上来："你说她怎么说的，这么些年了，一点没长尿性，一个女子罢了，还能翻出你的手掌心？你能不能给老子出息一点？"

宝珍看他又呵斥一丁，赶紧劝："你能不能跟孩子好好说话。"

没想到一丁不但没摆脸子，反而笑嘻嘻地道："妈，我认为，爸说的还是挺有道理的。"

这回轮到宝珍无语了："什么情况，这父子俩怎么回事，难道天上要下红雨了吗？"

二十四

县委巡察组正式进驻那天，巧云因为有事，错过了时间，这让巡察组很不满意。一大早，巧云就在村里等巡察组了。没想到，有人来报告说村民和施工队发生了冲突。巧云不敢怠慢，赶紧跑到工地。一了解情况才知道，施工噪声和粉尘影响村民的生活，村民与企业协商了好几次，都没有说法。暴怒的村民直接冲上工地，叫停了施工。乔丽态度强硬，打电话叫来警察，强硬地要求村委会保障施工进度。巧云赶到时，企业与村民对峙，一方面企业态度强硬，另一方面村民坚决不答应。针尖对上麦芒，严重的事态一触即发。巧云被推到最前沿，同时面对两方面的怒火。面对暴怒的村民，她义正词严地指出："企业围挡高度不够，防噪声防粉尘的效果不明显，企业必须立即改进。"乔丽讥讽一笑："这样的围挡符合国际标准，在你坎村却不合格，你坎村是谁呀，我告诉你，在北京施工，都是这样施工标准，企业不可能做什么改进。"巧云寸步不让："你们在北京咋施工，我不管，也管不着，可在坎村，这叫湿地，你这样施工，造成环境污染，还惊扰鸟类栖息，就是不行！"乔丽来了大小姐脾气："你说不行就不行？你以为你是谁？"巧云不动如山："我是坎村的村书记，代表村里对企业正式提出要求，如果你不答应，我有权提议暂停施工。"乔丽不屑地说："黄巧云，还真以为你是一级组织啦？我呸！"

巧云并不搭理她，抄起喇叭就大声喊话："全体人员请注意，企业立即暂停施工，停业整顿！"

乔丽气得俏脸通红，她大喝一声："黄巧云，你能干你干吧，我还不管了！"

巧云转头劝村民先回去，由她和企业交涉。村民怒吼："那是你妈的企业，你和企业是一伙的，你能给我们做主？"

乔丽嗤笑："我们企业可没有这样吃里爬外的人。告诉你们，你们在这里闹不能解决任何问题，都回去该干啥干啥，要不然等待你们的是法律的严惩。"

村民岂是吓大的，直接往上冲："严惩是吗？你吓唬谁呢？来呀，严惩啊！"

巧云厉喝一声："都站住！"村民犹豫了，想上前又不敢上前。巧云对着领头的，直接点名，"闫二虎、李学信、钱大忠，你们赶紧带人回去，这里我来督促落实。"

被点名的几个人顿时停住脚步，犹豫几番，还是咬牙道："都回去吧，听黄书记的信。"几个不服气的还在那小声嘀咕："我们不能走，企业得给我赔偿。"

巧云大声说："要什么赔偿，给你们造成什么损失了，就要求赔偿？你们不是要求企业改进吗？我留下来督促企业改进，你们都回去吧。"

等巧云劝回了村民，乔丽招呼也没打，也悄悄地溜了。工地上没人能做得了主，上下一通乱，巧云干着急，没办法。联系乔丽，她躲在宾馆喝茶，就是不接电话。无奈之下，她只好叫停了施工队，勒令企业停业整顿。

巡察组已经坐在村委会喝了一个小时茶了。把楚算盘急得哟，不时地出去看看，黄书记咋还没回来呢？楚算盘几次看不到

237

巧云的影子，只好硬着头皮说："再等一会儿哈，巧云书记应该马上到了。"

这一等，又是好一会儿，黄巧云还是没有来。巡察组组长刘子业明显不高兴，他给巧云打了电话，她居然也没有接。刘子业冷笑："这坎村确实是法外之国呀，巡察组入驻也能这样晾着。"两个组员紧跟着点头，附和道："是啊，组长，这是开天辟地头一家呢。"早早谢顶的小王调侃道："刘组长，法外之国实在算不上，这会议室还是跟别的单位的会议室一样，你看有党建目标，组织架构，还有工作动态图。"另一个组员小郝则接口道："这个动态图挺别致的，插红旗的是完成的，插黄旗的是正在干的，插蓝旗的事未来要完成的。你看完成时限标出来了，这个动态图设计挺好的。"

巧云一进门就赶紧道歉："对不起，对不起，刚刚发生了一些特殊情况，多有怠慢！"

刘子业看了看她，并没说话，转身坐下来，对着巧云公事公办地说："黄书记来了就好，要是没别的事了，咱开始吧。"

巧云赶紧点头，双手抱拳："对不起，事发突然，劳几位久等了。"

刘子业没接话，公事公办地宣读了文件，然后宣布纪律，公布举报电话等。巧云等这一套程序履行完事，代表村里对巡察组进驻表示欢迎，表态说要全力配合巡察组，做到守纪律、听指挥等。表态的话还没完全落地，她的电话居然响起来。刘子业顿时黑了脸："黄书记，按照要求，这样的场合是要关掉手机的。"

巧云微微弯身，抱歉道："对不起，咱市招商引资项目和村民起了些冲突，我正斡旋处理。"

刘子业面无表情："事有轻重缓急，你要有急事，就先去处理吧。"

巧云闻声立即起身，鞠躬致歉："感谢巡察组理解，工作该怎么开展怎么开展，我这里有个突发事件，实在离不开人。"说完像箭一样飞出去了。

刘子业懊恼地对同伴说："这黄书记怕是听不懂人话吧。"两个助手摊摊手，表示不可理喻。

楚算盘赶紧赔着小心解释道："我们黄书记老忙了，不行咱先不管她，巡察工作该咋开展咋开展呗。"

刘子业看了看楚算盘："我们的事儿很简单，就两项：一是谈话，二是查账。"

楚算盘点头："好吧，咱就开始吧，我代表村里全力配合。"楚算盘瞄着刘子业的脸色，热情地推荐道："你们工作的两个月可以住在民宿里，吃饭就在老乡家，或者在咱村吃也可以。"

刘子业看了看楚算盘："村里有食堂吗？咋下账的？"

这刘组长警惕性还真无所不在啊。楚算盘赶紧缩了缩脑袋，一迭声地解释道："村里没食堂，吃饭也不下账，主食是玉米面条，副食是泡菜，都是黄书记自己提供的，也是黄书记自己做的。"

刘子业感兴趣地问："那她的玉米面条和泡菜是哪来的？"

楚算盘小声道："玉米和菜都是她父亲种的，面条是她自己手工轧的，泡菜是她自己腌的。"

"她父亲是做什么的？"

楚算盘越说声越低："她父亲嘛，刚刚过世了。"

这嗑唠的，直接把人唠死了。刘子业也不好意思了，他赶紧换下一话题："还是找个民宿吧，我们就不在村里吃了。"

楚算盘松口气："村里有三户开民宿的，成些规模的就是袁秀芬民宿，是村主任夏金贵的婆娘。"

刘子业点头："那就袁秀芬民宿吧。"

巧云再见到刘子业时，已是三天以后，巧云一进门就问："刘组长，这几天慢待了，你们在生活上有什么困难吗？"

刘子业扯了扯嘴角，公事公办地说："来之前，高宝财和我说过情，要我多多关照你们村。看来黄书记的消息挺灵通的，还知道是我带队。"

巧云笑了笑："高科长之前和我说过，要跟你们说说情，可我拒绝了。"

刘子业诧异地问："俗话说，人熟为宝，有人主动说情，你都拒绝，我能问问这是为什么吗？"

巧云好声好气地解释："不愿意让你们先入为主，以为我们村有什么问题，需要用说情来抹平。"

刘子业语气冷了下来："你认为你们村没有问题吗？"

巧云思考一下："也不能这样说，我想请你们用自己的眼睛看，用自己的心去感悟。"

"你以为你不说我们就什么都看不出来？看不出你们签的合同都明显规避招投标？看不出你们的专项资金使用不规范？"

巧云点头："是的，这些问题都存在，可这些事都有前因后果，我想你们能在发展中看这些问题。"

"无论怎么看，这样做都是违规的，你知道吗？"

巧云再次点头："我知道。"

刘子业心道："嗬，毫不辩解，有点意思，看来今天不放大招，不能把她拿下了。"想到这儿，他进攻点明显转变，"你有没有喝酒喝到酒精中毒，还被人家媳妇追到村委会来骂？"

巧云面有羞惭："有，我去市里争取资金，遇到坎村老书记高占福的儿子高宝财，他召集的酒局，我酒精过敏，引发酒精中毒。至于被追到村委会骂，完全是个误会，已经解释清楚。"

听了她的解说，刘子业仍然觉得避重就轻。好吧，既然她羞羞答答，他就一鼓作气捅开这个脓包："那餐费用不低吧，据说是管业集团总经理杨向阳结算餐费。"

巧云坦然："当时我不知道谁结算的，后来根据形势评估，推断应该是他结算的。"

刘子业往椅子背后靠了靠，微微跷起二郎腿："咱合理想象一下哈，杨向阳是否可能为了争取坎村项目而买单？"

巧云面露不悦，不客气地回怼："你的想象力太丰富了吧，首先，酒局不是我召集的，也不是他召集的，那时整治专项也没到位，项目还没有产生，杨向阳不可能未卜先知地为了争取项目而买单。"

看到巧云急了，刘子业笑得眯了眼。就这定力，不难攻破嘛，他决定再接再厉："是吗，是我的想象力丰富，还是事有蹊跷？比如，镇长严二白比较关照你们，当然了，要想做成事，没有上级部门的关照指定不行。这里面有没有超越职务的特殊关照？除了严二白，还有没有别的领导也有此类情况？"

巧云直截了当地说："没有。"

刘子业倏地眯起眼睛，注意着巧云的表情变化："我能不能问一个比较私人的问题，你为什么一直没有考虑个人问题？"

巧云俏脸浮起一层薄怒："这个问题与工作无关，我拒绝回答。"

到底还是嫩了一点啊,这就恼羞成怒了,还以为你有多深的道行。想到此,刘子业的笑容越发和煦:"我们没有探寻你隐私的意思,对于群众反映的任何线索,我们都会认真求证,不会冤枉一个好人,也不会放过一个坏人。"

巧云迈步出了袁秀芬民宿,心里仍然愤愤不平。她一脚踢开脚下的石头子,石头子划出一条优美弧线,骨碌骨碌滚进边沟。边沟里居然积存了不少垃圾,看来家家户户没有好好地落实门前四包啊。抓门前四包,早早跟村民做过宣传,还一家一户签字画押了。没想到,这些都没有用,有所收敛,还是板不住。哎,还得一家一户地督促,实在没别的好法子,巧云长叹一声:"哎,这命苦的哟,得了,108家,走起!"

刘子业趴在窗口,看着巧云一家一家地转圈,汗水顺着脸颊流下来,阳光下闪烁七色光芒。刘子业仔细看了看转圈的巧云,点赞道:"这小女子心性够坚韧,尽管气喘吁吁,眼角眉梢始终挂着笑意。"

小郝都奇了怪了:"组长,你说她咋不在大喇叭里下通知,就这样一家一家地走,这招法可够笨的。"

小王看了眼小郝,反驳道:"大喇叭是下通知用的,像乱扔垃圾这样不太光彩的事儿,还是一家一家劝说的法子比较对头。"

刘子业饶有兴味地点头道:"这个小女子还是真有点意思啊。"

村民们都知道上面来了巡察组,估计黄巧云要倒霉了,她究竟能倒啥霉,他们无从猜测。于是,就每日瞄着巡察组的三个人,见他们不是唠嗑就是看账,再不就是找人聊天,没看出要整人的态势来。叶瞎子也蒙了,这是怎么回事呢?要整人吧,又不像;不整人吧,又天天在村里晃悠,这伙人要干什么?时间一长,村民就懈怠了,渐渐不操那个心了。村民不关心关注了,巡察组也一连好几天不来了。难道就这样蔫蔫地撤了?袁秀芬奇怪地问自家男人:"你说他们这是走了吗?"夏金贵撇嘴:"走啥走啊,估计是'扫外围'去了。""扫外围"是个新词,袁秀芬一时没听明白,傻傻地问:"'扫外围'是个啥意思?"夏金贵就解释道:"就是出去找证人核实问题去了。"

夏金贵说对了,刘子业还真是"扫外围"去了。他从村民嘴里听到巧云醉酒和被陈千金骂的版本太多,他觉得这个事有必要找当事人了解了解情况。

这样的工作付出多,收益少,有点像扁鹊治未病的哥哥。最主要的原因是当前形势下,有一些同事热衷于办大案、办要案,受重视、得名声等,这些艰苦细致的工作,没人愿意做。

刘子业坐在陈千金对面,细细地打量她,即使在自己家里,这女人仍身披名牌休闲服,脸上画着淡妆,手上描着蔻丹,浑身上下无一处不精致。刘子业暗想,这样一个人爱惜羽毛的人,怎么会豁出脸面去闹,把自己男人和公婆的脸面踩在脚下?这年头,不只男人的世界水深火热,女人的世界也让人看不懂啊。他想了想,还是单刀直入地提问:"陈千金,我们在巡察中发现,很多村民都会提起你到坎村找黄巧云闹过,你能说说具体情况吗?"

陈千金面上显出羞惭的神情,语气柔和地回道:"是的,巧云和向阳相处过,我担心两人旧情复燃,加上有人拱火,就没多想,直接找过去了。"

243

刘子业听她说出这样无脑的理由,真为她智商着急:"你因为担心,就找过去了,你想过你这样做,对一个人名誉的影响吗?"

千金低下头,苦笑道:"您说得很对,我确实是受了几句挑拨,就真的找过去了,现在想想,真是蠢得可以。"

刘子业在心里追加一句:"总算还没有蠢到家。"考虑到自己正在跑题,他赶紧追问:"那么现在,你还有这样的担心吗?"

千金脸上挂着释然的微笑:"现在?"她顿了一顿,"向阳在别的村施工,两人没有任何联系,我还担心什么?"

刘子业梳理一下陈千金的话,总结道:"我可不可以这么理解?早先,杨向阳在坎村施工,你怀疑两个人存在不正常关系,现在两人分开,你就不怀疑了。"

千金描画精美的长眉皱了皱,低声纠正道:"早先也是我多心了,两人没有不正当关系,我欠黄巧云一个道歉。"

刘子业无语地摇头:"这个陈千金,当真是千金小姐的个性。"

陈千金目送刘子业他们离开,不再绷着优雅,颓然坐在椅子上。向阳之前就跟她说:"巡察组一定会找你谈话,你就实事求是地讲。"所谓实事求是地讲,是咋讲,她不知道,可她知道,如果讲不好,她和向阳的婚姻也完了。早先谈恋爱的时候,她肆无忌惮地对着向阳展示最真实的自己,各种发脾气,使性子,甚至拳打脚踢。那时真是她人生高光时刻,活得灿烂随性,肆意活泼。现在,一切都不同了,自从他下海经商办企业,她的话就不那么灵了,对此,她自动理解为他忙他累他不容易,女人嘛,就要多理解包容。等到坎村那件事发生,他完全像换了一个人,她吵她闹她随意如何都好，再也撼动不了他坚定的心性，他看她的眼光像陌生人一样冷淡。在坎村，当他把她塞回车内时，他的目光似要杀人。她相信，如果自己胆敢再捋虎须，定然尸骨无存啦。是的，没来由，她就是有这样的直觉。所以，那天在商场门口，他温柔地喊她"傻丫头"，她战战兢兢地顺坡下了。从此，她不敢再随意挑衅，必须小心翼翼地看他的脸色行事。现在人人都说圈子文化，她就小心地生活在他划定的圈子里，不敢出圈。亲朋好友都说，陈千金好命，嫁个男人阳光谦和、英俊多金，可他外表温和，骨子里却很冷，那种从里到外散发的冷。她融化不了，也融入不进去。她苦恼愤懑，又无可奈何。她承认，去坎村闹，是自己冲动了，而冲动的惩罚就是她亲手筑起一座堤坝，把自己排除在堤坝外。向阳心里的弯弯绕，她根本看不懂，他就坐在那里，你永远不知道他在想什么。她想起高宝财鼻涕一把泪一把地哭道："不知道哪个孙子这么坑害我？"孙倩冷冷地说："还不是你持身不正，要不谁也坑害不了你。"不知为什么，她一下子就想到向阳，陌生的深不可测的向阳，他就坐在那里，冷冷地说："高宝财必须学会闭嘴。"她不知道他咋让高宝财闭嘴，也不敢问。今天，高宝财一出这样的事，她脑海中莫名闪过向阳的影子。好久，她摇了摇头："不可能，一定是孙倩眼里的冷与向阳眼里的如出一辙，让自己产生了幻觉。"

  刘子业和高宝财无疑是熟悉的，高宝财之前还试图沟通他，跟他说说坎村的事。没想到，上午刚刚打完电话，下午就听说他出了事："这年头，真是人生无常啊！"

  刘子业做这项工作，见惯干部的起起落落，有的昨天还在台上颐指气使，今天就败德成囚。这里诚然有他们咎由自取的成分，可警示的效果还是显著的。刘子业没有到高宝财单位进行约谈，而是把他约出来坐坐。这种敏感的时候，如果去高宝财单位，势必引起多方揣测，刘子业这种尊重，让高宝财眼里迸射出感激的光芒。对于高宝财，刘子业没有选择单刀直入，他迂回地寒暄一句："宝财，你身体咋样？"

高宝财苦笑："如你所见。"他拍了拍瘪下去的肚子，调侃道，"肚子里面这点牛黄狗宝都挤出来了，现在真是无病一身轻啊！"

刘子业哈哈一笑："酒局没有了，肚子自然就没有了，应该是无酒局一身轻啊。偏偏我今天煞风景，要和你谈一个酒局。"

高宝财智商果然在线："那个给坎村要专项而设的酒局？"

刘子业点头，顺势提问道："是黄巧云找你张罗的，还是你主动张罗的？"

高宝财也不绕弯子："我跟她说来的，她不同意，我就直接张罗了。"

刘子业笑呵呵地问："你不像是这么有情怀的人啊，我能问问为什么吗？"

高宝财难得郑重地道："我来自坎村，你知道的，坎村道路泥泞，我受够了这种泥泞，听说综合整治工程能改变村里的面貌，我就想在这次综合整治中留下属于我的一笔。不瞒你说，我还想争取这个村第一书记来着，不过，没有成功。"

刘子业不再迂回，直奔中心："喝酒抵钱的规则是你提出来的？"

高宝财点头："是的，我提出喝酒抵钱是为了表达坎村的诚意。事先声明啊，我真不知道黄书记酒精过敏。事后，听说黄书记酒精中毒，我还愧疚了好久。就因为这些愧疚，我才愿意为坎村的事，四处说情。"

事情都问清楚了，刘子业并不磨叽，利落地起身告辞，他拍了拍高宝财的肩："兄弟，走好自己今后的路。"

高宝财点头，垂下眼睑，掩住眼里晶莹的泪光。刘子业走了好久，高宝财都没有动，一直呆呆地坐在那里，直到孙倩找过来。见他一个人在发呆，孙倩诧异地问："刘子业走了？"

高宝财点头，"是的。"

孙倩担心道："你说这次巧云能顺利脱身吗？"

高宝财摇头叹息道："不知道，估计得脱层皮。"

刘子业见到杨向阳时，心下纳罕，这对夫妻的反差也忒大了。杨向阳全身农民装扮，肤色黝黑，上着老头衫，下穿工装裤，脚蹬劳保鞋，鞋子、裤腿上都裹着泥巴。见到刘子业他们，杨向阳露出一口白牙，笑得像个表情包："你们打个电话，我过去找你们多便利，还劳动你们跑一趟。"

刘子业也笑了："这是我们的工作，何谈劳动？刚刚一见面，觉得你们夫妻俩反差很大。"

向阳一听，憨憨一笑："我穿成这样为了干活方便。家人完全可以穿得精致些，我之所以这样努力，就是想给家人优渥的生活。"

刘子业直入主题："我们来是想了解一下，坎村争取专项资金那场酒局，听说是你买的单。我们想问问，是有人授意你这样做的吗？"

向阳摇头："没有，早先就是普通的朋友相聚，后来，高宝财找了坎村的黄书记。黄书记一来，高宝财提出以喝酒来争取资金，黄书记同意了。黄书记大概喝了二十几杯，直到酒精中毒。我看大家都喝多了，就主动把单买了。"

刘子业严肃地问："你主动买单，是为了黄巧云，还是高宝财？"

向阳不急不慌，淡淡地道："准确地说，是为了坎村，为了改变坎村面貌。高宝财不惜豁出脸面四处说情，黄巧云为了争取资金不顾性命喝酒，我就是买个单，有啥舍不得的。"

刘子业转移话题："听说，你和黄巧云处过男女朋友。后来，因为什么分手呢？"

向阳挠了挠头，再次憨笑着说："我们是典型的大学恋情，有过青春飞扬的美好，也有过激情四射的甜蜜。后来，因为就业方向等问题，我俩吵起来，越吵越说服不了对方，吵来吵去就没有下文了。"

刘子业追问一句："那么你们现在呢？"

向阳歪着头，认真地想一想："现在，她就像我的一个亲人。"

在巧云失去父亲的第三个月，贾文轩带着专家组，再次来到坎村考察。这次来是专门考察黄老歪石头房子的。据传说那个房子存在了近200年，市里有关部门要在坎村建个龙门渡文化展示馆，想把这个石头房子作为龙门渡文化遗存之一。

贾文轩带着他的专家团队，熟门熟路地找到会议室。巧云刚好有别的公务接待，安排楚算盘做好接待工作。楚算盘接到任务，不敢怠慢，早早地烧好热水，沏上香气浓郁的茉莉花茶，又在村里找了几个有见识的农民等在会议室，等着专家组莅临检查。贾文轩微闭着眼，端起茶杯，嫌弃地吹了吹水上漂浮的茶叶末儿，等茶叶末儿退开去，微微低头，淡淡地呷了一口茶水，笃定地道："那间石头房子可以陈列到龙门渡文化展示馆。"

叶瞎子翻着白眼，不屑地道："贾专家，当初你们专家团队做的决定，说石头房子碍事，必须拆除。如今，房子已经拆除了，连一块石头也没留下。"

贾文轩瞟了叶瞎子一眼，接着发问："那艘手工船呢？听说有些年头了，也可以陈列其中。"

叶瞎子歪声邪气地道："手工船也没了，随着它的主人沉湖了。"

贾文轩毕竟是专家，完全不跟叶瞎子这些农民一个见识，他端着高知的范儿，不急不慌地留下一句："既然啥都没有了，还得实施拿来主义了。"说完拍拍屁股，带着专家队伍四处考察去了。有知情人看见，队伍中有一位美女，据说是贾专家的红颜知己。

坎村一天一个样，面孔新，产生的问题也新，几乎每天都产生新问题。所有旧问题解决了，新的问题必然已显出端倪，衔接得严丝合缝。巧云就是有三头六臂，也解决不过来，何况每日还有新任务压下来。巧云觉得自己的血都供应不上来了，大脑时常处于停机状态，打电话打得耳朵嗡嗡的，说话说得嘴里腥甜腥甜的，似有一口老血要吐出来。她终于意识到自己没有三头六臂，更不是神女，事儿太多了，完全干不过来啊。金贵也累得不行了，恨不得随时随地躺平下来。巡察组查了什么账，找了谁谈话，他俩都不知道，有事只管去找楚算盘，巡察工作是顾不上了。

每户庭院门前的花草由市住建局赞助，是召开龙门渡文化节时，统一引进的。引进时，每一株花草都灿烂鲜活。文化节活动之后，不但有的死了，还有的莫名丢失了。花花草草的事看着不大，任其这样下去，花草的斑秃会越来越大，对村容村貌影响很大。巧云正忙得晕头转向，偶一低头，发现了花草斑秃的问题。她二话不说，一家一家开始落实承包制，把每一株花草都记录下来，再一家一家地落实。就这样，她又开始转圈，每天都转圈，转了一圈又一圈，比太阳都勤快，因为太阳每天只转一圈。她梭巡在村里，前脚交代工作，后脚惹得村民生气地念叨："啥啥都管，跟个巡海夜叉似的。"她听见了，假作没听见，微笑着出了门，骑车而去。

等太阳完全下去了，连最后一抹余晖都收进翅膀里，她又开始出来转，围着刚刚施工完成的太阳能路灯，一根一根地转，转了一圈又一圈。刘子业见她白日黑夜不停地转圈，非常诧异，他一步步靠近巧云，询问："黄书记，我看你不停地转圈，都转了好久了，你这是在干什么？"

巧云不好意思地笑了笑："我在看新安装的太阳能路灯，亮不亮，亮度够不够，能亮多久，然后一根一根地记录下来。"

刘子业也笑了："怪不得呢，白天，看你都转一天了，晚上，还接着转，你不休息的吗？"

巧云自然而然地回道："这不是经常的嘛，所有的村书记都一样，我们有一句俗话，既然选择做村书记，就要风雨兼程。"

刘子业感慨地说："你一个女同志也太不容易了。"

巧云笑得眉眼弯弯："村书记都是驴，谁管你是男是女。"

刘子业诚恳地说："黄书记，坎村的变化，村委会的努力，我们都看在眼里，我们会在报告中如实说明。群众反映的问题，以及工作中的失误，我们也会翔实报告。至于那些没有实据的流言，则一律不予采信。"

巧云真诚地说："谢谢刘组长！"

刘子业笑了："怎么，这回不说我们对你有成见啦。"

巧云顿了顿，还是实事求是地说："最初，对你们是有过误解，以为你们就是来挑毛病的。现在，见你们看问题实事求是，了解情况认真负责，此时此刻，心里对你们是真心认可的。"

刘子业长出一口气："黄书记，能得到你的认可，不容易呀！"

巧云抬头看了看天色："刘组长，天快亮了，我请你喝一杯咖啡吧。"

石头房子虽然没有了，石头咖啡馆还在，在里面喝咖啡的是游客和艺术街区艺术家们的最爱。为他们煮咖啡的，自然是大艺术家一丁啦。巧云也喜欢上咖啡，那种苦中带香的味道令她着迷，她像发现新大陆一样在咖啡的领域折腾，折腾累了，就在咖啡馆对付一宿。自从父亲去了之后，她就搬到了民宿，又觉得那里不是家。没有父亲的家算是什么家啊？只是一栋房子，在房子里摆上一张床而已。巧云不愿意上那张床，因为上了床也睡不着。实在睡不着，她不停地摆弄那些瓶瓶罐罐，累了就在咖啡馆的沙发上睡去。

刘子业见她娴熟地调弄那些瓶瓶罐罐，不一会儿，咖啡的香味儿就飘满屋子，他端起面前的杯子，浅浅抿一口，随口聊道："这个时段喝咖啡，对身体不好。"

巧云笑了笑："这个时段才好，喝完咖啡，人也精神了，等一会儿，就要去给大家做早餐了。"

"既然这么辛苦，为什么还要给大家做早餐？"

"哪有为什么，就是习惯了呗。小时候给父亲做，上班就给同事做呗。更何况大家伙都干得很累了，我想用实际行动让他们知道，我和他们在一起。"

巧云动作娴熟地端了杯子，深嗅一口，满足地叹道："好香啊！"她喝咖啡一点都不高雅，不是品，也不仅是喝，而有点像是灌。

刘子业皱眉："你这样喝咖啡，对身体可不好。"

巧云淡淡地说："这样喝才够劲，我已经喝习惯了。刘组长，时间不早了，你先回去补个觉吧，我要去村委会给大家煮面了。"

刘子业看她神采奕奕的样子，心念一动，冲口而出："我也想跟你讨碗面吃。"

巧云微微一笑，慨然应道："当然可以！"

二十五

冰陷湖的水蓝绿晶莹，风攥着浪一层一层地往岸上涌，等好不容易够到岸边了，一阵风掠过，又把浪摔在路肩上，让风的努力再次打了水漂。尽管一次又一次的努力，任谁也没见过爬上岸的水。早先爬上岸的水都被处理了，岸上有田有屋有土地，水中有鱼有虾有神秘的水族，而这方水已经完全达到输入与输出配比随意的程度。输入多，输出少，水的储存量就有富余；输出多，输入少，水的储存量透支。这种输入和输出的关系让做村书记的巧云体会最深。自从回到坎村，她一直是单方面输出，输出到她都感到自己骨质疏松了，也没有机会输入。啥时候也像湖一样，达到输入输出配比随意的程度？上天似考虑到她的内心需求一般，居然选派她参加全国美丽乡村建设高级研修班。

对于美丽乡村建设，她确实有颇多收获与感悟，也想与全国的同行交流交流。她把自己的工作体会写成调研报告，从自身的实践出发，一点一滴把工作写在纸上。研讨报告从三项综合整治出发，由表及里，用一套一套漂亮的组合拳来体现。组合拳第一式，三箭齐发。说到这儿，她的脑海里居然闪过"三箭定天山"的唐朝战神薛仁贵，为什么会想起那白袍银戟的应梦贤臣？是否潜意识里长出怀春的小苗苗？她甩了甩头，甩出不合时宜的旖旎，继续她的研讨文字。第一箭，疏通泄洪通道，清理沉积垃圾，实现冰陷湖扩容；第二箭，实行雨污分离，截住污水源头；第三箭，村容村貌综合整治，对环境脏乱差进行综合整治，修建村屯环路、通行桥、入户桥，硬化路肩，等等。

组合拳第二式，打赢城乡发展"四大硬仗"。一是解决污水处理难题；二是推进厕所革命；三是清洁能源取暖；四是农村生活垃圾收运管理。"四大硬仗"疏浚了坎村美丽的底蕴和依凭。

组合拳第三式，输出"坎村模式"。做大碱地柿子品牌，做强特色民宿产业，做精综合文化产业，等等。一个小女子像个武林高手一样讲述她打出的美丽组合拳，讲述她家守护六代的湖，讲述那条有着成龙梦想的鲤鱼，等等。

她说："从美丽外表开始，到升级美丽内在，到打造美丽乡村模板，到输出乡村振兴'坎村模式'，再到留住有文化的乡愁，我的组合拳远远没有结束，乡村美丽没有完成时，只有进行时。所以，美丽了外表，疏浚了'美丽'的源泉，还远远不够，美丽乡村建设永远在路上。

"在追求'美丽'的路上，需要我们前仆后继，夜以继日，持之以恒地付出。有好几次，我都以为自己要倒在这个岗位上了。那时,'过劳死'这个词频频出现在脑海里,那是一种极致的疲惫,几乎让我忘记了六代人的终极守望,只想把身子躺平,好好地睡上一觉。

"各村有各样的美丽,就像一个竞相绽放的百花园,我的理想就是要让各样的美丽绽放在大地上。"

巧云的发言赢得经久不息的掌声,那一刻,她觉得自己再多的辛苦也是值得的。

接下来的考察行程安排得很满,从早到晚,不停地走,不停地看。巧云可算是长了见识,看看人家的小微湿地和江滩设置,采用"渗、滞、蓄、净、用、排"等海绵城市建设理念,利用"似堤非堤"的缓坡微地形手法,打造立体式生态园林景观。巧云一边看一边在心里暗暗赞叹:"罢了,果然人外有人,天外有天,这些理念果然高妙!"很可惜,她了解到这些东西比较晚,这些理念还没有完全融进坎村实践。总体上来讲,坎村综合整治工程还是干得有些急了,虽然抢抓机遇,处处赶早,及早把架子搭上了,可内里的细节还要一点一点地描补回来。她以为,请了骨灰级别的专家就能弥补这些缺憾,殊不知,终究做了一回井底的蛤蟆。陈千金有一句话还真是说对了,她还真的顶着一脑袋高粱花子!

座谈会开得正起劲,金贵的电话不合时宜地打进来,巧云心下诧异极了:"这个金贵一定是有什么急事,要不然,绝不会明知她正开座谈会,还把电话打进来。"她按掉电话之后,它仍然不老实,躺在那里振动:"这一定是出了什么大事?"她的心也跟着忽悠起来,这是发生什么事了?她草草结束发言,起身离座,走到会场外面,刚接起电话,金贵的声音急吼吼地传进来:"巧云，你看见微信了吗，孙成伟被抓了？"

巧云有些没反应过来："哪个孙成伟？"

金贵急了："还能哪个，不就是咱们那个副市长嘛。"

巧云有些蒙："啊，他呀，咋被抓了呢？"真是画皮画虎难画骨，知人知面不知心。她看问题还是看表面，不会从哲学的高度考虑问题。她想起高占福谈村书记的三重境界。第一重：看山是山，看水是水；第二重：看山不是山，看水不是水；第三重：看山还是山，看水还是水。不只是做村书记，放到任何地方都适用。她仅停留在看山是山看水是水的第一重境界中，即面对前面的工作目标，以不畏生死的态度，以不违纪违法为手段，直扑上去，完成任务，攻克难题。这就是党性，不违纪不违法就是坚持原则。故而，她的这些沾沾自喜在有境界的人那里完全不够看的。她看问题只看二维，看不到三维四维甚至更多维，比如，她一看到努力工作的人，就认为所有努力工作的人都是讲党性，坚持原则的，殊不知，有些人努力工作是为了作秀，为了权欲。她看警示教育片时，曾看到一个衣着朴素的贪官，把钱存在一间房子里，没事的时候过去数一数，闻一闻，满足得像个变态。前几天，锦城还抓一个贪官，在台上时，高喊廉洁自律口号，听说背地里，用一处住宅专门装钱，为了把钱运到这间房子里，把腰都闪了，推拿按摩了好些日子。他们外表怎么看怎么光鲜，脚下一片污淖，内里已经完全坏透了。

金贵的声音扁扁地传进来："听说是严重违纪违法，被纪委监委带走了。"

巧云有些蒙，她不知道自己为啥蒙，下意识地叮嘱："不管谁出了问题，咱还是该咋干就咋干。"

金贵更着急了:"你是不是没听明白啊,孙成伟出事了,听说是买官,开发区一个企业给出的钱,通过咱们市一个村书记搭上的线。"

巧云呵呵地笑出声来:"净瞎说,哪个村书记有那个力度啊?"话一出口,巧云就顿住了,脑子灵光一闪:"天啦,一个村书记,不会是……"

湖还是那个湖,再新的岸也阻隔不了旧的水。古人说,人不能踏进同一条河里,说水是流动的。现在,湖里的水也是流动的,所以,人不能踏进同一个湖里。同理,人不能踏进同一个村里,因为人心的变化比水流得更快。

巧云一回到村里,就遇上一群人围着金贵吵嚷的壮观场面。她赶紧上前询问情况:"你们这是咋回事?"村民却像不认识她一样,并不搭理她,只管围着金贵要说法。她都奇怪了:"这村民是怎么了?被什么迷住心智了,连她都不认识了?"

经了解,巧云总算弄明白了。原来山水集团在经营上也遇到很大问题,大酒店工程已经停工,总部派来的工作人员已经回了总部。乔姗本不善经营,再加上任人唯亲,企业经营遇到问题也属正常。只是这次遇到的问题比较突然,连大酒店的工程都停下来,不知道除了经营原因,还有没有外在因素嵌入。不知为何,山水集团的人走得很匆忙,尚欠一部分工程尾款未结。等村民们发现时,工作人员都已经撤回总部,因为找不到人结尾款,村民激愤之下,直接冲进工地,自行找东西,抵工程款。等巧云看到现场残垣断壁,整个人都蒙了,村民的破坏力还真是惊人。金贵一早就发现了事态的严重,赶紧打电话报了警。派出所迅速出警,带走了几个挑头打砸的村民。村民在警察面前还心存敬畏,可他们对村委会可是能耐得很，他们直接围了村委会，强势地讨要说法。刚刚回村的巧云只好站出来，安抚村民情绪："大家不要围着村委会，派出所依法出警，有理有据，事情总会弄清楚的，大家都回去等消息吧。"

在以前，村民还会给她些面子，现在她的靠山都倒了，还在这装啥装啊。一个人没有靠山，就少些大刀阔斧，可笑的是巧云自己站都站不稳，还敢折腾这么大的工程。村民见她还在拿着喇叭在那劝，完全不给她面子，继续充耳不闻，继续围着村委会，七嘴八舌讨要说法。听巧云叫大家别围着村委会了，立马有人直接出言挤对她："你可别说话了，你是乔姗的闺女，说话自然向着企业的。我们正当讨要工钱，派出所凭什么抓我们。你让我们等消息，我们等谁的消息？你能给我们一个准信吗？"

面对这番言语挑衅，巧云没有义愤填膺，她语言平和地说："我是乔姗的女儿，可我更是村书记。咱们讨要工钱，要经过法律手段，谁有过激的行为都会为自己的冲动负责。"又一个声音加入挤对行列："不是你的钱，你当然不急了。我们不像你，有贪官给你奖励，有大款亲娘给你贴金，我们的血汗钱要不来，能不急吗？"这是人身攻击的节奏啊，巧云感到气血上涌，所有的血液都集中到脑门上，她真想破口大骂。她是村书记，不能这样做，她压了压心头火气，沉声道："大家的心情我理解，可再急也得按程序来。现在排队去金贵主任那登记，等查清事实，再统一处理。"村民哪能那么听话，能把她一个快要倒台的毛丫头放在眼里？不但不听，还纷纷出言嘲讽："你少拿那些程序吓唬人，这程序是做给谁看的，鬼才知道呢！你自己什么事儿都按程序来了吗？"这是要上纲上线的节奏啊，巧云忍无可忍，她没回避这个问题，直接怼回去："程序是死的，人是活的，什么事都按程序来的是机器，不是人。我不愿意自夸其德，我履职这么长时间怎么做的，大家有目共睹。咱打盆论盆，打碗论碗，你们也不用跟我夹枪带棒的，我黄巧云对事业一心一意，不管你们怎么想，我问心无愧！"巧云的话如同在村民心上刮起的一阵风，巧云从来没有当他们的面自夸其德，这是被逼急了吗？看着这个小脸煞白的女孩，这个没爹没娘的小可怜，"咱们这是在干什么，无冤无仇的，要逼死这个女孩子吗？"村民们大多心软，反思一下，又觉得自己有些过了，于是都有些讪讪的。前些日子，巧云还在大礼堂演讲，在披红戴花地获奖。正所谓世事难料，咸鱼翻身的例子没少见，何况巧云现在还没倒，就是倒了，说不定还能翻身呢。思考之下，村民们还是有些底气不足，几个领头的扔下几句狠话，就讪讪地退下。

巧云召开会议，对前期工作进行梳理，对能修正的工程进行修正，她提出利用新学到的"似堤非堤"缓坡微地形手法，对湖岸原有工程进行升级，打造湖岸立体式生态景观。金贵第一次对巧云的提议表示反对："黄书记，市里主要领导变动了，农村环境综合整治建设工程是不是要持续推进，咱是不是观望一下再迈步？"楚算盘没等金贵话落地就附和道："金贵主任说得对，如今人心惶惶，在这个时期，大步推进工作实在有些不明智。"巧云微微点了点头，她心知楚算盘这是提早跟金贵表忠心啦，自己这个村书记要是站不住，金贵接任村书记的可能性最大。巧云心里翻腾，面上却不显，她苦笑着想起高占福说的村书记三重境界，自己好像突破了第一重，她这是进益了？她把每个人的行动举止认真观察一遍，不看不知道，这一看啊，还真看出不少学问来。

等大家的意愿都充分表达之后,巧云才不急不缓地总结说:"你们的担心都有自己的角度,我能充分理解。可市里主要领导变动不变动,与咱推进工作并不相悖。咱们的工作只要上合党的路线方针政策,下合民心民意,咱就要继续干下去。"

金贵仍坚持自己的意见:"黄书记,从目前的情况来看,我认为目前各项工作还是收一收的好,因为我们推进的每一项工作都要时与势相结合。"

巧云看着这个一直支持自己的村主任,语重心长地说:"党中央的工作重心没有转移,市里没有明文说环境综合整治工作停滞,咱没有理由把工作停下来。既定的工作必须一以贯之地推进,无论谁被抓,无论谁重视与否,甚至,村各项工作站在前排与后排,均不是仓促收口的理由。"

金贵想了想,终于没有再多说什么。

这个会是巧云上任以来遇到阻力最大的一次会,虽然会上做出持续推进坎村环境综合整治的决议,但巧云以为的人合心马合套的局面一去不复返了。

村民听说省纪委监委工作组入驻锦城,他们却只闻其名,不识其庐山真面目。爱热闹的村民没有法子从官方渠道获得资讯,就从他们最擅长的小道消息来获取资讯,往常最擅长发布小道消息的叶瞎子这次却三缄其口,反而是研究党的路线方针政策最深最透的田百旺不时发布一些小道消息。村民仨一群俩一伙地聚在一起议论,说说谁又被带走了,跟踪其涉及多少资金额度。结果自然是大快人心,党和国家又清除了一个蛀虫。

天地很大,大事很多,这些都离坎村很远。坎村太小,小到缩成了微观世界,在微观世界哪有什么大的蛀虫。如果有一天,党和国家需要我们来清除这些蛀虫，我们一定像啄木鸟一样，不遗余力。正当坎村人以为锦城大蛀虫与坎村无关的时候，连田百旺也没有发布什么新消息，楚算盘却忽然被叫走了，而且一走就是三天。这下子，村里直接炸开了锅，天地相连的大事终于再次降临坎村了，人人心绪激昂，个个讨论积极，实在没消息传递了，都围着楚算盘家打探，边打探边议论道："这回动真格的，直接抓人哟！"

楚算盘一去不回来，把个胡兆花给哭得哟，眼睛都肿成一条缝了。巧云劝她保重身子，说事情总会弄清楚的。胡兆花六神无主地哭道："这可怎么办哟，老楚的身体不好，他可怎么受得了哟？"巧云安慰道："楚叔只是财会，人家是了解情况，一切都与他无关。"胡兆花听了，更加崩溃地号啕："他要是出了事哟，我也不活了！"巧云又是一番安慰："您先别急，明天，我就去把楚叔换回来。"胡兆花立马不哭了，擦干眼泪，讷讷地道："巧云，算我求求你，你能不能今天就去换？"巧云苦笑着点头："你看这样行不行？一会儿，我让二丫和向东去接楚叔，如果今天接不回来，我明早就去换。"

在坎村，明珠宾馆成为一个热词，因为省纪委监委工作组在明珠宾馆办公，故而去明珠宾馆成为心照不宣的特定名词。自从楚算盘去了明珠宾馆，田百旺就发布消息："下一个去的必是黄巧云。"这样一来，巧云出来进去的时候，总有人用眼睛偷偷地瞄着她，看她哪天去明珠宾馆。巧云表面上该干啥干啥，布置安排工作一点不受影响，甚至连做早餐都没停。巧云虽然在表面上没啥变化，其内心里还是受了一些影响。人人都用异样的眼光看她，就是心态再好也有些沮丧。她想起父亲一个人对抗全村的孤勇，暗暗佩服，父亲被打过、被抓过、被骂过、被陷害过等等，他始终不改初衷，拼命保护他守护的一切。就像当初，如果她能强硬起来，对抗那些伪专家，对抗自以为是的市直部门，今天的综合整治是否会更科学？为什么同样面对困难，父亲选择勇往直前，而自己会选择苟且，说到底还是意志不够坚定。

自从楚算盘去了明珠宾馆，二丫和向东每日都去明珠宾馆门口去接他。两人在宾馆门口登记之后，找到工作人员，问楚算盘啥时能回家。一连三天，他俩每次来都被告知："别急，有点活儿还没干完，还得再等一等。"他们说别急，家里能不急吗，胡兆花都要急疯了。终于，在第三天，工作人员总算告诉他们，"你们在这里等一等，人马上就出来了。"二丫和向东就在门口等着，等楚算盘从宾馆走出来时，步履踉跄，人明显瘦了一圈。他一见二丫和向东，像个受了委屈的孩子一样，抱着二丫哭得稀里哗啦。哭罢多时，才庆幸道："多亏我有个记账的好习惯，这才得以出来哟。"

村民们都知道，楚算盘有个记账的习惯，平时连买根冰棍，都记在账上。工作组找他是没指望有什么新突破，没想到，他一下子交出整整五大本账。可他记的账，工作组的人谁也看不懂，只好他就留在那里，教他们看账。工作组抽出两名同志，一条一条地对账，对得眼睛都花，都是些小打小闹小违规，且黄巧云一分钱也没有贪污。

工作组领队阎处长眼看三天下好几次网，什么都没捞着，很恼火，组织人和楚算盘再次对账，还是和刘子业巡察情况一样。这回还是楚算盘想起一个事，即黄巧云曾收到过一套高档礼服。工作组迅速派人去坎村取来礼服，粗略估算一下，这套礼服价值五万以上。尽管楚算盘提醒说"那套礼服黄巧云也不知道谁送的"，工作组还是决定从这套礼服入手，打开工作局面。

于是，巧云接到省纪委监委工作组的电话通知："黄巧云，明天下午三点，到明珠宾馆来一趟。"

放下电话，巧云不但没有惊慌失措，反而有种如释重负之感。工作组找楚算盘问话，派人回来取礼服，自然都是为了她黄巧云。如今，楚算盘出来了，想来也该找她了。巧云脑海里闪现黄老歪常说的一句话："看看，该来的，果然来了。"自从父亲没了之后，每每到关键的时间节点，她总能想起父亲说过的话。父亲一个人硬扛一个时代，自己不能给父亲丢人，姓黄的六世守护这个湖，她再不孝，也不能丢了祖宗的脸。以前，她总是不耐烦父亲的磨叨，如今，倒是非常愿意听听父亲的意见，可惜，她与父亲天人两隔，再也听不到他磨叨了。

巧云交代金贵："把每天要做的事排排序，筛选一下，山水集团的工程款、缓坡生态硬化、绿化美化亮化工程、厕所革命、垃圾清运、清洁能源取暖等，一步一步推进，每一步都迈稳当了。"金贵垂着脑袋，一脸沮丧。巧云见他不起劲，遂调侃道："金贵，如果我不来，你是不是已经做了这个村书记？"

金贵见她还有心情调侃，遂哼笑一声："如果你不来，今天去明珠宾馆谈话的就是我了。"

巧云也被逗乐了，调皮地说："民宿的事还得委托嫂子多操心。"金贵郑重点头："你放心，保证做得妥妥的。"金贵的承诺比金子还贵，真正的一诺千金。巧云继续叮嘱："村里的事你还得多操心，好不容易走到今天，别再退回去了。"

金贵觉得心里异常堵得慌，遂冷着脸，一言不发。

巧云自言自语："有一些个工程还是赶得有些急了，存在一些不尽如人意的地方，需要咱们有机会描补回来。"

金贵沉声道："岂能尽如人意，但求无愧于心。"

巧云见氛围有些沉闷，就边往外走边说："金贵，村里的事就先这样吧，我要再啰唆，就像交代后事了。"

金贵急了："你瞎说什么呢，说什么交代后事？"

巧云笑了："好好好，不交代后事，是我瞎说呢。"

忽然，一个声音插进来："谁交代后事呢？"巧云闻声转头一看，见刘子业领着几个人迎面走过来。

刘子业介绍道："黄书记，这位是省纪委监委八处的阎处长。"阎处长微微颔首，淡淡地说："黄巧云，鉴于你的情况比较特殊，我们决定还是来接你吧。"

巧云微笑了："这倒挺好的，省得麻烦县里把我送过去。可是你们来早了，不是下午三点吗？"

刘子业笑了："早有早的打算，晚有晚的安排。"

巧云点头笑道："就是说，怎么着，你们都是对的呗。"

阎处长严肃地接话道："话不能这么说，黄巧云同志，希望你能正视自己的问题。"

巧云点头："好的，一定。"

见巧云比较乖顺，阎处长继续说："刚才，听你话的意思，你挺期盼我们来？"

巧云继续点头："是啊，你们来了，我就可以停下来了。"可不是嘛，再这么转下去，她得累死在岗位上。从这个角度上来说，是省纪委监委的这几个哥们救了她。

桂花婶一听就急了："走啥走啊，娘刚给你做了稻香鸭，怎么也得吃了再走。"

巧云点头："好吧，辛苦您了，桂花娘。"

阎处长插话道："黄巧云，还是别吃了，省得大家都等你，咱还是早点出发吧。"

巧云语带调侃地说："阎处长，我又不是罪犯，总得让我吃完饭再走吧。你们要是想吃，也有份；你们要是不吃，就等一会儿，反正我得吃。"这话说得有些嚣张，可也并没有错。几个人相视一眼，都没有表态。巧云就当着他们的面，摆起桌子，慢条斯理地吃起来。然而，毕竟有人等着，总不好让人等久了，巧云只是略略动了动筷子，吃了几块鸭肉和米饭，就放下筷子，起身走了出来。

湖水奔腾，哗哗作响，似涌动着要爬上岸来，可湖水的一次次努力，都被岸阻挡，被摔在硬化的路肩上。湖水溅出来，淋湿了路边花草。路边花草早过了茂盛葳蕤的时刻，无可奈何地走向颓势，却还没有完全收住，有些强自妖娆的倔强。

一贯八卦的村民们都没有出来，趋利避害的天性让他们选择闭门不出，八卦的基因又让他们扒着窗户向外看，生怕漏下哪怕一丝丝的细节。于是，一扇扇窗户后面，一个个脑袋攒在一起，叠成一个个花瓣盛开的模样。

忽然，艺术街区那边响起高高低低的音乐声，一支奇异的队伍从艺术街区走出来，他们穿着乱七八糟的礼服，手里的乐器也各不相同，有的拉着小提琴，有的弹着吉他，有的吹着口琴，还有的敲着脸盆，演奏着参差不齐的《婚礼进行曲》。这支队伍的最前面，赫然走着一丁，他手捧着大红嫁衣，踏着《婚礼进行曲》的节奏，向着巧云，一步步地走过来。一丁难得地穿起了西装，桀骜的头发随意地绑在脑后，带着一身邪魅的美感。向阳和千金穿着临时拼凑的礼服，跟在他后面，做伴郎伴娘的形状。

一丁举步来到巧云面前，单膝跪地，大声说："无论你是谁的女儿，无论你从事何种工作，无论你承受多少流言蜚语，我都与你风雨共担！巧云，嫁给我吧！"

巧云愣了愣，一时不知道如何作答。

向阳、千金、向东、二丫、金贵、秀芬、文盛、夏盼、桂花婶、长胜、叶瞎子、宝珍拍着手，一齐高喊："嫁给他！嫁给他！嫁给他！"

阎处长奇怪地问："谁能告诉我，这是怎么回事？"

刘子业拉了拉他，低声地解释道："我曾巡察坎村，在这里工作两月之久。据我了解，这两人爱恋了十多年，今天终于决定在一起了，真是好事多磨啊！古人说，君子成人之美，咱既然赶上了，不如就再等一等吧。"

阎处长转头看了看两个同事，无奈地点头道："这坎村还真是怪事多啊。"

巧云直直地望向这个邪魅的大男孩，在流言甚嚣尘上的时候，在她被省纪委监委叫去问话的时候，在全村都怕受牵连的时候，一丁居然这么大张旗鼓地向她求婚了。她不止一次想象过与自己共度一生的男人，甚至还在梦中梦见过，不是初恋向阳，不是发小一丁，不是父亲黄老歪，不是村里的任何男人，甚至不是她认识的男人。那男人或许不强壮、不伟岸、不文雅、不温柔，他一定有一双神采四射的眼睛，眼睛里燃烧着欲望、进取、旺盛的野心，似蕴含不竭的动力。那是怎样的一双眼睛，她在那条鲤鱼的眼里看到过，它不言不语，不远不近，只用那双眼睛深深地

265

望着她。

　　一丁这样的行为无疑是出格的,更是令人感动的,此时此刻,她再多的思虑,再多的冷静自持,都化作无法控制涌上眼眶的泪。泪在眼眶酝酿,穿过润湿的睫毛,成串地滴下来,滴在一丁手里捧着的鲜花上。那一滴滴晶莹的泪珠,在太阳的映照下,闪烁着七彩光芒。巧云微微弯下身,缓缓伸出手,接过鲜花,她抬起眼帘,温柔地道:"一丁,等我回来,就嫁给你!"

　　一丁顺势起身,紧紧拥抱巧云,嘴里应道:"嗯,都听你的。"他顿了顿,继续说,"咱坎村有句俗语,叫择日不如撞日。既然撞上了今天,咱俩就对着洪荒大泽发誓,今生结为夫妻,从此,生生世世,不离不弃。"

　　巧云想了想,点头道:"也好,喜事简办。"

　　叶瞎子上前,把他俩的手叠放在一起:"按照坎村祖上的规矩,你俩只消对着洪荒大泽起誓,就算结为夫妻啦。"

　　巧云和一丁面向洪荒大泽深深地拜下去;然后,转身,对着叶瞎子、宝珍、长胜、桂花婶,再次深深地拜下去。头磕到大地上,用五体投地的诚意,让天地与祖先都知道,一对真心相爱的恋人,从此结为夫妻,往后余生相伴相依,生死不离。

　　巧云扬起脸,一脸宁静地说:"一丁,你等我回来,我随你一起去看外面的世界。"这算是答应了一丁浪迹天涯的请求。也代表着,此后,她放下六世坚守的责任,不会再管村里的事,只管追寻年少的梦,任性地为自己活一回。

　　一丁笑着点头:"好,我等你!"

　　阎处长嘿嘿一笑:"真是大千世界无奇不有,我工作这些年,还头一次遇到这样的事儿。"

刘子业点头："我在坎村工作期间，也遇到过一些奇事，等有机会，再一一跟您汇报吧。"

巧云并不等他们催促，恭恭敬敬地磕完头，连身上的嫁衣都没脱，就对着亲人们挥挥手，随即转身大步迈上车。

车子徐徐启动，《婚礼进行曲》不知什么时候变成了《岁月留香》，"岁月留香，山高水长……"一声声，一句句，随着《岁月留香》的曲子激荡而下，就如同送黄老歪那天一样。

过了一会儿，一家家门户大开，躲在门后的一颗颗人头慢慢地走出来，慢慢汇成黑黑的一条线。领头的田百旺双目定定地看着远去的车。

巧云没转头去看身后那黑黑的一条线，自己这些年无怨无悔的付出只为回报父亲的爱，扛起家族的责任。小时候，父亲经常让她对着祖宗牌位磕头，当时她非常抵触，认为父亲是老封建老古板。如今，她把身子弯下去，把头磕在地上，心意即连通了天与地。在这片土地上，她和她的祖祖辈辈深深地爱过、恨过、哭过、笑过，一双双足迹重叠在一起，一代又一代，走过时代的洪流，汇集在一处。如今，她和一丁在深渊大泽的见证下，许下一生一世一双人的誓言。没有早一步，没有晚一步，刚刚好赶在一处。她没想到，阅尽千帆之后，还能心想事成，果然天遂人愿，上天对她实在不薄。

完成了这个终身大事，九泉下的父亲一定会感到欣慰，在拜高堂的时候，她特地给九泉下的父亲也重重地磕了一个头。一丁看了看她，也随着磕了。她知道，他一定读懂了她的心思。这个邪魅的男孩终于长成顶天立地的男人了。小时候，一丁总是特别顽皮，不时精怪百出，幺蛾子层出不穷。因此，他一直不是她眼中的阳光少年。就是这个不靠谱的少年用近乎半生的时间，呵护她这颗女儿心。父亲如果在世，也一定会感到欣慰的。其实，父亲从没认可过向阳，更没有认可过一丁，在他眼中，他的女儿是天上仙女，任谁都配不上。

她不想说话，闭上眼睛，寻个舒适的位置，深深地靠过去。多久了，都未曾舒舒服服地休息休息了。车子匀速运动着，似小时候父亲摇动的船桨，更似父亲温暖的怀抱，她贪恋这种温暖，更深地依偎进去，不一会儿就响起绵长的呼吸声。

阎处长在一边看得眼睛都直了，他戏谑地说："以我从业多年经验来看，在这车上能睡如此熟的，只有两种可能，一种坦荡，一种伪坦荡。"

刘子业弱弱地问一句："你说有没有第三种可能，她就是单纯的累极了呢？"